中华经典藏书

西厢记
窦娥冤

王春晓　张燕瑾　评注

中华书局

图书在版编目（CIP）数据

西厢记·窦娥冤/王春晓，张燕瑾评注. —北京：中华书局，
2016.3（2024.2重印）
（中华经典藏书）
ISBN 978-7-101-11562-8

Ⅰ.西… Ⅱ.①王…②张… Ⅲ.①杂剧-剧本-作品集-中国
-元代②《西厢记》-译文③《西厢记》-注释④《窦娥冤》-译文
⑤《窦娥冤》-注释 Ⅳ.I237.1

中国版本图书馆 CIP 数据核字（2016）第 032900 号

| | | |
|---|---|---|
| 书 名 | 西厢记 窦娥冤 | |
| 评 注 者 | 王春晓 张燕瑾 | |
| 丛 书 名 | 中华经典藏书 | |
| 责任编辑 | 舒 琴 | |
| 责任印制 | 陈丽娜 | |
| 出版发行 | 中华书局 | |
| | （北京市丰台区太平桥西里 38 号 100073） | |
| | http://www.zhbc.com.cn | |
| | E-mail:zhbc@zhbc.com.cn | |
| 印 刷 | 高教社(天津)印务有限公司 | |
| 版 次 | 2016 年 3 月第 1 版 | |
| | 2024 年 2 月第 8 次印刷 | |
| 规 格 | 开本/880×1230 毫米 1/32 | |
| | 印张 10 插页 2 字数 150 千字 | |
| 印 数 | 64001–67000 册 | |
| 国际书号 | ISBN 978-7-101-11562-8 | |
| 定 价 | 23.00 元 | |

# 目　录

# 西厢记

# 前　言

　　王国维在《宋元戏曲考》中说："凡一代有一代之文学：楚之骚，汉之赋，六代之骈语，唐之诗，宋之词，元之曲，皆所谓一代之文学，而后世莫能继焉者也。"元杂剧是在宋金杂剧基础上发展而成的一种新的戏曲形式，它的诞生为中国古代文艺史增添了辉煌的一页，它的原创性与独特性则使其成为了一代文学的代表。在诸多元代杂剧精品中，最受欢迎、影响也最大的当推《西厢记》。贾仲明【凌波仙】吊曲称："新杂剧，旧传奇，《西厢记》天下夺魁"；陈继儒赞之为"千古第一神物"；李卓吾目之为"化工之作"；金圣叹将之列为"古往今来六大才子书"之一，并评之为"世间妙文"。赵景深先生在《明刊本〈西厢记〉研究·序》中，又将《西厢记》与《红楼梦》一起誉为"中国古典文艺中的双璧"。《西厢记》全名《崔莺莺待月西厢记》，共有五本。

　　关于《西厢记》的作者，向来有多种说法，影响较大的有：王实甫作、关汉卿作、关汉卿作王实甫续、王实甫作关汉卿续。持"关作王续"或"王作关续"论点的学者又往往认为，《西厢记》原剧完结于四本三折"长亭送别"或四本四折"草桥惊梦"，其后的部分乃是续作。明代王骥德曾驳之说："《厄言》又谓：'或言至"邮亭梦"止，或言至"碧云天"止。'则不知元剧体必四折，记中明列五大折，折必四套，'碧云天'断属第四折四套之一无疑。又，实甫之记本始董解元，董词终郑恒触阶，而实甫顾阙之以待汉卿之补？所不可解耳。"《西厢记》作者为王实甫的说法出现最早，且非一人之闻见；其他说法相对晚出，又均无法提供推翻"王作说"的证据；"五剧"之说向已有之，第五本的某些情节也是承继早前的《董西厢》而来。因此，《西厢记》共计五本且作者是王实甫的说法相对可信。

《西厢记》故事最早见于唐人元稹的传奇小说《莺莺传》，文中的张生是一个始乱终弃的无行文人，他骗取了崔莺莺的爱情又抛弃了她另娶高门。宋代秦观、毛滂都有【调笑转踏】咏莺莺，秦观只写到西厢幽会，毛滂则写到分离寄恨。同为宋人的赵令畤以莺莺故事为蓝本，改编创作了可以演唱的【商调蝶恋花】鼓子词，极大地推动了故事的传播。金代董解元《西厢记诸宫调》的出现，使《西厢》故事有了新的突破：矛盾冲突的性质变成了争取恋爱婚姻自由的青年男女同封建家长之间的斗争；张生成为多情才子，莺莺具有了反抗性；故事以莺莺、张生私奔团圆作结。及至元代，经过王实甫的天才创造，才"令前无作者，后掩来哲，遂擅千古绝调。自王公贵人，逮闺秀里孺，世无不知有所谓《西厢记》者。"《西厢记》描写了以老夫人为代表的宗法卫道者，同以崔莺莺、张珙、红娘为代表的礼教叛逆者之间的冲突，旗帜鲜明地高擎起"永老无别离，万古常完聚，愿普天下有情的都成了眷属"的婚恋理想。王实甫出神入化的人物刻画，峰回路转的结构安排，绮丽当行的语言艺术，也为它赢得了历代读者的褒赏。王骥德说："《西厢》妙处，不当以字句求之。其联络顾盼，斐亹映发，如长河之流，率然之蛇，是一部片段好文字，他曲莫及。"王思任《合评北西厢序》说："其描摹崔张情事，绝处逢生，无中造有。本一俚语，经之即韵；本一常境，经之即奇；本一冷情，经之即热。人人靡不脍炙之而尸祝之，良由词与事各擅其奇，故传之世者永久不绝。"《西厢记》是登峰造极的北曲压卷之作，更是一座辉煌的艺术殿堂，只要一走进去就会流连忘返。

《西厢记》的刊本众多，今存明代刊本八十种左右，清代刊本、钞本一百余种。本书所录原文以《凌濛初鉴定西厢记》

暖红室刻本为底本，以弘治间《新刊大字魁本全相参增奇妙注释西厢记》北京岳氏刻本、王骥德《新校注古本西厢记》、《重刻元本题评音释西厢记》刘龙田刻本、《张深之先生正北西厢秘本》等明刊本及《毛西河论定西厢记》等清刊本参校。注释据张燕瑾校注本《西厢记》而有所删改。每折之末，附骥简要点评，以与读者共赏奇文之妙趣。注释及短评中征引的出处，除上述诸本外，又有明万历间王世贞、李卓吾合评《元本出相北西厢记》起凤馆刻本、陈继儒《陈眉公批评西厢记释义字音》、《闵遇五六幻西厢记五剧笺疑》、金圣叹《贯华堂第六才子书西厢记》及王季思先生校注本《西厢记》等。注释径书某曰，不注书名；短评中或引他家之论，不在上列者则并附其书名。

　　《西厢记》研究方家众多，为作点评者更是在前珠玉不知凡几，舛误浅妄之处，还望读者诸君正而补之。

王春晓　张燕瑾
2016 年 1 月

# 西厢记五剧第一本

## 张君瑞闹道场杂剧

# 楔 子①

（外扮老夫人上开）②老身姓郑③，夫主姓崔，官拜前朝相国④，不幸因病告殂⑤。只生得个小姐，小字莺莺，年一十九岁，针黹女工⑥，诗词书算，无不能者。老相公在日，曾许下老身之侄，乃郑尚书之长子郑恒为妻。因俺孩儿父丧未满，未得成合。又有个小妮子⑦，是自幼伏侍孩儿的，唤作红娘。一个小厮儿⑧，唤做欢郎。先夫弃世之后，老身与女孩儿扶柩至博陵安葬⑨，因路途有阻，不能得去。来到河中府⑩，将这灵柩寄在普救寺内⑪。这寺是先夫相国修造的，是则天娘娘香火院⑫，况兼法本长老，又是俺相公剃度的和尚⑬，因此俺就这西厢下一座宅子安下。一壁写书附京师去⑭，唤郑恒来，相扶回博陵去。我想先夫在日，食前方丈，从者数百⑮，今日至亲则这三四口儿⑯，好生伤感人也呵。

【仙吕】【赏花时】⑰夫主京师禄命终⑱，子母孤孀途路穷，因此上旅榇在梵王宫⑲。盼不到博陵旧冢，血泪洒杜鹃红⑳。

今日暮春天气，好生困人㉑。不免唤红娘出来分付他。红娘何在？（旦俫扮红见科㉒）（夫人云）你看佛殿上没人烧香呵，和小姐闲散心耍一回去来。（红云）谨依严命。（夫人下）（红云）小姐有请。（正旦扮莺莺上）（红云）夫人著俺和姐姐佛殿上闲耍一回去来。（旦唱）

【幺篇】㉓可正是人值残春蒲郡东㉔，门掩重关萧寺中㉕。花落水流红㉖，闲愁万种㉗，无语怨东风。（并下）

【注释】

①楔（xiē）子：本指木匠用来塞紧木制品缝隙的小木片。元代及明初，把一段戏的首曲称为"楔子"。王骥德《曲律》云："登场首曲，北曰楔子，南曰引子。"明代中期刊刻剧本时，往往把正戏之外用来交代情节、介绍人物的场子，同剧本的正场戏区分出来，并名之为"楔子"，其作用是使戏剧情节完整紧凑。楔子中往往只唱一两支单曲，不唱套曲；主唱人亦不限于戏的主脚。

②外：元人杂剧中的女主脚为正旦，男主脚为正末，在正脚之外再加上一个脚色，叫"外"。所扮不限男女、年龄，这里指扮演老夫人的外旦。开：戏剧开场。

③老身：老年人之自称，不限男女。

④前朝：天子在位期间曰朝，这里指前一个皇帝在位时。

⑤告殂（cú）：布告死亡。

⑥针黹（zhǐ）女工：妇女从事的针线、纺织、刺绣等活计。

⑦小妮子：对婢女的称呼。

⑧小厮（sī）儿：宋元时称自家的小男孩儿（即儿子）为小厮。

⑨柩（jiù）：盛殓着尸体的棺材。博陵：唐代郡名，治所在今河北定州。博陵崔氏为唐代五大高门（河北清河、博陵崔姓，北京范阳卢姓，山东赵郡、甘

肃陇西李姓，河南荥阳郑姓，河北太原王姓）之一。

⑩河中府：北周置蒲州，隋为河东郡，唐时复为蒲州，开元时改为河中府，治所在今山西永济。

⑪普救寺：始建年代不详，隋代已有之，唐时僧俗信众积十年扩建，乃成名刹。

⑫则天：唐高祖李治的皇后武曌，死后谥则天皇后。香火院：接受民间供奉的寺庙。

⑬相公：此处指妻对夫的敬称。剃度：佛教以剃除须发为度越生死之因，故将佛教徒出家必须接受的剃发剃须过程称作剃度。这里指僧尼出家时，官府颁发度牒作为凭证。

⑭一壁：一边。附：寄信。

⑮"食前"二句：形容从前家道兴旺，上句说肴馔之丰，食时列前者至方一丈；下句言仆役之众，有数百人之多。

⑯则：仅，只。

⑰【仙吕】：宫调名。宫调就是乐律，用以限定声调的高低缓急，表现乐曲的感情色彩。在元杂剧中，实际应用起来的宫调计五宫四调，即黄钟宫、正宫、南吕、仙吕、中吕五宫及大石调、越调、双调、商调四调，合成"九宫"。元人杂剧的唱词，在音乐上要求叶宫调、唱套曲。【赏花时】：曲调名，属仙吕宫。每一宫调下都设有若干支曲子，叫曲调。这些不同的曲子连在一起，称为套曲，押同一韵脚。曲调的名称，只表示曲词与曲调的格式，与内容无关。

⑱禄命终：人生的运数终结，即死亡。禄命，宿命论者所说的天命，人生运数。

⑲旅榇（chèn）：未入祖茔前临时寄放在外的尸棺。梵王宫：梵王为"大梵天王"的简称，梵王宫即大梵天王所居之宫殿，这里泛指佛寺。

⑳杜鹃红：即杜鹃鸟口上的血，这里以之比喻眼泪。杜鹃，即子规鸟，相传为古代蜀王杜宇魂魄所化，其鸣声哀切，叫后口常流血。

㉑困人：使人疲倦。

㉒旦俫（lái）：扮红娘的幼小旦脚，即小旦。俫，即俫儿，戏中扮演少年儿童的脚色。

㉓【幺（yāo）篇】：幺为"後"之简写，"幺篇"即后篇，元杂剧中同牌的第二支曲子称幺篇，犹南曲之"前腔"。

㉔蒲郡：即蒲州。

㉕掩：闭门。重（chóng）关：一道道的门。萧寺：南朝梁武帝萧衍信佛，建造了很多佛寺，后称佛寺为萧寺。李公垂《莺莺歌》："门掩重关萧寺中，芳草花时不曾出。"

㉖红：指落花。

㉗闲愁：难以言喻的愁思。贺铸《青玉案》词："试问闲愁都几许？一川烟草，满城风絮，梅子黄时雨。"

【点评】

王实甫《西厢记》写崔、张二人情事，以老夫人开场交代家世背景，落笔不俗。夫主前朝相国，且是博陵崔氏；

自家姓郑，亦为高门甲姓。然而崔家富贵，此际毕竟渐成寥落。女儿莺莺正值桃李年华，德才兼修，已有婚约，尚未成配。旅榇受阻，一家几口寄居萧寺，郑恒又远在京城。抚今追昔，无限伤怀。一部《西厢》，几多波磔，太半由老夫人而兴。"楔子"讲郑氏重门第，无一字不写之，却又无一字写破，手段老辣高明。

韶光不避人，透入蒲郡东。莺莺出场，无语而怨，恰证情萌。一段韵事，只待张生……

## 第一折①

（正末扮骑马引侪人上开）小生姓张，名珙，字君瑞，本贯西洛人也②。先人拜礼部尚书③，不幸五旬之上因病身亡。后一年丧母。小生书剑飘零④，功名未遂，游于四方。即今贞元十七年二月上旬，唐德宗即位⑤，欲往上朝取应⑥，路经河中府，过蒲关上⑦，有一人姓杜，名确，字君实，与小生同郡同学，当初为八拜之交⑧，后弃文就武，遂得武举状元⑨，官拜征西大元帅，统领十万大军，镇守著蒲关。小生就望哥哥一遭，却往京师求进⑩。暗想小生萤窗雪案⑪，刮垢磨光⑫，学成满腹文章，尚在湖海飘零，何日得遂大志也呵！

万金宝剑藏秋水⑬，满马春愁压绣鞍。

【仙吕】【点绛唇】游艺中原⑭，脚根无线、如蓬转⑮。望眼连天，日近长安远⑯。

【混江龙】向诗书经传，蠹鱼似不出费钻研⑰。将棘围守暖⑱，把铁砚磨穿。投至得云路鹏程九万里⑲，先受了雪窗萤火二十年。才高难入俗人机，时乖不遂男儿愿。空雕虫篆刻，缀断简残编⑳。

行路之间，早到蒲津㉑。这黄河有九曲㉒，此正古河内之地，你看好形势也呵！

【油葫芦】九曲风涛何处显，则除是此地偏㉓。这河带齐梁分秦晋隘幽燕㉔。雪浪拍长空，天际秋云卷；竹索缆浮桥，水上苍龙偃㉕；东西溃九州㉖，南北串百川。归舟紧不紧如何见㉗？却便似弩箭乍离弦。

【天下乐】只疑是银河落九天。渊泉、云外悬㉘，入东洋不离此径穿㉙。滋洛阳千种花㉚，润梁园万顷田㉛，也曾泛浮槎到日月边㉜。

【注释】

①折：在元代，杂剧初不分折，以剧中人物上下场为界，分若干场，一场一场连写下来。到钟嗣成《录鬼簿》里，"折"才有了新的含义：以一宫调之一套曲为一折。折也是剧情发展的自然段落，相当于明清传奇剧中的"出"、类似现代戏剧中的"幕"，但一折戏中，没有时间、空间限制，可以包括很多场次。元人杂剧一般是四折，演一个完整故事，也有一本五折、六折的，也有多本戏。明代中叶刊刻剧本时，才正式把杂剧分折，使折的形式固定下来。

②本贯：原籍。西洛：今河南洛阳。唐开元间以河南府为西京，治所在洛阳县，故称洛阳为西洛。

③先人：已故的父亲。

④书剑飘零：携带书籍用具四处流浪。书籍与宝剑都是古代文人的随身用品，这里泛指各种用具。

⑤唐德宗即位：德宗为李适死后庙号。戏曲中常对当朝皇帝使用庙号。即位，此处指在位。德宗即位于建中元年（780），贞元十七年（801）时已即位二十一年。

⑥上朝：相对于地方而言，称京城为上朝，犹上都、上京。取应：朝廷开科取士，士子应选。

⑦蒲关："蒲津关"的简称，位于蒲津之上，黄河西岸，

在今山西永济。

⑧八拜之交：常指结为异性兄弟。八拜，本指相见时礼节的隆重。

⑨武举状元：科举制度中进士的第一名称状元。武举考步射、弓射、马枪、负重等，也考言语、身材。

⑩却：再。

⑪萤窗：晋人车胤勤学故事。《晋书·车胤传》："胤恭勤不倦，博学多通。家贫，不常得油，夏月则练囊盛数十萤火以照书，以夜继日焉。"雪案：晋人孙康勤学故事。《文选》李善注："孙康家贫，常映雪读书，清介，交游不杂。"

⑫刮垢磨光：刮去污垢，磨出光亮。韩愈《进学解》："爬罗剔抉，刮垢磨光。"

⑬"万金"句：是说自己满腹才学而功名未就，有如贵重的宝剑隐藏着四射的光芒。秋水明净清亮，用以比喻剑光。

⑭游艺：指沉浸于六艺的研讨中。在剧中则指负笈游学。语出《论语·述而》"游于艺"。艺指六艺：礼、乐、射、御、书、数。

⑮蓬转：蓬，草名，又名飞蓬，秋天断根，随风飘转。

⑯日近长安远：典出晋明帝司马绍事。《世说新语·夙惠》："晋明帝数岁，坐元帝膝上，有人从长安来……（元帝）因问明帝：'汝意谓长安何如日远？'答曰：'日远。不闻人从日边来，居然可知。'元帝异之。明日，集群臣宴会，告以此意，更重问之，

乃答曰：'日近。'元帝失色曰：'尔何故异昨日之言邪？'称曰：'举目见日，不见长安。'"后以"日近长安远"言帝都遥远难及，喻功名未遂的感叹。

⑰蠹（dù）鱼：蛀蚀书籍、衣服等的小虫。这里是比喻自己像蠹鱼一样埋头在书里。

⑱棘（jí）围：古代科举考试，为防止捣乱和作弊，在试院围墙上遍插荆棘，故称考场为棘围、棘院或棘闱。

⑲投至得：直等到。云路：即致身青云之路。喻官高位显。鹏程九万里：典出《庄子·逍遥游》："北冥有鱼，其名为鲲，鲲之大不知其几千里也。化而为鸟，其名为鹏。鹏之背不知其几千里也，怒而飞，其翼若垂天之云……鹏之徙于南冥也，水击三千里，抟扶摇而上者九万里，去以六月息者也。"后来就用"鹏程万里"形容前程远大。

⑳"空雕虫"二句：白白地写诗作文、研究学问而一无所成。

㉑蒲津：黄河渡口，在今山西永济。

㉒九曲：河道的弯曲处很多。《河图》："河水九曲，长九千里。"

㉓"九曲"二句：黄河的风涛何处最能显现？只在蒲郡这一带。则除是，除非是，只有。

㉔带齐梁：黄河穿齐梁而过，围齐梁大地如同衣带。齐，战国时齐国之地，今山东泰山以北黄河流域和胶东半岛地区。梁，战国时魏国的别称，今河南一

带。分秦晋：把秦、晋之地分割开。秦，战国时秦
国之地，今陕西。晋，春秋时晋国之地，今山西大
部及河北西南。隘幽燕：把幽燕之地与中原地区隔
绝开来。幽燕，今河北北部及辽宁一带，战国时属
燕国，唐以前属幽州，故称幽燕。

㉕"竹索"二句：用竹索作缆绳的浮桥，像是仰卧在水
上的苍龙。竹索，竹篾制的大绳。偃（yǎn），仰卧。

㉖溃：本指河水决堤泛滥，此指灌溉。九州：古代中
国置有九个州，九州之名，载记有异，《尔雅·释
地》云："两河间曰冀州、河南曰豫州、河西曰雍
州、汉南曰荆州、江南曰扬州、济河间曰兖州、济
东曰徐州、燕曰幽州、齐曰营州：九州。"故以九
州代指中国。

㉗归舟：顺流而下的船。紧不紧：即紧。见：显。

㉘"渊泉"句：黄河之源头好像是悬在云外。渊泉，
水的本源。

㉙"入东洋"句：黄河入海必经蒲津。

㉚滋：灌溉繁育。洛阳千种花：洛阳以种植花木闻名，
尤以牡丹为最著，有洛花、洛阳花之称。

㉛润：滋益之意。梁园：又称兔园、睢园，西汉梁孝
王刘武所建，故址在今河南开封东南。

㉜"也曾"句：黄河直通天河，有海客曾浮槎到了天
上。槎（chá），木筏。浮槎事载张华《博物志·杂
说下》："旧说云：天河与海通。近世有人居海渚者，
年年八月有浮槎去来，不失期。人有奇志，立飞阁

于槎上，多赍粮，乘槎而去。十余日中，犹观星月日辰，自后茫茫忽忽，亦不觉昼夜。去十余日，奄至一处，有城郭状，屋舍甚严，遥望宫中多织妇。见一丈夫牵牛渚次饮之。牵牛人乃惊问曰：'何由至此？'此人具说来意，并问：'此是何处？'答曰：'君还，至蜀郡访严君平则知之。'竟不上岸，因还如期。后至蜀，问严君平，曰：'某年月日，有客星犯牵牛宿。'计年月，正是此人到天河时也。"

话说间早到城中。这里一座店儿，琴童，接下马者。店小二哥那里①？（小二上云）自家是这状元店里小二哥。官人要下呵②，俺这里有干净店房。（末云）头房里下，先撒和那马者③。小二哥你来，我问你：这里有甚么闲散心处？名山胜境、福地宝坊皆可④。（小二云）俺这里有一座寺，名曰普救寺，是则天皇后香火院，盖造非俗：琉璃殿相近青霄，舍利塔直侵云汉⑤。南来北往，三教九流⑥，过者无不瞻仰，则除那里可以君子游玩。（末云）琴童，料持下晌午饭，那里走一遭，便回来也。（童云）安排下饭，撒和了马，等哥哥回家。（下）（法聪上）小僧法聪，是这普救寺法本长老座下弟子。今日师父赴斋去了⑦，著我在寺中，但有探长老的，便记著，待师父回来报知。山门下立地⑧，看有甚么人来。（末上云）却早来到也。（见聪了⑨，聪问云）客官从何来？（末云）小生西洛至此，闻上刹幽雅清爽⑩，一来瞻仰佛像，二来拜谒长老。敢问长老在么？（聪

云）俺师父不在寺中，贫僧弟子法聪的便是。请先生
方丈拜茶[11]。（末云）既然长老不在呵，不必吃茶。敢
烦和尚相引瞻仰一遭，幸甚。（聪云）小僧取钥匙，开
了佛殿、钟楼、塔院、罗汉堂、香积厨[12]，盘桓一会，
师父敢待回来[13]。（末云）是盖造得好也呵！

【村里迓鼓】随喜了上方佛殿[14]，早来到下方僧院。行
过厨房近西、法堂北、钟楼前面[15]。游了洞房[16]，登
了宝塔，将回廊绕遍。数了罗汉[17]，参了菩萨，拜了
圣贤[18]。

【注释】

①店小二哥：宋元时称店主为大哥，称店里的伙计为
　二哥或小二哥。

②官人：顾炎武《日知录》："南人称士人为官人。"
　唐时称有官者为官人，宋代可用为对男子的尊称。
　下：住店，住下。

③撒和：饲喂牲口。

④福地：生有福有德之地域，此处用为对寺院的敬称。
　宝坊：寺院之美称。

⑤舍利塔：舍利为梵文音译，意为尸体、身骨，相传
　为释迦牟尼遗体火化后结成的珠状物，后来德行较
　高的和尚圆寂后，焚烧遗体的凝结物也称舍利。舍
　利塔即贮藏舍利的塔。 云汉：天河。

⑥三教九流：泛指不同职业的各色人等。三教，指儒、
　释、道三家（见《北史·周高祖纪》）。九流，指春

秋战国时期的儒家、道家、墨家、阴阳家、法家、名家、纵横家、农家、杂家等九种学派（见《汉书·艺文志》）。

⑦赴斋：参加法会或受"在家人"的邀请去吃斋。

⑧山门：佛教寺庙的外门。

⑨见聪了：与法聪见面寒暄已毕。了，表演完毕。

⑩上刹（chà）：对寺庙的尊称。刹，梵文音译，原指佛塔顶上的装饰（相轮），也指佛寺或寺前幡杆。

⑪先生：儒者之通称，简称之则曰"生"，故下文称张生、那生。方丈：此言住持所居之室。

⑫罗汉堂：安置释迦牟尼五百个罗汉弟子塑像的佛殿。香积厨：寺庙的厨房。

⑬敢待：也许。

⑭随喜：佛家语，本指见人行善做功德，随之而生欢喜之心，又称随己所喜为随喜，比如布施，富者施以金帛，贫者施以水草，各随所喜，皆为布施。后称游览佛寺为随喜。上方：山寺、住持均可称上方。

⑮法堂：指宣讲佛法的殿堂。

⑯洞房：本指深邃之室，此指佛殿。

⑰数罗汉：旧俗，在五百罗汉塑像中，任从一个数起，数到与自己年龄相等的数字时，即可从该罗汉喜怒哀乐的表情中，预知自己的祸福命运，谓之数罗汉。

⑱圣贤：对神佛的敬称。


（莺莺引红娘捻花枝上云）红娘，俺去佛殿上耍去来。

（末做见科<sup>①</sup>）呀！

正撞著五百年前风流业冤<sup>②</sup>。

【元和令】颠不刺的见了万千<sup>③</sup>，似这般可喜娘的庞儿罕曾见。则著人眼花撩乱口难言，魂灵儿飞在半天。他那里尽人调戏軃著香肩，只将花笑捻<sup>④</sup>。

【上马娇】这的是兜率宫<sup>⑤</sup>，休猜做了离恨天<sup>⑥</sup>。呀，谁想著寺里遇神仙！我见他宜嗔宜喜春风面，偏、宜贴翠花钿<sup>⑦</sup>。

【胜葫芦】则见他宫样眉儿新月偃<sup>⑧</sup>，斜侵入鬓云边。

> （旦云）红娘，你觑：寂寂僧房人不到，满阶苔衬落花红。（末云）我死也！

未语人前先腼腆，樱桃红绽<sup>⑨</sup>，玉粳白露<sup>⑩</sup>，半响恰方言。

【幺篇】恰便似呖呖莺声花外啭，行一步可人怜<sup>⑪</sup>。解舞腰肢娇又软<sup>⑫</sup>，千般袅娜，万般旖旎，似垂柳晚风前。

> （红云）那壁有人，咱家去来。（旦回顾觑末下）（末云）和尚，恰怎么观音现来？（聪云）休胡说！这是河中开府崔相国的小姐<sup>⑬</sup>。（末云）世间有这等女子，岂非天姿国色乎？休说那模样儿，则那一对小脚儿<sup>⑭</sup>，价值百镒之金<sup>⑮</sup>。（聪云）偌远地，他在那壁，你在这壁，系著长裙儿，你便怎知他脚儿小？（末云）法聪，来、来、来，你问我怎便知，你觑：

【后庭花】若不是衬残红芳径软，怎显得步香尘底样儿浅。且休题眼角儿留情处，则这脚踪儿将心事传。

慢俄延⑯，投至到枊门儿前面，刚那了一步远。刚刚的打个照面，风魔了张解元⑰。似神仙归洞天⑱，空余下杨柳烟，只闻得鸟雀喧。

【柳叶儿】呀，门掩著梨花深院，粉墙儿高似青天。恨天、天不与人行方便，好著我难消遣，端的是怎留连。小姐呵，则被你兀的不引了人意马心猿⑲。

（聪云）休惹事，河中开府的小姐去远了也。（末唱）

【寄生草】兰麝香仍在⑳，佩环声渐远㉑。东风摇曳垂杨线，游丝牵惹桃花片，珠帘掩映芙蓉面㉒。你道是河中开府相公家，我道是南海水月观音现㉓。

"十年不识君王面，恰信婵娟解误人㉔。"小生便不往京师去应举也罢。（觑聪云）敢烦和尚对长老说知，有僧房借半间，早晚温习经史，胜如旅邸内冗杂。房金依例拜纳。小生明日自来也。

【赚煞】饿眼望将穿，馋口涎空咽，空著我透骨髓相思病染，怎当他临去秋波那一转㉕。休道是小生，便是铁石人也意惹情牵㉖。近庭轩，花柳争妍，日午当庭塔影圆。春光在眼前，争奈玉人不见㉗，将一座梵王宫疑是武陵源㉘。（下）

【注释】

①科：元杂剧中作舞台提示用的术语，也叫"介"。科除指示剧中人的表情、动作之外，也用来指示舞台效果。

②"正撞著"句：正碰上前世的风流冤家。五百年前，

是说前生注定。业冤，前世冤家。冤家，本为佛教语，后用指仇敌，也用为对情人的爱称，为爱极的反话。

③颠不剌：用法不同则含义各异，故其解众说纷纭。具体到《西厢记》中，颠，有可爱、风流义。不剌，语气词，有声无义。

④"他那里"二句：是说莺莺尽由着张生对她顾盼不止，而她却垂肩持花微笑。调戏，这里指张生因极端爱慕而情随目视、神魂颠倒。鬌（duǒ），垂下貌。捻，手捏。相传释迦牟尼于灵山会说法，拈花示众，众不解其意，惟有弟子摩诃迦叶破颜微笑（《五灯会元》），后遂以拈花微笑喻心心相印。此化用其意。

⑤的（dí）是：确实是。兜率（lǜ）宫：兜率为梵文音译，意为妙足、知足、喜足，此处以之代指寺庙。

⑥离恨天：佛教经典所载三十三天中，无离恨天，但曲中多用指男女相思烦恼的境界。

⑦"我见他"二句：是说莺莺美貌，正适合打扮。春风面，美丽的面貌。杜甫《咏怀古迹》之三："画图省识春风面，环佩空归月夜魂。"偏，正，恰。花钿（tián），有簪于发髻者，此指以极薄之小金属片或彩纸剪成花鸟形状，贴于妇女眉间或面颊之上，亦称花子。

⑧宫样眉：按宫中流行式样描画的眉毛。

⑨樱桃红绽：喻莺莺启唇欲言。樱桃，蔷薇科植物，

果实小，色鲜红，球形，常用来比喻美女之口。孟棨《本事诗·事感》记载："白尚书（白居易）姬人樊素善歌，妓人小蛮善舞，尝为诗曰：'樱桃樊素口，杨柳小蛮腰。'"

⑩玉粳：光洁如玉的粳米，喻齿之光洁。

⑪"呖呖（lì）"二句：以黄莺在花丛中鸣叫，喻莺莺话音之动听。语本白居易《琵琶行》"间关莺语花底滑"。啭（zhuàn），鸟鸣。可人怜，让人爱。

⑫解舞腰肢：即善舞、适宜于舞之腰肢体态。解，晓，引申为会、能、擅长诸义。

⑬开府：本为古代高官设置府署自选官僚的制度。汉制，三公、大将军可以开府，唐宋定"开府仪同三司"，为一品散官的称号。莺父为相国，故称开府。

⑭小脚：剧中多次描写莺莺小脚，按妇女缠足，始于南唐李后主之宫嫔窅（yǎo）娘，唐代无缠足风气（见《南村辍耕录·缠足》）。

⑮百镒（yì）：言其贵重。镒，古代重量单位，二十两或四十两为一镒。

⑯俄延：拖延。

⑰风魔：本指精神错乱失常，这里用如动词，指着魔入迷、神魂颠倒。解元：唐制，考进士的人都由地方解送入试，后遂称乡试第一名为解元；也用作对读书人的尊称。此指后者。

⑱洞天：道教传说中神仙居住的地方，大都在名山洞府之中，洞中与人世不同，别有天地，故名。《茅君

内传》："大地之内，有地之洞天三十六所，乃神仙
所居。"

⑲兀的：指示词，这里兼表惊异。意马心猿：指人心
驰意散就像猿猴跳跃、快马奔驰一样，难以控制。

⑳兰麝：香料，这里指莺莺佩戴的香物。

㉑佩环：莺莺身带的佩玉。《礼记·经解》："行步则有
环佩之声，升车则有鸾和之音。"

㉒"东风"三句：张生揣想莺莺去后枕门以内的景象。
游丝，在空中飘荡着昆虫吐的丝。掩映，遮藏，隐
蔽。芙蓉，荷花。《西京杂记》："卓文君姣好，眉色
如远山，脸际常若芙蓉。"

㉓南海水月观音：即观音。《法华经·普门品》有观
音示现三十三身之说，其一为观水中之月的姿态。
又，观音所居的净土，在南印度普陀珞珈山，其山
在印度南海岸，故有南海观音之称。

㉔婵娟：容貌姿态美好的样子，常用以代指美女。误
人：指使人迷恋而耽误功名进取。

㉕秋波：像秋水般明亮的眼睛。苏轼《百步洪》："佳
人未肯回秋波，幼舆欲语防飞梭。"

㉖铁石人：此指铁石心肠的无情之人，刘肃《大唐新
语》载唐太宗为大理寺卿唐临题考词曰："形若死
灰，心如铁石。"

㉗玉人：喻指颜美如玉之人，可指女，亦可指男。

㉘武陵源：相传东汉人刘晨、阮肇，于永平五年（62）
入天台山采药，迷路求食，入桃花源，遇二仙女得

成婚配。晋人陶渊明《桃花源诗并记》则写"晋太元中，武陵人捕鱼为业，缘溪行"，进入桃花源。刘、阮事与武陵渔人事相距三百余年，天台山之桃源与武陵溪之桃源亦无甚关联，但后世常把刘、阮所入之桃花源说成武陵源。

**【点评】**

白衣秀士张珙，功名未遂，但才华富赡、器宇非凡。"慢世之情，更作高世之语。"（徐士范语）

禅寺游赏，本是寻常。"正撞著五百年前风流业冤"，是平地陡起波澜。莺娘容貌行止风流娴雅，虽素服淡妆，不能自掩。更兼着"临去秋波那一转"，春泥软、印脚踪俄延似留恋。无怪乎佛殿惊艳，风魔了张解元！

## 第二折

（夫人上白）前日长老将钱去与老相公做好事①，不见来回话。道与红娘，传著我的言语，去问长老，几时好与老相公做好事？就著他办下东西的当了②，来回我话者。（下）（净扮洁上③）老僧法本，在这普救寺内做长老。此寺是则天皇后盖造的，后来崩损，又是崔相国重修的。见今崔老夫人领著家眷，扶枢回博陵，因路阻暂寓本寺西厢之下，待路通回博陵迁葬。老夫人处事温俭，治家有方，是是非非④，人莫敢犯。夜来老僧赴斋，不知曾有人来望老僧否？（唤聪问科）（聪云）夜来有一秀才⑤，自西洛而来，特谒我师，不遇而返。（洁云）山门外觑著，若再来时，报我知道。（末上云）昨日见了那小姐，到有顾盼小生之意。今日去问长老借一间僧房，早晚温习经史；倘遇那小姐出来，必当饱看一会。

【中吕】【粉蝶儿】不做周方⑥，埋怨杀你个法聪和尚。借与我半间儿客舍僧房，与我那可憎才居止处门儿相向⑦。虽不能勾窃玉偷香⑧，且将这盼行云眼睛儿打当⑨。

【醉春风】往常时见傅粉的委实羞⑩，画眉的敢是谎⑪。今日多情人一见了有情娘，著小生心儿里早痒、痒。迤逗得肠荒，断送得眼乱，引惹得心忙⑫。

（末见聪科）（聪云）师父正望先生来哩，只此少待，小僧通报去。（洁出见末科）（末云）是好一个和尚呵！

【迎仙客】我则见他头似雪，鬓如霜，面如童，少年得内养<sup>⑬</sup>。貌堂堂,声朗朗,头直上只少个圆光<sup>⑭</sup>,却便似捏塑来的僧伽像<sup>⑮</sup>。

（洁云）请先生方丈内相见。夜来老僧不在,有失迎迓。望先生恕罪。（末云）小生久闻老和尚清誉,欲来座下听讲,何期昨日不得相遇。今能一见,是小生三生有幸矣。（洁云）先生世家何郡?敢问上姓大名,因甚至此?（末云）小生姓张,名珙,字君瑞。

【石榴花】大师一一问行藏<sup>⑯</sup>,小生仔细诉衷肠,自来西洛是吾乡,宦游在四方<sup>⑰</sup>,寄居咸阳。先人拜礼部尚书多名望,五旬上因病身亡。

（洁云）老相公弃世,必有所遗。（末唱）

平生正直无偏向,止留下四海一空囊<sup>⑱</sup>。

（洁云）老相公在官时浑俗和光<sup>⑲</sup>。（末唱）

【斗鹌鹑】俺先人甚的是浑俗和光<sup>⑳</sup>,衡一味风清月朗<sup>㉑</sup>。

（洁云）先生此一行,必上朝取应去。（末唱）

小生无意求官,有心待听讲。

小生特谒长老,奈路途奔驰,无以相馈——

量著穷秀才人情则是纸半张。又没甚七青八黄<sup>㉒</sup>,尽著你说短论长,一任待掂斤播两<sup>㉓</sup>。

径禀:有白银一两,与常住公用<sup>㉔</sup>,略表寸心,望笑留是幸。（洁云）先生客中,何故如此?（末云）物鲜不足辞<sup>㉕</sup>,但充讲下一茶耳<sup>㉖</sup>。

【上小楼】小生特来见访,大师何须谦让。

（洁云）老僧决不敢受。（末唱）

这钱也难买柴薪,不勾斋粮,且备茶汤。

（觑聪云）这一两银，未为厚礼。

你若有主张，对艳妆，将言词说上，我将你众和尚死生难忘。

**【注释】**

①将钱去：拿着钱去。做好事：此谓超度亡灵的法事活动。好事，指佛事。

②的（dí）当：妥当。

③净：扮演以刚猛人物为主的脚色，一般由男脚扮演，也有由女脚扮演的。此指扮演和尚的男脚。洁：僧人止淫事、断酒肉，故称僧人为洁郎或杰郎，简称"洁"，此指法本长老。

④是是非非：以是为是，以非为非，能分清是非的意思。

⑤夜来：此指昨日。秀才：本指优秀人才，唐代后往往通称士人为秀才。

⑥周方：周旋方便，即成全别人，给人以方便。

⑦可憎才：非常可爱的人。可憎，爱极的反话。

⑧窃玉偷香：指男女私通。窃玉，传说有郑生兰房窃玉事，详情待考。偷香，韩寿与陈骞之女事。《太平御览·卷九八一》："骞以韩寿为掾，每会，闻寿有异香气，是外国所贡，一著衣，历日不歇。骞计武帝唯赐己及贾充，他家理无此香。嫌寿与己女通，考问左右，婢具以实对。骞即以女妻寿。"

⑨盼行云：盼望与美人相会。宋玉《高唐赋序》："昔

者，楚襄王与宋玉游于云梦之台，望高唐之观，其上独有云气……王问玉曰：'此何气也？'玉对曰：'所谓朝云者也。'王曰：'何谓朝云？'玉曰：'昔者，先王尝游高唐，怠而昼寝，梦见一妇人曰："妾，巫山之女也，为高唐之客，闻君游高唐，愿荐枕席。"王因幸之。去而辞曰："妾在巫山之阳，高丘之阻，旦为朝云，暮为行雨，朝朝暮暮，阳台之下。"旦朝视之，如言故为立庙，号曰朝云。'"打当：准备。

⑩傅粉的：代指女性。傅粉，搽粉。旧注多谓指三国时魏人何晏事，

⑪画眉的：代指女性。画眉，《汉书·张敞传》："（张敞）又为妇画眉，长安中传张京兆眉怃。"

⑫"迤（tuō）逗"三句：是说被莺莺引逗得眼花缭乱、心神不定。迤逗、断送、引惹，都是撩拨、勾引、招惹的意思。

⑬内养：指脱离尘世不争名利，清心寡欲不为七情所伤，戒持自己的身心以养其内。《庄子·达生》："鲁有单豹者，岩居而水饮，不与民共利，行年七十而犹有婴儿之色。不幸遇饿虎，饿虎杀而食之……豹养其内而虎食其外。"

⑭头直上：头顶上。圆光：指佛菩萨头顶上放射的光明圆轮。

⑮僧伽：梵文音译，略称为"僧"。佛教称四个以上的出家人在一处为僧伽，即僧团之意。后来一个出

家人也可称僧伽。

⑯行藏：指身世经历。《论语·述而》："用之则行，舍之则藏。"行，出仕。藏，家居。

⑰宦游：在外地做官或为求仕进而在外游历，此指后者。

⑱四海：古人认为中国四周被四海包围，故以"四海"代指全国。空囊：此处谓身无长物。囊，指皮囊，又称皮袋，指人畜之身躯。

⑲浑俗和光：与世俗混同，不露锋芒，即与世无争。

⑳甚（shén）的是：不识何者是，不知道什么是。

㉑衠（zhūn）一味：犹言纯是一心一意。衠，正，真。风清月朗：喻人品光明磊落，清白纯洁。

㉒七青八黄：指黄金。王伯良曰："《格古要论》谓，金品：七青八黄九紫十赤。"

㉓"一任"句：任凭你去较量钱财的多少。一任，任凭。掂，以手掂估量轻重。

㉔常住：佛家语，寺院、僧人皆可称常住。

㉕物鲜（xiǎn）：东西很少，此是谦辞。

㉖讲下一茶：聊作茶资之意。讲下，对讲经僧人的尊称，犹今言左右。讲，讲经说法之法座。


（洁云）先生必有所请。（末云）小生不揣有恳①。因恶旅邸冗杂，早晚难以温习经史，欲假一室②，晨昏听讲，房金按月任意多少。（洁云）敝寺颇有数间，任先生拣选。（末唱）

【幺篇】也不要香积厨，枯木堂③。远著南轩，离著东墙，靠著西厢。近主廊，过耳房，都皆停当。

（洁云）便不呵，就与老僧同处何如？（末笑云）要恁怎么④？
你是必休题著长老方丈⑤。

（红上云）老夫人著俺问长老，几时好与老相公做好事，看得停当回话。须索走一遭去来。（见洁科）长老万福⑥。夫人使侍妾来问⑦，几时好与老相公做好事，著看的停当了回话。（末背云⑧）好个女子也呵！

【脱布衫】大人家举止端详，全没那半点儿轻狂。大师行深深拜了⑨，启朱唇语言的当。

【小梁州】可喜娘的庞儿浅淡妆，穿一套缟素衣裳。胡伶渌老不寻常⑩，偷晴望，眼挫里抹张郎⑪。

【幺篇】若共他多情的小姐同鸳帐，怎舍得他叠被铺床。我将小姐央，夫人快，他不令许放，我亲自写与从良⑫。

（洁云）二月十五日可与老相公做好事。（红云）妾与长老同去佛殿看了，却回夫人话。（洁云）先生请少坐，老僧同小娘子看一遭便来。（末云）何故却小生⑬？便同行一遭，又且何如？（洁云）便同行。（末云）著小娘子先行，俺近后些。（洁云）一个有道理的秀才。（末云）小生有一句话说，敢道么？（洁云）便道不妨。（末唱）

【快活三】崔家女艳妆，莫不是演撒你个老洁郎⑭？

（洁云）俺出家人那有此事？（末唱）既不沙⑮，却怎睃趁著你头上放毫光⑯？打扮的特来晃⑰。

（洁云）先生是何言语！早是那小娘子不听得哩⑱，若知呵，是甚意思！（红上佛殿科）（末唱）

【朝天子】过得主廊，引入洞房，好事从天降。

我与你看著门儿，你进去。（洁怒云）先生，此非先王之法言⑲！岂不得罪于圣人之门乎？老僧偌大年纪，焉肯作此等之态！（末唱）

好模好样忒莽撞。

没则罗便罢，

烦恼则么耶唐三藏⑳？

怪不得小生疑你，

偌大一个宅堂，可怎生别没个儿郎㉑，使得梅香来说勾当㉒？

（洁云）老夫人治家严肃，内外并无一个男子出入。（末背云）这秃厮巧说㉓！

你在我行、口强，硬抵著头皮撞。

【注释】

①不揣（chuǎi）有恳：此言冒昧提出自己的请求。不揣，不自量，冒昧。揣，量度。恳，恳求。

②假：借。

③枯木堂：和尚参禅打坐的房间。打坐时闭目盘腿静坐，万念俱寂，身心皆如枯木，故称枯木堂。

④恁（nèn）：如此。

⑤是必：势必，一定。题：通"提"。

⑥万福：宋元之后，妇女所行的一种礼节，与人相见

行礼时以手敛衽，口称"万福"。

⑦侍妾：婢女。

⑧背云：又叫背工、背躬，演出时假定其他剧中人听不见，而向观众讲述自己的心里话。

⑨大师行（háng）：即大师这边，大师跟前。行，用于自称或人称之后，如我行、他行，相当于这里、那里。

⑩胡伶渌（lù）老：此谓聪明伶俐的眼睛。

⑪眼挫：眼角。抹：斜视，不正眼看。

⑫"我将"四句：这四句承"怎舍得叠被铺床"而来，是说与莺莺成婚之后，将央求莺莺许放红娘，如果夫人不同意，我就亲自给红娘写从良文书。央，央求。快，不满，不允许。从良，妓女赎身嫁人、男女仆婢赎身为平民，都叫从良，此指后者。

⑬却：拒绝，推谢。

⑭演撒：勾搭迷惑。撒，语尾助词。

⑮既不沙：既不是这样。沙，"是呵"的合音。

⑯睃（suō）趁：看。睃，视。趁，语助词，无实义。毫光：佛光，是说佛光像毫毛一样光芒四射，此处言"放毫光"，是调侃语，明光锃亮之意。

⑰特来晃：特别光彩之意。特来，别样，特别。晃，明，炫耀之意。

⑱早是：幸亏。

⑲法言：合于礼法之言。

⑳则么耶：犹"怎么呀"。唐三藏：唐僧玄奘，号三

藏法师，此之"唐三藏"是调侃法本之语，意为老
佛爷、老和尚。

㉑怎生：怎么，怎样。生，语助词。

㉒梅香：戏曲中往往称丫环使女为梅香。勾当：事情。

㉓秃厮：犹言"秃家伙"，此为对和尚的蔑称。厮，为
对贱役的称呼。

（洁对红云）这斋供道场都完备了①，十五日请夫人小
姐拈香。（末问云）何故？（洁云）这是崔相国小姐至
孝，为报父母之恩。又是老相公禫日②，就脱孝服，
所以做好事。（末哭科云）"哀哀父母，生我劬劳，欲
报深恩，昊天罔极③。"小姐是一女子，尚然有报父
母之心；小生湖海飘零数年，自父母下世之后，并不
曾有一陌纸钱相报④。望和尚慈悲为本，小生亦备钱
五千，怎生带得一分儿斋，追荐俺父母咱⑤。便夫人
知，也不妨，以尽人子之心。（洁云）法聪，与这先生
带一分者。（末背问聪云）那小姐明日来么？（聪云）他
父母的勾当，如何不来？（末背云）这五千钱使得有些
下落者！

【四边静】人间天上，看莺莺强如做道场。软玉温
香⑥，休道是相亲傍；若能勾汤他一汤⑦，到与人消
灾障。

（洁云）都到方丈吃茶。（做到科）（末云）小生更衣
咱⑧。（末出科云）那小娘子已定出来也，我则在这里
等待问他咱。（红辞洁云）我不吃茶了，恐夫人怪来

迟，去回话也。（红出科）（末迎红娘祇揖科）小娘子拜揖。（红云）先生万福。（末云）小娘子莫非莺莺小姐的侍妾么？（红云）我便是，何劳先生动问？（末云）小生姓张，名珙，字君瑞，本贯西洛人也。年方二十三岁，正月十七日子时建生⑨。并不曾娶妻……（红云）谁问你来？（末云）敢问小姐常出来么？（红怒云）先生是读书君子，孟子曰："男女授受不亲，礼也⑩。"君子"瓜田不纳履，李下不整冠⑪。"道不得个"非礼勿视，非礼勿听，非礼勿言，非礼勿动⑫。"俺夫人治家严肃，有冰霜之操。内无应门五尺之童⑬，年至十二三者，非呼召，不敢辄入中堂。向日莺莺潜出闺房，夫人窥之，召立莺莺于庭下，责之曰："汝为女子，不告而出闺门，倘遇游客小僧私视，岂不自耻。"莺立谢而言曰⑭："今当改过从新，毋敢再犯。"是他亲女，尚然如此，何况以下侍妾乎！先生习先王之道，尊周公之礼⑮，不干己事，何故用心？早是妾身，可以容恕。若夫人知其事呵，决无干休！今后得问的问，不得问的休胡说！（下）（末云）这相思索是害也。

【哨遍】听说罢心怀悒怏，把一天愁都撮在眉尖上⑯。说"夫人节操凛冰霜，不召呼，谁敢辄入中堂？"自思想，比及你心儿里畏惧老母亲威严⑰，小姐呵，你不合临去也回头儿望。待飏下教人怎飏⑱？赤紧的情沾了肺腑⑲，意惹了肝肠。若今生难得有情人，是前世烧了断头香⑳。我得时节手掌儿里奇擎㉑，心坎儿里温存，眼皮儿上供养。

【耍孩儿】当初那巫山远隔如天样，听说罢又在巫山那厢㉒。业身躯虽是立在回廊㉓，魂灵儿已在他行。本待要安排心事传幽客㉔，我子怕漏泄春光与乃堂。夫人怕女孩儿春心荡，怪黄莺儿作对，怨粉蝶儿成双。

【五煞】小姐年纪小，性气刚。张郎倘得相亲傍，乍相逢厌见何郎粉，看邂逅偷将韩寿香。才到是未得风流况，成就了会温存的娇婿，怕甚么能拘束的亲娘㉕。

【四煞】夫人忒虑过，小生空妄想，郎才女貌合相仿。休直待眉儿浅淡思张敞，春色飘零忆阮郎。非是咱自夸奖，他有德言工貌㉖，小生有恭俭温良㉗。

【三煞】想着他眉儿浅浅描，脸儿淡淡妆，粉香腻玉搓咽项㉘。翠裙鸳绣金莲小㉙，红袖鸾销玉笋长㉚。不想呵其实强，你撇下半天风韵，我拾得万种思量。

却忘了辞长老。（见洁科）小生敢问长老：房舍何如？（洁云）塔院侧过西厢一间房，甚是潇洒㉛，正可先生安下，见收拾下了，随先生早晚来㉜。（末云）小生便回店中搬去。（洁云）既然如此，老僧准备下斋，先生是必便来。（下）（末云）若在店中人闹，到好消遣；搬在寺中静处，怎么捱这凄凉也呵！

【二煞】院宇深，枕簟凉。一灯孤影摇书幌㉝。纵然酬得今生志，著甚支吾此夜长！睡不著如翻掌，少可有一万声长吁短叹，五千遍倒枕槌床㉞。

【尾】娇羞花解语㉟，温柔玉有香㊱。我和他乍相逢记不真娇模样，我则索手抵著牙儿慢慢的想㊲。（下）

**【注释】**

①斋供道场：亦称水陆道场、水陆斋，简称水陆或道场。斋供，供佛的食品。道场，梵文之意译，所指有佛成道之所、修行所据之佛法、供佛祭祀之所、修行学道之处、寺院等。此指为死者追福、超度亡灵所举行的佛事活动。

②禫（dàn）日：父母死后二十七个月，举行祭祀，然后除去孝服之日。

③"哀哀"四句：出自《诗经·小雅·蓼莪》。哀哀，悲伤不止。生，生育。劬（qú）劳，辛苦，劳累。昊，广大。罔，无。极，穷。言父母之恩如此，欲报之以德，而其恩如天无穷，不知所以为报也。

④一陌（mò）纸钱：犹言一些纸钱。陌，计算钱数的单位，百钱为陌。

⑤追荐：为死者求冥福而进行的法会、行善等事，包括读经写经、施斋造寺、祭祀等。咱（zā）：语气助词，无实义。

⑥软玉温香：形容莺莺玉貌花容又温柔妖媚。软玉，苏鹗《杜阳杂编·软玉鞭》："（唐）德宗尝幸兴庆宫，于复壁间得宝匣，中获玉鞭。其末有文，曰'软玉鞭'，即天宝中异国所献也。瑞妍节文，光明可鉴，虽蓝田之美，不能过也。屈之则首尾相就，舒之则径直如绳。虽以斧锧锻斫，终不伤缺。德宗叹为神物。"温香，任昉《述异记》："辟寒香，丹丹国所出，汉武时入贡。每至大寒，于室焚之，暖

气翕然自外而入，人皆减衣。"

⑦汤：犹言"擦着"，元人多用之。

⑧更衣：婉言，上厕所。

⑨子时：十二时辰之一，二十三时至翌日一时。

⑩"男女"二句：语出《孟子·离娄上》，是说男女之间不亲手接递东西。授，手付之。受，接受。

⑪"瓜田"二句：避嫌疑的意思。《古君子行》："君子防未然，不处嫌疑间。瓜田不纳履，李下不整冠。"纳履，提鞋。李下，李树下。整冠，正帽子。

⑫"非礼"四句：语出《论语·颜渊》。意思是不合礼法的事不看，不合礼法的话不听，不合礼法的话不说，不合礼法的事不做。

⑬"内无"句：是说院子里连一个幼年男子都没有。应门，照看门户。古代尺短，故以五尺泛指儿童。

⑭立谢：立刻认错。

⑮周公之礼：周公姓姬名旦，是周文王之子、武王之弟，是西周典章制度的制定者。

⑯"把一天愁"句：意谓极度忧愁而眉头紧锁。撮，聚合。

⑰比及：此言既然。

⑱飏（yáng）：抛开，丢开。

⑲赤紧的：当真的，真个的。

⑳断头香：即半截的香。礼佛敬神须烧整支的香，烧折断或已燃过的残香，会遭贫穷、分离、无子、功名及婚姻不顺等报应。

㉑奇擎：捧护。奇，语助词。擎，举，捧。

㉒"当初"二句：与李商隐《无题》"刘郎已恨蓬山远，更隔蓬山一万重"及欧阳修《踏莎行》"平芜尽处是春山，行人更在春山外"同一机杼。

㉓业身躯：造孽之身，此为张生自怨自骂之语。

㉔幽客：此谓幽闺客，指莺莺。

㉕"【五煞】"一曲：王伯良曰："大约言莺莺年小性刚，未得风流之情况，故尚厌畏于我，看我得亲傍而一窃其香之后，自然爱我温存不暇，而尚肯惧夫人之拘束耶？"乍，处，刚开始。邂逅，不期而遇，意外相逢。风流况，风流情况。成就娇婿，谓与莺莺私订终身。

㉖德言工貌：古代礼法要求妇女具有的四种品德。德谓贞顺，言谓辞令，工谓女红、烹煮等生活技能，貌谓服饰整洁、沐浴以时。

㉗恭俭温良：《论语·学而》："夫子温、良、恭、俭、让以得之。"邢昺疏曰："敦柔润泽谓之温，行不犯物谓之良，和从不逆谓之恭，去奢从约谓之俭，先人后己谓之让。"

㉘"粉香"句：形容莺莺颈项像粉玉捏成一样。腻玉，状肌肤之光洁。

㉙"翠裙"句：谓绣着鸳鸯的翠裙遮住了一双小脚。金莲，《南史·齐东昏侯纪》："又凿金为莲华以贴地，令潘妃行其上，曰：'此步步生莲华也。'"宋以后，女子缠足之风渐盛，常以"金莲"代指女子之足。

苏轼《菩萨蛮》咏缠足曰："涂香莫惜莲承步，长愁罗袜凌波去。只见舞回风，都无行处踪。偷立宫样稳，并立双趺困。纤妙说应难，须从掌上看。"

㉚鸾销：即销鸾，以金色丝线绣鸾凤。销，销金。玉笋：喻女子手指纤细白润。韩偓《咏手》："腕白肤红玉笋芽，调琴抽线露尖斜。"

㉛潇洒：明亮整洁。

㉜早晚：随时之意。

㉝摇书幌：谓灯光下的孤影在书房中摇动，状张生夜深不寐相思徘徊。书幌，书斋，书帷。

㉞倒枕搥床：状失眠时急躁情状。

㉟花解语：会说话的花，喻人美如花。解，能，善。王仁裕《开元天宝遗事·解语花》："明皇秋八月，太液池有千叶白莲数枝盛开，帝与贵戚宴赏焉。左右皆叹羡久之。帝指贵妃示于左右曰：'争如我解语花？'"

㊱玉有香：苏鹗《杜阳杂编·玉辟邪》："肃宗赐李辅国香玉辟邪二，各高一尺五寸，工巧殆非人工。其玉之香，可闻于数百步。虽镪之于金函石柜中，终不能掩其气，或以衣裾误拂，芬馥经年，纵瀚濯数四，亦不消歇。"后世多以之喻美女。

㊲则索：只得。手抵牙：以手托腮。

【点评】

张生为近芳卿，撇却客栈繁华，借居寂寞僧房。才埋怨法聪不周方，恰来了胡伶渌老小梅香。如此良机，岂能轻放？红娘虽为侍婢，但妆束言谈不同凡响，更以尖心利眼，迎头觑破书生来意，责之以孔孟之道、周公之礼，又告诫夫人治家严肃，当避嫌疑。叵耐"登徒子"情根已种，纵然是悒怏而回，仍不免思想佳人，终宵不寐。一计不成，再生一计？

本折又称"借厢"，情节上起过渡作用。但人物刻画生动，不当以寻常"过场"视之。

## 第三折

（正旦上云）老夫人著红娘问长老去了，这小贱人不来我行回话。（红上云）回夫人话了，去回小姐话去。（旦云）使你问长老，几时做好事？（红云）恰回夫人话也，正待回姐姐话。二月十五日请夫人、姐姐拈香。（红笑云）姐姐，你不知，我对你说一件好笑的勾当。咱前日寺里见的那秀才，今日也在方丈里。他先出门儿外，等著红娘，深深唱个喏道①："小生姓张，名珙，字君瑞，本贯西洛人也，年二十三岁，正月十七日子时建生，并不曾娶妻。"姐姐，却是谁问他来？他又问："那壁小娘子，莫非莺莺小姐的侍妾乎？小姐常出来么？"被红娘抢白了一顿呵回来了②。姐姐，我不知他想甚么哩，世上有这等傻角③！（旦笑云）红娘，休对夫人说。天色晚也，安排香案④，咱花园内烧香去来。（下）（末上云）搬至寺中，正近西厢居址。我问和尚每来⑤，小姐每夜花园内烧香。这个花园，和俺寺中合著。比及小姐出来，我先在太湖石畔墙角儿边等待⑥，饱看一会。两廊僧众都睡著了，夜深人静，月朗风清，是好天气也呵！

正是：闲寻方丈高僧语，闷对西厢皓月吟。

【越调】【斗鹌鹑】玉宇无尘⑦，银河泻影，月色横空，花阴满庭⑧。罗袂生寒，芳心自警⑨。侧著耳朵儿听，蹑著脚步儿行：悄悄冥冥⑩，潜潜等等⑪。

【紫花儿序】等待那齐齐整整，袅袅婷婷，姐姐莺莺。一更之后⑫，万籁无声⑬，直至莺庭。若是回廊下没揣的见俺可憎⑭，将他来紧紧的搂定；则问你那会少离多，有影无形⑮。

【注释】

①唱个喏（rě）：许郑杨云："'唱喏'，就是叉手拜师口中同时呼'喏'的声音，古时的一种礼数。"

②抢白：责备，训斥。

③傻角：徐渭《南词叙录》云："傻角，痴人也，吴谓'呆子'。"

④香案：烧香之几案。

⑤每：从元代俗字"懑"演变而来，此处用如"们"。

⑥太湖石：点缀庭院、花园用的石头，奇形异状，孔穴玲珑，以江苏太湖所产而得名。

⑦玉宇：天帝住天上，以玉为殿宇，故以"玉宇"代指天空。

⑧庭：庭园，园庭，非指庭院之庭。

⑨芳心：美人之心，曾巩《虞美人草》："芳心寂寞寄寒枝，旧曲闻来似敛眉。"警：警醒。

⑩冥冥：暗地里。

⑪等等：犹"停停"。

⑫更：古人夜间计时单位，一夜分为五个更次，每更次约两小时。一更相当于晚八时至十时。

⑬万籁：指天地人万物发出的各种声音。籁，声音。

⑭没揣的：意外地。

⑮有影无形：可闻声不能睹其面。

（旦引红娘上云）开了角门儿<sup>①</sup>，将香桌出来者。（末唱）

**【金蕉叶】** 猛听得角门儿呀的一声，风过处花香细生。踮著脚尖儿仔细定睛：比我那初见时庞儿越整。

（旦云）红娘，移香桌儿，近太湖石畔放者。（末做看科云）料想春娇厌拘束<sup>②</sup>，等闲飞出广寒宫<sup>③</sup>。看他容分一捻<sup>④</sup>，体露半襟，揎香袖以无言，垂罗裙而不语。似湘陵妃子，斜倚舜庙朱扉<sup>⑤</sup>；如月殿嫦娥，微现蟾宫素影<sup>⑥</sup>。是好女子也呵！

**【调笑令】** 我这里甫能、见娉婷<sup>⑦</sup>，比著那月殿嫦娥也不恁般撑<sup>⑧</sup>。遮遮掩掩穿芳径，料应来小脚儿难行。可喜娘的脸儿百媚生，兀的不引了人魂灵！

（旦云）取香来。（末云）听小姐祝告甚么。（旦云）此一炷香，愿化去先人<sup>⑨</sup>，早生天界；此一炷香，愿堂中老母，身安无事；此一炷香……（做不语科）（红云）姐姐不祝这一炷香，我替姐姐祝告：愿俺姐姐早寻一个姐夫，拖带红娘咱！（旦再拜云）心中无限伤心事，尽在深深两拜中。（长吁科）（末云）小姐倚栏长叹，似有动情之意。

**【小桃红】** 夜深香霭散空庭，帘幙东风静。拜罢也斜将曲栏凭，长吁了两三声。剔团圞明月如悬镜<sup>⑩</sup>，又不是轻云薄雾，都则是香烟人气<sup>⑪</sup>，两般儿氤氲得不分明<sup>⑫</sup>。

我虽不及司马相如<sup>⑬</sup>，我则看小姐颇有文君之意。我且高吟一绝，看他则甚：月色溶溶夜<sup>⑭</sup>，花阴寂寂春。如何临皓魄<sup>⑮</sup>，不见月中人？（旦云）有人墙角吟诗！

（红云）这声音，便是那二十三岁不曾娶妻的那傻角。
（旦云）好清新之诗！我依韵做一首。（红云）你两个是
好做一首！（旦念诗云）兰闺久寂寞⑯，无事度芳春。
料得行吟者，应怜长叹人。（末云）好应酬得快也呵！

【秃厮儿】早是那脸儿上扑堆著可憎⑰，那堪那心儿里
埋没著聪明⑱。他把那新诗和得忒应声⑲，一字字诉
衷情，堪听。

【圣药王】那语句清，音律轻，小名儿不枉了唤做莺
莺。他若是共小生、厮觑定⑳，隔墙儿酬和到天明，
方信道惺惺的自古惜惺惺㉑。

我撺出去，看他说甚么。

【麻郎儿】我拽起罗衫欲行，（旦做见科）他陪著笑脸
儿相迎。不做美的红娘忒浅情，便做道谨依来命㉒。

（红云）姐姐，有人！咱家去来，怕夫人嗔著。（莺回顾
下）（末唱）

【幺篇】我忽听、一声、猛惊，元来是扑剌剌宿鸟飞
腾，颤巍巍花梢弄影，乱纷纷落红满径。

【注释】

①角门儿：旁门。

②春娇：年轻美貌的女子。元稹《连昌宫词》："春娇
满眼睡红绡，掠削云鬟旋妆束。"此指嫦娥。

③等闲：随随便便。广寒宫：月宫。

④容分一捻：凌景埏曰："'容分一捻'，指美丽的形态
显露了一小部分。"捻，有美丽意。

⑤"似湘陵"二句：是说莺莺像斜靠着舜庙红门的湘水女神。尧的两个女儿娥皇、女英是舜帝的妃子。舜南巡死于苍梧山，二女追至，自投湘水，成为湘水女神。湘陵，湘水边舜的陵墓。

⑥蟾宫：即月宫。《全上古三代秦汉三国六朝文》辑《灵宪》云："嫦娥遂托身于月，是为蟾蜍。"故称月宫为蟾宫。蟾宫素影，指月中嫦娥素净洁白的身影。莺莺孝服未除，故以蟾宫素影喻之。

⑦甫能：方才，刚刚。

⑧撑：漂亮，美丽。

⑨化去：谓死。

⑩剔：程度副词，极，很。团圞（luán）：圆。

⑪人气：指莺莺的长吁。

⑫氤氲（yīnyūn）：烟气蒸腾、纠结缭绕之意。

⑬司马相如：汉代著名辞赋家，与卓文君相恋私奔成婚。《史记·司马相如列传》："卓王孙有女文君新寡，好音，故相如缪与令相重，而以琴心挑之。相如之临邛，从车骑，雍容闲雅甚都。及饮卓氏，弄琴，文君窃从户窥之，心悦而好之，恐不得当也。既罢，相如乃使人重赐文君侍者通殷勤。文君夜亡奔相如，相如乃与驰归成都。"

⑭溶溶：水流动的样子，常以形容月色如水。意本晏殊《无题》："梨花院落溶溶月，柳絮池塘淡淡风。"

⑮临：面对。皓魄：月或月光，此指月。权德舆《酬从兄》："清光杳无际，皓魄流霜官。"

⑯兰闺：女子的居室。庾肩吾《咏檐燕》："双燕集兰
　　闺，双飞高复低。"

⑰早是：已经是，本来已经。扑堆：遍布，堆聚。

⑱埋没：此言蕴含、包藏。

⑲新诗：格律诗是唐朝出现的一种诗体，相对于古体
　　诗为近体诗或新诗。和（hè）：依另一首诗的韵律
　　作出来的诗称为和诗。应声：随声。此言莺莺才思
　　敏捷，彼音刚落，此便出口。

⑳厮觑定：相互看着，注目良久。厮，相，相互。

㉑惺惺的自古惜惺惺：此指聪明人从来就喜欢聪明人，
　　性格、才调相同的人相互爱慕、看重。惺惺，聪明
　　机灵。惜，爱怜看重。

㉒"不做美"二句：凌濛初曰："生欲行，莺欲迎，而
　　红在侧，故谓其'浅情'、'不做美'。'便做道谨依
　　来命'，言何不便依了我们意也。"


　　小姐你去了呵，那里发付小生①！

【络丝娘】空撇下碧澄澄苍苔露冷②，明皎皎花筛月
影。白日凄凉枉耽病，今夜把相思再整。

【东原乐】帘垂下，户已扃。却才个悄悄相问③，他
那里低低应。月朗风清恰二更，厮溪幸④，他无缘，
小生薄命。

【绵搭絮】恰寻归路，伫立空庭，竹梢风摆，斗柄
云横⑤。呀，今夜凄凉有四星⑥，他不僽人待怎生！
虽然是眼角传情，咱两个口不言心自省。

今夜甚睡到得我眼里呵！

【拙鲁速】对著盏碧荧荧短檠灯⑦，倚著扇冷清清旧帏屏。灯儿又不明，梦儿又不成；窗儿外淅零零的风儿透疏棂，忒楞楞的纸条儿鸣；枕头儿上孤另，被窝儿里寂静。你便是铁石人，铁石人也动情。

【幺篇】怨不能，恨不成，坐不安，睡不宁。有一日柳遮花映，雾障云屏⑧，夜阑人静，海誓山盟——恁时节风流嘉庆，锦片也似前程⑨；美满恩情，咱两个画堂春自生。

【尾】一天好事从今定，一首诗分明照证。再不向青琐闼梦儿中寻⑩，则去那碧桃花树儿下等⑪。（下）

【注释】

① 发付：打发，处理。

② 苍苔：台阶上长的青苔。

③ 却才个：犹"刚才"。个，语助词，无实义。

④ 厮合幸：言无缘、薄命，二人都无着落，怅惘失落。此是自怨自艾之语。

⑤ 斗柄云横：表示夜深。句本汉乐府《善哉行》："月没参横，北斗阑干。"斗谓北斗，即大熊星座的七颗星——天枢、天璇、天玑、天权、玉衡、开阳、摇光七星组成的。把它们连接起来很像古代舀酒用的斗，故称北斗。其中玉衡、开阳、摇光三星为斗柄，又叫斗杓。其他四星为斗身，又叫斗魁。由于星空流转，斗柄所指的方位也不断变化。在固定的

季节月份里，可以从斗柄的方位测定时间的早晚。

⑥四星：古代秤杆以二分半为一星，四星即"十分"（陈继儒），乃极、甚之意。此言十分凄凉。

⑦短檠（qíng）灯：本指贫寒读书人读书照明的灯，这里代指读书之灯。檠，支撑灯盘的立柱，以柱之长短区分长檠与短檠。

⑧雾障云屏：云遮雾障。

⑨锦片也似前程：形容婚姻美好似锦如花。前程在元杂剧中多指婚姻。

⑩青琐闼（tà）：宫门，这里代指朝廷。青琐，古代宫门上的一种装饰。闼，宫中门。

⑪碧桃花树儿下：元杂剧中男女幽会之地每称花下，如碧桃花下、牡丹花下、海棠花下，盖美其事兼美其他。

【点评】

崔张花阴联吟，向被赞为"绝世奇文、绝世妙文"（金圣叹语）。其境美，"玉宇无尘，银河泻影，月色横空，花阴满径"；其情深，"若是回廊下没揣的见俺可憎，将他来紧紧的搂定"；其事通，"一字字，诉衷情"，"一天好事从今定，一首诗分明照证"。

本折曲辞熔铸上亦是情兴逸宕、鬼斧神工。既以"悄悄冥冥"、"潜潜等等"、"齐齐整整"、"袅袅婷婷"、"姐姐莺莺"等重叠字活画出张生一路上的忐忑、激动；又用"扑刺刺"、"忔楞楞"、"颤巍巍"、"乱纷纷"、"碧澄澄"、"冷清清"等镶叠字渲染出良多声情；更有"忽听、一声、猛惊"这样六声三韵、顿挫纡回的奇词。家常语一经点染便成奇崛,《西厢记》千古绝唱,洵非虚语!

## 第四折

（洁引聪上云）今日二月十五日开启①，众僧动法器者②！请夫人小姐拈香。比及夫人未来，先请张生拈香，怕夫人问呵，则说道贫僧亲者。（末上云）今日二月十五日，和尚请拈香，须索走一遭。

【双调】【新水令】梵王宫殿月轮高，碧琉璃瑞烟笼罩。香烟云盖结③，讽咒海波潮④。幡影飘飖⑤，诸檀越尽来到⑥。

【驻马听】法鼓金铎⑦，二月春雷响殿角；钟声佛号⑧，半天风雨洒松梢。侯门不许老僧敲⑨，纱窗外定有红娘报⑩。害相思的馋眼脑⑪，见他时须看个十分饱。

　　（末见洁科）（洁云）先生先拈香，恐夫人问呵，则说是老僧的亲。（末拈香科）

【沉醉东风】惟愿存在的人间寿高，亡化的天上逍遥。为曾祖父先灵⑫，礼佛法僧三宝⑬。焚名香暗中祷告：则愿得红娘休劣，夫人休焦，犬儿休恶。佛啰，早成就了幽期密约。

　　（夫人引旦上云）长老请拈香，小姐，咱走一遭。（末做见科）（觑聪云）为你志诚呵，神仙下降也。（聪云）这生却早两遭儿也。（末唱）

【雁儿落】我则道这玉天仙离了碧霄，元来是可意种来清醮⑭。小子多愁多病身，怎当他倾国倾城貌⑮。

【得胜令】恰便似檀口点樱桃⑯，粉鼻儿倚琼瑶⑰。淡白梨花面，轻盈杨柳腰。妖娆⑱，满面儿扑堆著俏；

苗条，一团儿衠是娇⑲。

【注释】

①开启：僧人开始做法事。

②动法器：即动响器，奏乐。法器，佛教、道教做法事时所用的鼓、磬、金钟、铙、钹、木鱼等响器。

③香烟云盖结：焚香产生的烟雾在上方的空中聚集成盖状的云。

④讽咒：念诵佛经。海波潮：喻诵经之声。

⑤幡：梵文意译，为旌旗的总称，有各种颜色，有的绘有狮、龙等图像，是用来供养和装饰佛菩萨像的。

⑥檀越：佛教徒称向寺院施舍财物、饮食的世俗信徒为檀越，也称施主。

⑦法鼓金铎：鼓与铎都是佛教法器。法堂设二鼓，东北角者称法鼓，西北角者称茶鼓。铎为金属制成的菱形乐器，有柄及铃舌，摇动发声。这里用为动词，意思是击鼓摇铎。

⑧佛号：佛的名号，此用作动词，呼佛名号。

⑨侯门：范摅《云溪友议·襄阳杰》云，崔郊姑姑的一个婢女与崔郊相恋，婢女被卖于连帅，郊为诗曰："侯门一入深似海，从此萧郎是路人。"后以侯门指显贵之家。

⑩纱窗：指莺莺居室。

⑪馋眼脑：犹言贪看的眼睛。眼脑，眼。

⑫曾祖父：此指曾祖父、祖父、父亲三代。先灵：道家称祖先为先灵，谓先辈之灵魂。此指亡灵。

⑬礼：此谓参拜。三宝：《释氏要览》云："三宝，谓佛、法、僧也。"佛宝，指一切佛；法宝，即佛教教义；僧宝，即依佛法修业宣扬佛法的僧众。

⑭可意种：称心如意人，心爱之人。清醮（jiào）：本指道士为消灾求福而设坛祭祷的法事活动。其法为清身洁体而筑坛设供，书表章以祷神灵，故称清醮。这里指僧人超度亡灵的法事活动。

⑮倾国倾城貌：《诗经·大雅·瞻卬》："哲夫成城，哲妇倾城。"哲，智也；城，国也；倾，倾败。诗刺周幽王宠爱褒姒，为使其笑，乃举烽火戏诸侯，终致国亡。此言美女可以覆灭国家。又，《汉书·外戚传上》："孝武李夫人，本以倡进。初，夫人兄延年性知音，善歌舞，武帝爱之……延年侍上起舞，歌曰：'北方有佳人，绝世而独立，一顾倾人城，再顾倾人国。宁不知倾城与倾国，佳人难再得。'上叹息曰：'善，世岂有此人乎？'平阳主因言延年有女弟，上乃召见之，实妙丽善舞，由是得幸。"此言佳人美貌可使满城满国的人为之倾倒。后以"倾国倾城"代指绝色女子。

⑯檀口：檀为浅绛色，常用以形容嘴唇红艳。

⑰琼瑶：美玉。此谓鼻如美玉琢成。

⑱妖娆（ráo）：面庞艳冶美丽。

⑲一团儿衠（zhūn）是娇：犹言无处不娇好。

（洁云）贫僧一句话，夫人行敢道么？老僧有个敝亲，
是个饱学的秀才，父母亡后，无可相报，对我说，央
及带一分斋，追荐父母。贫僧一时应允了，恐夫人见
责。（夫人云）长老的亲，便是我的亲，请来厮见咱。
（末拜夫人科）（众僧见旦发科①）

【乔牌儿】大师年纪老，法座上也凝眺；举名的班首
真呆僗②，觑著法聪头做金磬敲③。

【甜水令】老的小的，村的俏的④，没颠没倒，胜似
闹元宵。稔色人儿⑤，可意冤家，怕人知道，看时
节泪眼偷瞧。

【折桂令】著小生迷留没乱⑥，心痒难挠。哭声儿似莺
啭乔林，泪珠儿似露滴花梢。大师也难学，把一个发
慈悲的脸儿来朦著。击磬的头陀懊恼⑦，添香的行
者心焦⑧。烛影风摇，香霭云飘，贪看莺莺，烛灭
香消。

（洁云）风灭灯也。（末云）小生点灯烧香。（旦与红云）
那生忙了一夜。

【锦上花】外像儿风流，青春年少；内性儿聪明，冠
世才学。扭捏著身子儿百般做作，来往向人前卖弄
俊俏。

（红云）我猜那生——

【幺篇】黄昏这一回，白日那一觉，窗儿外那会镂
铎⑨。到晚来向书帏里比及睡著，千万声长吁搵不
到晓。

（末云）那小姐好生顾盼小子！

【碧玉箫】情引眉梢，心绪你知道；愁种心苗，情思我猜著。畅懊恼⑩，响铛铛云板敲⑪，行者又嚎，沙弥又哨⑫，怎须不夺人之好⑬。

（洁与众僧发科）（动法器了）（洁摇铃跪宣疏了⑭，烧纸科）（洁云）天明了也，请夫人小姐回宅。（末云）再做一会也好，那里发付小生也呵！

【鸳鸯煞】有心争似无心好，多情却被无情恼⑮。劳攘了一宵⑯，月儿沉，钟儿响，鸡儿叫。唱道是玉人归去得疾⑰，好事收拾得早。道场毕诸人散了，酩子里各归家⑱，葫芦提闹到晓⑲。（并下）

【络丝娘煞尾】⑳则为你闭月羞花相貌㉑，少不得斸草除根大小。


题目　老夫人闭春院　崔莺莺烧夜香
正名　小红娘传好事　张君瑞闹道场㉒


西厢记五剧第一本终


【注释】

①发科：戏曲术语，指做出各种逗笑的情态，以动观众。

②举名：做佛事时的呼令。班首：头领，此指主持法事的和尚。呆㑉（láo）：元时方言口语，犹言痴呆懵懂。

③金磬（qìng）：此谓金属制成用于佛教仪式的响器。

④村：粗俗，无知，"雅"的反义词。俏：此指聪明伶俐。

⑤稔（rěn）色人儿：指莺莺。稔色，言美得丰足。

稔，谷熟。

⑥迷留没乱：即没撩没乱，言十分撩乱，心神不定。

⑦头陀：梵语，意为抖擞、淘汰、涤除烦恼之意，是佛教倡修的苦行，故称苦行僧为头陀。这里泛指僧人。

⑧行者：《释氏要览》："经中多呼修行人为行者。"这里泛指僧人。

⑨镬铎（huòduó）：宋元方言，喧闹之意。

⑩畅：程度副词，甚、很、极之意。

⑪云板：佛教中铸成云状的法器，也作击以报时之用。

⑫沙弥：本指刚出家、初受戒的僧人，俗称小和尚。哨：与上文"嚎"互文，叫也。

⑬"恁须"句：恁，您。毛西河曰："法事了则速莺之去，故曰'夺人之好'，与白中'再做一会也好'相应。"

⑭宣疏：僧道做法事时，演说佛法、宣读祝告文字叫宣疏。

⑮"有心"二句：争似，怎如。无情，指僧众，僧众既闹嚷于前，使张生"畅懊恼"，佛事毕又促莺莺回宅，故云。

⑯劳攘：辛苦劳碌。

⑰唱道是：真是，正是。

⑱酩（mǐng）子里：也作瞑子里、冥子里，宋元俗语，有暗地里、昏暗糊涂、无端等意。

⑲葫芦提：宋元俗语，犹今言"糊涂"。

⑳【络丝娘煞尾】:《西厢记》五本,前四本结束时,因情节未完,在套曲之外都用【络丝娘煞尾】二句,承上启下,第五本末剧情已完便不复用。

㉑闭月羞花:女子容貌之美能使花月羞愧。李白《西施》:"秀色掩古今,荷花羞玉颜。"

㉒题目正名:元杂剧有二或四句对文,用来概括该本戏的内容,叫题目正名。一般取其末句作剧的全名,取末句中能代表戏之内容的几个字作剧的简名。题目与正名只是同一事物的不同叫法,所以有的只标"正名",有的则标"题目正名"。题目正名的位置,有的放在剧的开头,有的放在剧的末尾,多则四句,少则二句。演出开场时用以向观众介绍剧情,如今之报幕。

## 【点评】

本折又称"斋坛闹会"或"闹斋",场面既闹热又诙谐,是第一本的高潮。作者巧妙利用僧侣们神魂颠倒的憨痴,反衬出莺莺容颜之姣好。庄重严肃的斋坛建醮,因众僧贪看莺莺,胜似元宵。而张生"害相思的馋眼脑",在第三次见到莺莺时,终于有了机会"看个十分饱"。

良宵短,道场散,有情的二人不免叹恼。临了隐约透出的不安情绪,又为第二本兵围普救埋下了先兆——"则为你闭月羞花相貌,少不得翦草除根大小"。金圣叹评点此折云:"结亦极壮浪。我曾细算此篇,最难是壮浪。"

# 西厢记五剧第二本

## 崔莺莺夜听琴杂剧

# 第一折

（净扮孙飞虎上开①）自家姓孙，名彪，字飞虎。方今上德宗皇帝即位②，天下扰攘。因主将丁文雅失政，俺分统五千人马，镇守河桥。近知先相公崔珏之女莺莺，眉黛青颦③，莲脸生春，有倾国倾城之容，西子太真之颜④，见在河中府普救寺借居。我心中想来，当今用武之际，主将尚然不正，我独廉何为？大小三军，听吾号令：人尽衔枚⑤，马皆勒口⑥，连夜进兵河中府，掳莺莺为妻，是我平生愿足。（法本慌上）谁想孙飞虎将半万贼兵⑦，围住寺门，鸣锣击鼓，呐喊摇旗，欲掳莺莺小姐为妻。我今不敢违误，即索报知夫人走一遭。（下）（夫人慌上云）如此却怎了？俺同到小姐卧房里商量去。（下）（旦引红上云）自见了张生，神魂荡漾，情思不快，茶饭少进。早是离人伤感，况值暮春天道⑧，好烦恼人也呵！好句有情怜夜月，落花无语怨东风。

【仙吕】【八声甘州】恹恹瘦损⑨，早是伤神，那值残春⑩。罗衣宽褪⑪，能消几度黄昏⑫？风裛篆烟不卷帘⑬，雨打梨花深闭门⑭；无语凭阑干⑮，目断行云⑯。

【混江龙】落红成阵，风飘万点正愁人⑰；池塘梦晓，阑槛辞春⑱。蝶粉轻沾飞絮雪⑲，燕泥香惹落花尘。系春心情短柳丝长，隔花阴人远天涯近⑳。香消了六朝金粉㉑，清减了三楚精神㉒。

（红云）姐姐情思不快，我将被儿薰得香香的，睡些

儿。（旦唱）

【油葫芦】翠被生寒压绣裀，休将兰麝薰；便将兰麝
薰尽，则索自温存。昨宵个锦囊佳制明勾引㉓，今日
个玉堂人物难亲近㉔，这些时坐又不安，睡又不稳，
我欲待登临又不快㉕，闲行又闷，每日价情思睡昏昏。

【天下乐】红娘呵，我则索搭伏定鲛绡枕头儿上盹㉖，
但出闺门，影儿般不离身。

    （红云）不干红娘事，老夫人著我跟著姐姐来。（旦云）
    俺娘也好没意思。

这些时直恁般堤防著人㉗！小梅香伏侍的勤，老夫人
拘系的紧，则怕俺女孩儿折了气分㉘。

    （红云）姐姐往常不曾如此无情无绪；自曾见了那生，
    便却心事不宁，却是如何？（旦唱）

【那吒令】往常但见个外人，氲的早嗔㉙；但见个客
人，厌的倒褪㉚；从见了那人，兜的便亲㉛。想著他
昨夜诗，依前韵，酬和得清新。

【鹊踏枝】吟得句儿匀，念得字儿真，咏月新诗，煞
强似织锦回文㉜。谁肯把针儿将线引㉝，向东邻通个
殷勤㉞。

【寄生草】想著文章士，旖旎人。他脸儿清秀身儿俊，
性儿温克情儿顺㉟，不由人口儿里作念心儿里印。学
得来一天星斗焕文章㊱，不枉了十年窗下无人问㊲。

    【注释】
    ①净：元杂剧中的净脚类似京剧的花脸，一般为性格

刚猛的人物（可扮男，也扮女），也包括丑脚的反派人物。

②今上：当今天子。

③眉黛：黛为古代妇女画眉用的青色颜料，常用来代指妇女眼眉。青颦：眉青而常蹙。

④西子：春秋时越国的美女西施。太真：即杨玉环，本为寿王妃，出家为女道士，号太真，后被唐玄宗册封为贵妃。

⑤衔枚：古代行军打猎及丧礼执时一种禁止喧哗的措施。衔，口含。枚，状如筷子的小棍。

⑥勒口：犹今言"嚼子"。

⑦将：率领。

⑧天道：犹"天气"。

⑨恹恹（yān）：委靡不振的样子。

⑩那：况，又，更加。

⑪宽褪：宽松。

⑫"能消"句：语本赵德麟《清平乐》："断送一生憔悴，只消几个黄昏。"

⑬篆烟：焚香产生的烟上升时纡徐盘旋，形如篆字，故称篆香。也指制作成屈曲盘绕、状如篆字的香。

⑭"雨打"句：语本李重元《忆王孙·春词》："杜宇声声不忍闻，欲黄昏，雨打梨花深闭门。"

⑮"无语"句：意本孙光宪《临江仙》："含情无语、延伫倚栏干。"

⑯目断：极目远望。柳永《少年游》："夕阳鸟外，秋

风原上，目断四天垂。" 行云：流动的云。

⑰"落红"二句：上句本秦观《水龙吟》："卖花声过尽，斜阳院落，红成阵、飞鸳甃。"下句出自杜甫《曲江》："一片花飞减却春，风飘万点正愁人。"

⑱"池塘"二句：感叹春光易逝，是说景色刚刚如谢灵运梦中所得诗句"池塘生春草"，春天却又匆匆归去。

⑲"蝶粉"句：飘飞的柳絮粘在蝴蝶身上，好像一层雪。蝶粉，蝴蝶身上的鳞粉。

⑳"系春心"二句：柳丝虽短，可是连接相互爱慕的情思还不如柳丝长；天涯虽远，但与只隔着一簇花丛的心上人比，好像人比天涯更远。上句本杨果《越调·小桃红》："美人笑道：'莲花相似，情短藕丝长。'"下句本欧阳修："夜长春梦短，人远天涯近。"

㉑"香消"句：是说无心梳妆，身上的脂粉气消失。金粉，铅粉，妇女妆饰用的脂粉。六朝风气奢华，故称"六朝金粉"。

㉒"清减"句：意即精神衰减。三楚，战国楚地，古有东、西、南三楚之分。阮籍《咏怀》言"三楚多秀士"，故借三楚写人之精神。

㉓锦囊佳制：犹言美好的诗句。李商隐《李长吉小传》云：李贺"能苦吟疾书……恒从小奚奴，骑距驴，背一古破锦囊，遇有所得，即书投囊中。及暮归，太夫人使婢受囊出之，见所书多，辄曰：'是儿要当

呕出心始已尔。'上灯与食，长吉从婢取书，研墨叠纸足成之，投他囊中。"

㉔玉堂人物：玉堂本为汉代位于未央宫内的玉堂殿，汉时待诏于玉堂殿，后遂称学士为玉堂人物，此指张生。

㉕登临：登山临水，此泛指游玩。

㉖搭伏定：伏在……之上。鲛绡（jiāoxiāo）：传说南海水中鲛人所织成的细纱，此指鲛绡做的枕头。

㉗直恁般：竟这样。堤防：防备，防范。

㉘折了气分：丢了光彩，失了体面。气分，光彩，体面，气概。

㉙氲的：脸红，变颜色。

㉚厌的：突然，猛地。倒褪：后退，倒退。

㉛兜（dǒu）的：陡然，顿时，立刻。

㉜煞强似：更胜过，比……强得多。织锦回文：又名璇玑图，意思是像珠玉一样美好的诗句。回文，一种纵横反复都可通读的文体，诗词曲都有，此指回文诗。

㉝针儿将线引：陈眉公曰："出《淮南子》。线因针而入，如女因媒而成也。"

㉞东邻：宋玉《登徒子好色赋》："天下之佳人，莫若楚国；楚国之丽者，莫若臣里；臣里之美者，莫若臣东家之子。东家之子，增之一分则太长，减之一分则太短，著粉则太白，施朱则太赤。眉如翠羽，肌若白雪，腰如束素，齿若含贝。嫣然一笑，惑阳

城，迷下蔡。然此女登墙窥臣三年，至今未许也。"

㉟温（yùn）克：温和恭敬。

㊱一天星斗焕文章：文章如漫天星斗一样灿烂夺目。焕，光彩夺目的样子。杜牧《华清宫》："雷霆驰号令，星斗焕文章。"

㊲"十年窗下"句：本指十年寒窗苦读，久不为世人所知。王伯良引徐渭云："'十年'句，莺莺自语，此只用现成语，'十年窗下'四字俱不著紧。言此人又俊又雅，又著人，又有文学，不由我不爱之也，非以功名显大期之也。"


（飞虎领兵上围寺科）（下）（卒子内高叫云）寺里人听者：限你每三日内，将莺莺献出来，与俺将军成亲，万事干休。三日之后不送出，伽蓝尽皆焚烧①，僧俗寸斩，不留一个。（夫人、洁同上，敲门了，红看了云）姐姐，夫人和长老都在房门前。（旦见了科）（夫人云）孩儿，你知道么，如今孙飞虎将半万贼兵，围住寺门，道你眉黛青颦，莲脸生春，似倾国倾城的太真，要掳你做压寨夫人②。孩儿，怎生是了也？（旦唱）

【六幺序】听说罢魂离了壳，见放著祸灭身。将袖梢儿搵不住啼痕。好教我去住无因，进退无门。可著俺那塯儿里人急偎亲③？孤孀子母无投奔，赤紧的先亡过了有福之人。耳边厢金鼓连天振④，征云冉冉，土雨纷纷。

【幺篇】那厮每风闻，胡云，道我眉黛青颦，莲脸生春，恰便似倾国倾城的太真。兀的不送了他三百僧人！半万贼军，半霎儿敢翦草除根。这厮每于家为国无忠信，恣情的掳掠人民。更将那天宫般盖造焚烧尽，则没那诸葛孔明，便待要博望烧屯⑤。

（夫人云）老身年六十岁，不为寿夭；奈孩儿年少，未得从夫⑥，却如之奈何？（旦云）孩儿有一计：想来只是将我与贼汉为妻，庶可免一家儿性命。（夫人哭云）俺家无犯法之男，再婚之女，怎舍得你献与贼汉，却不辱没了俺家谱⑦？（洁云）俺同到法堂两廊下，问僧俗有高见者，俺一同商议个长便⑧。（同到法堂科）（夫人云）小姐，却是怎生？（旦云）不如将我与贼人，其便有五：

【后庭花】第一来免摧残老太君；第二来免堂殿作灰烬；第三来诸僧无事得安存；第四来先君灵柩稳；第五来欢郎虽是未成人，

（欢云）俺呵，打甚么不紧⑨。（旦唱）

须是崔家后代孙。莺莺为惜己身，不行从著乱军：著僧众污血痕，将伽蓝火内焚，先灵为细尘，断绝了爱弟亲，割开了慈母恩。

【柳叶儿】呀，将俺一家儿不留一个齠龀⑩，待从军又怕辱没了家门。我不如白练套头儿寻个自尽，将我尸榇，献与贼人，也须得个远害全身。

【青歌儿】母亲，都做了莺莺生忿⑪，对傍人一言难尽。母亲，休爱惜莺莺这一身。

恁孩儿别有一计：

不拣何人，建立功勋，杀退贼军，扫荡妖氛，倒陪家门⑫，情愿与英雄结婚姻，成秦晋⑬。

（夫人云）此计较可。虽然不是门当户对，也强如陷于贼中。长老，在法堂上高叫：两廊僧俗，但有退兵之策的，倒陪房奁，断送莺莺与他为妻⑭。（洁叫了，住⑮）（末鼓掌上云）我有退兵之策，何不问我？（见夫人了）（洁云）这秀才便是前日带追荐的秀才。（夫人云）计将安在？（末云）重赏之下，必有勇夫⑯；赏罚若明，其计必成。（旦背云）只愿这生退了贼者。（夫人云）恰才与长老说下，但有退得贼兵的，将小姐与他为妻。（末云）既是恁的，休了我浑家⑰，请入卧房里去，俺自有退兵之策。（夫人云）小姐和红娘回去者。（旦对红云）难得此生这一片好心。

【嫌煞】诸僧众各逃生，众家眷谁偢问。这生不相识横枝儿著紧⑱。非是书生多议论，也堤防著玉石俱焚⑲，虽然是不关亲，可怜见命在逡巡⑳。济不济权将秀才来尽。果若有出师表文㉑，吓蛮书信㉒，张生呵，则愿得笔尖儿横扫了五千人。（下）

【注释】

①伽（qié）蓝：梵文僧伽蓝的省称，原指修建僧舍的基地，转而为寺院之总称。

②压寨夫人：戏曲小说中常用指占山为王的寇盗之妻。

③那埚儿里：犹今言这所在、那所在。人急偎亲：人急迫而相偎傍。

④金鼓：即钟鼓，古代用来节制军队的进退，击鼓则
　进，鸣金则退。

⑤博望烧屯：本为刘备事，戏曲小说中衍为诸葛亮火
　攻夏侯惇，被称为诸葛亮初出茅庐第一功。

⑥从夫：《礼记·丧服·子夏传》："妇人有三从之义，
　无专用之道，故未嫁从父，既嫁从夫，夫死从子。"
　后以"从夫"代指出嫁。

⑦辱没了俺家谱：玷辱了家族的清白历史。辱没，玷
　辱。家谱，记载家族世系和人物事迹的谱籍。

⑧长便：长策，好办法。

⑨打甚么不紧：当时口语，不要紧，没什么要紧。

⑩龆龀（tiáochèn）：即垂髫换齿的幼年之时，剧中代
　指儿童。

⑪生忿：不孝之意。

⑫倒陪家门：不仅不要彩礼，反而倒陪送家私财产。
　家门，家私财产。

⑬成秦晋：结为夫妇。春秋时秦晋两国世通婚姻，后
　称联姻为成秦晋之好。

⑭断送：打发，送出。

⑮住：停一会儿。犹话剧之"哑场"。

⑯"重赏"二句：见《黄石公记》："芳饵之下，必有悬
　鱼；重赏之下，必有死夫。"

⑰浑家：妻子。

⑱横枝儿著紧：非亲非故的局外人能急人之难，分人
　之忧。横枝儿，非正枝，此喻不相干的人。

⑲玉石俱焚：玉和石头都被烧毁，比喻好的坏的、相干的不相干的同归于尽。

⑳命在逡（qūn）巡：犹命在旦夕。逡巡，顷刻，不一会儿。

㉑出师表文：三国时蜀相诸葛亮北伐曹魏前上书后主刘禅，即《出师表》。

㉒吓蛮书信：范传正《唐左拾遗翰林学士李公新墓碑铭》："天宝初，召见（李白）于金銮殿，玄宗降辇步迎，如见园绮。论当世务，草答蕃书，辩如悬河，笔不停辍。"答蕃书今不传，后世传为"吓蛮书"。

**【点评】**

孙飞虎贼心一动，即刻发兵。此时偏写深闺人不知，犹自伤春怀人。与后来长老法堂高叫后无人应答，张生始出，是同一妙手。必要逗起观众忧思，而后解之，方显大快人意。本折佳处，又在众口一词、反复宣讲莺莺"眉黛青颦，莲脸生春，似倾国倾城的太真"，烘云托月，点染出双文为救众人、不惜己身的德貌双臻，与急中生智、别生新计的才华襟抱。

【八声甘州】、【混江龙】两支，写尽莺娘旖旎之思、清俊之神，情、景、事浑成交融，化用前人佳句而不着痕迹，即置乎温、韦、欧、柳诸公词中，亦不逊色。王实甫锦心绣口，《西厢记》美不胜收，"宜乎为北曲压卷也"（李调元《雨村曲话》）。

# 楔 子①

（夫人云）此事如何？（末云）小生有一计，先用著长老。（洁云）老僧不会厮杀，请秀才别换一个。（末云）休慌，不要你厮杀。你出去与贼汉说："夫人本待便将小姐出来，送与将军，奈有父丧在身。不争鸣锣击鼓②，惊死小姐，也可惜了。将军若要做女婿呵，可按甲束兵，退一射之地。限三日功德圆满③，脱了孝服，换上颜色衣服，倒陪房奁，定将小姐送与将军。不争便送来，一来父服在身，二来于军不利。"你去说来。（洁云）三日如何？（末云）有计在后。（洁朝鬼门道叫科④）请将军打话⑤。（飞虎卒上云）快送出莺莺来！（洁云）将军息怒。夫人使老僧来与将军说。（说如前了）（飞虎云）既然如此，限你三日后若不送来，我著你人人皆死，个个不存。你对夫人说去：恁的这般好性儿的女婿，教他招了者！（洁云）贼兵退了也，三日后不送出去，便都是死的。（末云）小子有一故人，姓杜，名确，号为白马将军。见统十万大兵，镇守著蒲关。一封书去，此人必来救我。此间离蒲关四十五里，写了书呵，怎得人送去？（洁云）若是白马将军肯来，何虑孙飞虎！俺这里有一个徒弟，唤作惠明，则是要吃酒厮打。若使央他去，定不肯去；须将言语激著他，他便去。（末唤云）有书寄与杜将军，谁敢去？谁敢去？

（惠明上，云）我敢去！

【正宫】【端正好】不念《法华经》⑥，不礼《梁皇忏》⑦，彪了僧伽帽⑧，袒下我这偏衫⑨，杀人心逗起英雄胆，两只手将乌龙尾钢椽搦⑩。

【滚绣球】非是我贪，不是我敢，知他怎生唤做打参⑪，大踏步直杀出虎窟龙潭。非是我搀⑫，不是我揽，这些时吃菜馒头委实口淡，五千人也不索炙煿煎熬⑬。腔子里热血权消渴，肺腑内生心且解馋，有甚腌臜⑭！

【叨叨令】浮沙羹宽片粉添些杂糁⑮，酸黄齑烂豆腐休调啖⑯。万余斤黑面从教暗⑰，我将这五千人做一顿馒头馅。是必休误了也么哥⑱，休误了也么哥！包残余肉把青盐蘸⑲。

（洁云）张秀才著你寄书去蒲关，你敢去么？（惠唱）

【倘秀才】你那里问小僧敢去也那不敢，我这里启大师用咱也不用咱。你道是飞虎将声名播斗南⑳；那厮能淫欲，会贪婪，诚何以堪！

（末云）你是出家人，却怎不看经礼忏，则厮打为何？（惠唱）

【滚绣球】我经文也不会谈，逃禅也懒去参㉑；戒刀头近新来钢蘸，铁棒上无半星儿土渍尘缄。别的都僧不僧、俗不俗、女不女、男不男，则会斋的饱也则向那僧房中胡渰㉒，那里怕焚烧了兜率伽蓝。则为那善文能武人千里，凭著这济困扶危书一缄，有勇无惭㉓。

（末云）他倘不放你过去，如何？（惠云）他不放我呵，你放心。

【白鹤子】著几个小沙弥把幢幡宝盖擎㉔，壮行者将捍棒镬叉担㉕。你排阵脚将众僧安，我撞钉子把贼兵来探。

【二】远的破开步将铁棒彫，近的顺著手把戒刀钐㉖；有小的提起来将脚尖跐㉗，有大的扳下来把髑髅勘㉘。

【一】瞅一瞅古都都翻了海波，滉一滉厮琅琅振动山岩㉙；脚踏得赤力力地轴摇，手扳得忽刺刺天关撼㉚。

【耍孩儿】我从来骁骁劣劣㉛，世不曾忑忑忐忐，打熬成不厌天生敢㉜。我从来斩钉截铁常居一，不似恁惹草拈花没掂三㉝。劣性子人皆惨㉞，舍著命提刀仗剑，更怕甚勒马停骖㉟。

【二】我从来欺硬怕软，吃苦不甘㊱，你休只因亲事胡扑俺㊲。若是杜将军不把干戈退，张解元干将风月担，我将不志诚的言词赚㊳。倘或纰缪㊴，倒大羞惭㊵。

（惠云）将书来，你等回音者。

【收尾】恁与我助威风擂几声鼓，仗佛力呐一声喊。绣旗下遥见英雄俺，我教那半万贼兵破胆。（下）

【注释】

①楔子：第二本之楔子，应为一折。“楔子”只起序幕和过场作用，戏剧冲突不宜放在楔子里进行，且不唱套曲。

②不争：用于句首，与“若是”义同。

③功德：佛教以做善事，如念佛、诵经、布施等为功，得福报为德。此处功德圆满指做佛事结束。

④鬼门道：戏台上左右两边的上场门和下场门。因为所演多为古人古事，故称鬼门道或古门道。

⑤打话：对话。

⑥《法华经》：佛经名，为《妙法莲华经》的简称。

⑦《梁皇忏》：佛经名，为《慈悲道场忏法》的别称。不念《法华经》、不礼《梁皇忏》，泛指不念经。

⑧颩（diū）：抛掷，甩。

⑨偏衫：为开脊接领，斜披于左肩上的僧人法衣。

⑩乌龙尾钢椽：铁裹头棍，乌龙尾比喻棍之威力。撺（zuàn）：抓，握。

⑪打参：打，打坐。参，众僧参见住持、坐禅说法、念诵。

⑫掜：抢，争。

⑬炙煿（bó）煎熮（làn）：都是烹调方法，炙，烤。煿，爆。煎，炒。熮，炖。

⑭腌臜（āzā）：不洁。

⑮"浮沙羹"句：都指佛教徒的素食品。

⑯酸黄齑（jī）：酸菜。休调啖：不要调与我吃。啖，吃。此谓不要做素斋与我，我将去吃人肉馒头。

⑰"万余斤"句：只管用万余斤黑面去做馒头，面黑就让它黑去。从教，任从，听凭。暗，指面之黑。

⑱也么哥：表惊叹的语助词，无实义。用"也么哥"为【叨叨令】的定格。

⑲"包残"句：把做包子剩下的人肉，蘸着盐吃。

⑳声名播斗南：犹名扬天下。斗南，北斗星以南，指普天下。

㉑逃禅也懒去参：懒得去学佛参禅。

㉒斋：此用作动词，吃斋。胡浰（yān）：犹今言装傻，或不干正经事。

㉓有勇无惭：勇敢而无所羞愧。

㉔幢（chuáng）幡：幢为佛像前立的竿，顶上有宝珠，饰以丝帛，表示佛统率众生制服众魔之意。幢幡连称，其意为幡。宝盖：悬于佛菩萨及讲师读师高座上圆筒形丝帛制成的伞盖，饰有宝玉

㉕捍棒：棍棒。镬（huò）叉：金属器杖。

㉖钐（shàn）：砍，劈。

㉗跮（zhuàng）：踢。

㉘髑髅（dúlóu）：指头。勘：即砍，元人常用之。

㉙"瞅一瞅"二句：毛西河曰："瞅，怒目也；滉，犹荡，即摇也。"古都都，水波翻动声。厮琅琅（láng），山岩振动声。

㉚天关：天门，为日月星辰所行之道。

㉛驳驳劣劣：莽撞，粗鲁。

㉜打熬：锻炼，磨炼。不厌：不满足，不安分。天生敢：天生勇敢。

㉝没揣三：不着紧要意。本句与上句为对文，没揣三即斩钉截铁的反义。

㉞慘：憎，愁怕。

㉟勒马停骖（cān）：勒，拉缰止马。骖，周代四马驾车，中间驾辕的马叫服，两边的叫骖。此处马与骖互文，泛指马。

㊱吃苦不甘：吃苦的不吃甜的，与"欺硬怕软"同义。

㊲扑俺：亦作扑掩、扑暗。原为某种掷钱以射正反面之数来博胜负的博戏，本文引申为猜测之义。

㊳"若是"三句：如果书至而杜将军不来杀退贼兵，那张生就白盼望与莺莺成婚了，我也等于用不诚实的话来骗人了。风月，风花雪月，指男女之事。赚（zuàn），骗人。

㊴纰缪（pīmiù）：差错，此作动词。

㊵倒大：绝大。


(末云)老夫人、长老都放心，此书到日，必有佳音。咱眼观旌节旗，耳听好消息①。你看一封书札逡巡至，半万雄兵咫尺来。(并下)(杜将军引卒子上开)林下晒衣嫌日淡，池中濯足恨鱼腥②；花根本艳公卿子，虎体原班将相孙③。自家姓杜，名确，字君实，本贯西洛人也。自幼与君瑞同学儒业，后弃文就武，当年武举及第，官拜征西大将军，正授管军元帅，统领十万之众，镇守著蒲关。有人自河中来，听知君瑞兄弟在普救寺中，不来望我；著人去请，亦不肯来，不知主甚意。今闻丁文雅失政，不守国法，剽掠黎民。我为不知虚实，未敢造次兴师。孙子曰④："凡用兵之法，将受命于君⑤，合军聚众⑥，圮地无舍⑦，衢地交合⑧，绝地无留⑨，围地则谋⑩，死地则战⑪；途有所不由⑫，军有所不击⑬，城有所不攻⑭，地有所不争⑮，君命有所不受。故将通于九变之利者⑯，知用兵矣。治兵不知九变之术⑰，虽知五利⑱，不能得人用矣⑲。"吾之未疾进兵征讨者，为不知地利浅深出没之故也。昨日探听去，不见回报。今日升帐，看有甚军情，来报我知道者。（卒子引惠明和尚上开）（惠明云）我离了普救寺，一日至蒲关，见杜将军走一遭。（卒报科）（将军云）著他过来！（惠打问讯了云）贫僧是普救寺僧。今有孙飞虎作乱，将半万贼兵，围住寺门，欲劫故臣崔相国女为妻。有游客张君瑞奉书，令小僧拜投于麾下⑳，欲求将军以解倒悬之危㉑。（将军云）将过书来。（惠投书了）（将军拆书念曰）"珙顿首再拜大元帅将军契兄纛下㉒：伏自洛中㉓，拜违犀表㉔，寒暄屡隔，积有岁月，仰德之私㉕，铭刻如也。忆昔联床风雨㉖，叹今彼各天涯；客况复生于肺腑，离愁无慰于羁怀㉗。念贫处十年藜藿㉘，走困他乡；羡威统百万貔貅㉙，坐安边境。故知虎体食天禄，瞻天表㉚，大德胜常；使贱子慕台颜㉛，仰台翰㉜，寸心为慰。辄禀：小弟辞家，欲诣帐下，以叙数载间阔之情；奈至河中府普救寺，忽值采薪之忧㉝。不期有贼将孙飞虎，领兵半万，欲劫故臣崔相国之女，实为迫切狼狈。小弟之命，亦在逡巡。万一朝廷知道，其罪何归？将军倘不弃旧交之情，兴一旅之师，上以报天子之恩，下以救苍生之急；使故相国虽在九泉，亦不泯将军之德。愿将军虎视去书，使小弟鹄观来旌㉞。造次干渎㉟，不胜惭愧。伏乞台照不宣㊱。张珙再拜。二月十六日书。"（将军云）既然如此，和尚你行，我便来。（惠明云）将军是必疾来者。（将军云）虽无圣旨发兵，将在军，君命有所不受。大小三军，听吾将令：速点五千人马，人尽衔枚，马皆勒口，星夜起发，直至河府中普救寺，救张生走一遭。（飞虎引卒子上开）（将军引卒子骑竹马调阵拿绑下<sup>㉟</sup>）（夫人、洁同末上云）下书已两日，不见回音。（末云）山门外呐喊摇旗，莫不是俺哥哥军至了？（末见将军了）（引夫人拜了）（将军云）杜确有失防御，致令老夫人受惊，切勿见罪是幸。（末拜将军了）自别兄长台颜，一向有失听教。今得一见，如拨云睹日。（夫人云）老身子母，如将军所赐之命，将何补报？（将军云）不敢，此乃职分之所当为。敢问贤弟：因甚不至戎帐？（末云）小弟欲来，奈小疾偶作，不能动止<sup>㊱</sup>，所以失敬。今见夫人受困，所言退得贼兵者，以小姐妻之，因此愚弟作书请吾兄。（将军云）既然有此姻缘，可贺，可贺！（夫人云）安排茶饭者。（将军云）不索。倘有余党未尽，小官去捕了，却来望贤弟。左右那里，去斩孙飞虎去！（拿贼了）本欲斩首示众，具表奏闻，见丁文雅失守之罪。恐有未叛者，今将为首者各杖一百，余者尽归旧营去者！（孙飞虎谢了下）（将军云）张生建退贼之策，夫人面许结亲，若不违前言，淑女可配君子也<sup>㊲</sup>。（夫人云）恐小女有辱君子。（末云）请将军筵席者！（将军云）我不吃筵席了，我回营去，异日却来庆贺。（末云）不敢久留兄长，有劳台候。（将军望蒲关起发）（众念云）马离普救敲金镫，人望蒲关唱凯歌。（下）（夫人云）先生大恩，不敢忘也。自今先生休在寺里下，则著仆人寺内养马，足下来家内书院里安歇⑩。我已收拾了，便搬来者。到明日略备草酌，著红娘来请你，是必来一会，别有商议。（末云）这事都在长老身上。（问洁云）小子亲事，未知何如？（洁云）莺莺亲事，拟定妻君⑪。只因兵火至，引起雨云心。（下）（末云）小子收拾行李，去花园里去也。（下）

## 【注释】

①眼观旌节旗，耳听好消息：宋元以来戏曲小说习语，指等待胜利捷报，也指等待某事之成功。

②濯（zhuó）足：洗足。《楚辞·渔父》："沧浪之水清兮，可以濯吾缨；沧浪之水浊兮，可以濯吾足。"

③"花根"二句：杜确出身高贵，如花之艳丽来自其根，虎体斑纹天生自有。班，通"斑"，虎纹。

④孙子：春秋末期吴国军事家孙武，有《孙子兵法》十三篇。下面的引文出自其中的《九变篇》。

⑤将受命于君：将帅从国君那里接受命令。

⑥合军聚众：集合军队。

⑦圮（pǐ）地无舍：低下易为水淹之地不能安营扎寨。

⑧衢（qú）地交合：四通八达之地要结交邻国以为救援。

⑨绝地无留：危绝之地不可久留。

⑩围地则谋：容易被包围之地要设谋。

⑪死地则战：出于力战则生、否则即亡之地则要积极备战。

⑫途有所不由：有的道路于军不利是不能走的。

⑬军有所不击：有些敌军如归军、穷寇是不能进攻的。

⑭城有所不攻：有的城邑拔之而不能守，委之而不为患，则不必攻打。

⑮地有所不争：小利之地，得之不便于战，失之不害于己，不必争夺。

⑯通：精通。九变：指用兵的各种变化。

⑰治兵：统帅、指挥军队。

⑱五利：指"圮地无舍"等五条好处。

⑲不能得人用：不能充分发挥军队的作用。

⑳麾（huī）下：主帅的麾旗之下，即部下。此处用为对将帅的敬称。麾，古代将帅指挥军队的旗帜。

㉑倒悬：人被倒挂，喻处境危急。

㉒顿首：周礼九拜之一，以头叩地。顿首用于书信的开头或结尾，表示敬礼的意思。契兄：贤兄。纛（dào）下：相当于今之"阁下"。纛，古代军队的大旗。

㉓伏：敬辞，同伏惟、伏以。用在下对上、卑对尊、幼对长的场合，表示以卑承尊的敬畏。

㉔犀表：犀首，魏官名，若后之虎牙将军，故以犀表指武将仪表，表示尊敬赞扬。

㉕仰：表示敬慕之词。德：恩泽好处。私：内心感情。

㉖联床风雨：风雨之夜，联床倾心交谈。韦应物《示全真元常》："宁知风雨夜，复此对床眠。"

㉗羁怀：作客他乡的心情。

㉘藜藿（líhuò）：代指粗淡的饭食。藜，野菜。藿，

为豆叶。

㉙貔貅（píxiū）：古代猛兽名，后代指军队。

㉚天表：皇帝的容颜。

㉛台颜：尊面。台，星名，即三台，古以三台比三公，故用为对他人的尊称，如兄台等。

㉜台翰：犹"尊函"。翰，书信。

㉝采薪之忧：生病的婉称。采薪，打柴。《孟子·公孙丑下》："昔者有王命，有采薪之忧不能造朝。"朱熹注："采薪之忧，言病不能采薪。"

㉞鹄（hú）观来旄（máo）：引颈等待大军的到来。鹄，天鹅，其颈长，故称引颈而待为鹄观、鹄望，状急切盼望之状。旄：古代旗杆头上用旄牛尾装饰，故以"旄"代指旌旗，此处以"旄"代杜确军队。

㉟干渎（dú）：冒犯。

㊱台照：犹"台鉴"。不宣：不尽，不一一细说，多用于书信尾。

㊲骑竹马调阵：指演出时剧中人骑着竹马对阵开打。竹马，以竹竿作为代表马的道具。

㊳动止：即行动。止，语气助词，在句末表肯定。

㊴淑女：好姑娘。《诗经·周南·关雎》："窈窕淑女，君子好逑。"

㊵足下：对人的敬称，本来上级、同辈皆可用，后专用于对同辈的敬称。

㊶拟定：此指一定，必定。

【点评】

清人李渔《闲情偶寄》有言曰："一部《西厢》，止为张君瑞一人，又止为白马解围一事。其余枝节，皆从此一事而生——夫人之许婚，张生之望配，红娘之勇于作合，莺莺之敢于失身，与郑恒之力争原配而不得，皆由于此。是'白马解围'四字，即作《西厢》之主脑也。"本段虽名为"楔子"，却是一本乃至一剧的关键，笠翁之语，已将此意道尽。

此处又于文场戏中陡然插一武场，在儿女情长中突入英雄气壮。张生之智谋、惠明之莽勇，相形益彰。排场奇险，足显"实甫香艳豪迈，无所不可"（陈栋《北泾草堂曲论》）。

## 第二折

（夫人上云）今日安排下小酌，单请张生酬劳。道与红娘，疾忙去书院中请张生，著他是必便来，休推故①。（下）（末上云）夜来老夫人说，著红娘来请我，却怎生不见来？我打扮著等他。皂角也使过两个也②，水也换了两桶也，乌纱帽擦得光挣挣的③，怎么不见红娘来也呵？（红娘上云）老夫人使我请张生，我想若非张生妙计呵，俺一家儿性命难保也呵。

【中吕】【粉蝶儿】半万贼兵，卷浮云片时扫净，俺一家儿死里逃生。舒心的列山灵，陈水陆④，张君瑞合当钦敬。当日所望无成，谁想一缄书到为了媒证⑤。

【醉春风】今日个东阁玳筵开⑥，煞强如西厢和月等。薄衾单枕有人温，早则不冷、冷。受用足宝鼎香浓，绣帘风细，绿窗人静⑦。

可早来到也。

【脱布衫】幽僻处可有人行？点苍苔白露泠泠⑧。隔窗儿咳嗽了一声。

（红敲门科）（末云）是谁来也？（红云）是我。

他启朱唇急来答应。

（末云）拜揖小娘子。（红唱）

【小梁州】则见他叉手忙将礼数迎⑨，我这里"万福，先生"。乌纱小帽耀人明，白襕净⑩，角带傲黄鞓⑪。

【幺篇】衣冠济楚庞儿整⑫，可知道引动俺莺莺。据相貌，凭才性，我从来心硬，一见了也留情。

（末云）既来之，则安之<sup>⑬</sup>。请书房内说话。小娘子此
行为何？（红云）贱妾奉夫人严命，特请先生小酌数
杯，勿却。（末云）便去，便去。敢问席上有莺莺姐姐
么<sup>⑭</sup>？（红唱）

【上小楼】"请"字儿不曾出声，"去"字儿连忙答应；
可早莺莺根前，"姐姐"呼之，喏喏连声。秀才每闻
道"请"，恰便似听将军严令，和他那五脏神愿随鞭
镫<sup>⑮</sup>。

（末云）今日夫人端的为甚么筵席？（红唱）

【幺篇】第一来为压惊，第二来因谢承。不请街坊，
不会亲邻，不受人情。避众僧，请老兄，和莺莺
匹聘。

（末云）如此小生欢喜。（红）
则见他欢天喜地，谨依来命。

（末云）小生客中无镜，敢烦小娘子，看小生一看何
如？（红唱）

【满庭芳】来回顾影，文魔秀士，风欠酸丁<sup>⑯</sup>。下工
夫将额颅十分挣<sup>⑰</sup>，迟和疾擦倒苍蝇<sup>⑱</sup>，光油油耀花
人眼睛，酸溜溜螫得人牙疼。

（末云）夫人办甚么请我？（红唱）
茶饭已安排定，淘下陈仓米数升，爨下七八碗软蔓青<sup>⑲</sup>。

**【注释】**
①推故：推辞借故。
②皂角：植物名，一名皂荚，所结的荚果含有碱质，

可以做肥皂用。

③乌纱帽：据《晋书·舆服志》，二宫直官戴乌纱帽。隋唐为大小官员视事及燕见宾客之服。其后流行于民间，贵贱皆服。

④列山灵，陈水陆：言开宴席。山灵、水陆，即山珍海错。

⑤媒证：即媒人。

⑥东阁玳（dài）筵：款待贤士的筵宴。东阁，古称礼贤待客之处为东阁。玳筵，以玳瑁装饰坐具的筵席，此处代指丰盛的筵席。

⑦"受用足"三句：意为尽情享受婚后的安适生活。绿窗，绿色纱窗，此处用以描摹闲适的闺阁氛围。

⑧泠泠（líng）：形容露珠的晶莹透澈。

⑨叉手：唐代以来的一种施礼方式，宋元间以叉手为常礼。

⑩白襕（lán）：一种上下相连的较长的衫。《宋史·舆服志五》："襕衫以白细布为之，圆领大袖，下施横襕为裳，腰间有襞积，进士及国子生、州县生服之。"

⑪角带鞓黄鞓（tīng）：带的本体曰鞓，以革制成，外裹各色绫绢，裹黄绢者即为黄鞓，黄鞓而饰以兽角，故称角带。《元史·舆服志一》：宣圣庙执事儒服："软脚唐巾，白襕插领，黄鞓角带，皂靴。"是知此处张生的穿着是唐至宋元时期士人惯常的服饰。

⑫衣冠济楚：衣帽整齐光鲜。

⑬既来之，则安之：语出《论语·季氏》。这里是说，既然来了，就要安心待一会儿。

⑭敢问：犹"请问"。敢，表敬助词，无实义。

⑮五脏神：五脏指心、肝、脾、肺、肾。《黄庭内景经》云，每一脏都有一神主管，合称五脏神。愿随鞭镫：只是愿意的意思。元代嘲笑趋饮食者多用此句，这里是红娘嘲笑张生着急赴宴。

⑯"文魔"二句：红娘嘲笑张生痴傻之言。文魔，读书入迷的人，书痴。秀士，优秀之士。风欠，风傻呆气。酸丁，寒酸迂腐。

⑰挣：擦拭。

⑱迟和疾擦倒苍蝇：谓苍蝇无论落得慢还是快，都会被滑倒。

⑲煠（zhá）：通"炸"。蔓青（mánjīng）：即蔓菁，根可做菜。

（末云）小生想来，自寺中一见了小姐之后，不想今日得成婚姻，岂不为前生分定？（红云）姻缘非人力所为，天意尔。

【快活三】咱人一事精，百事精；一无成，百无成。世间草木本无情，

自古云：地生连理木，水出并头莲，

他犹有相兼并①。

【朝天子】休道这生，年纪儿后生，恰学害相思病。天生聪俊，打扮素净，奈夜夜成孤另。才子多情，

佳人薄幸，兀的不担阁了人性命。

（末云）你姐姐果有信行？（红）

谁无一个信行？谁无一个志诚？怎两个今夜亲折证②。

我嘱咐你咱：

【四边静】今宵欢庆，软弱莺莺，可曾惯经？你索款款轻轻，灯下交鸳颈。端详可憎，好煞人也无干净③。

（末云）小娘子先行，小生收拾书房便来。敢问那里有甚么景致？（红唱）

【耍孩儿】俺那里落红满地胭脂冷，休孤负了良辰媚景④。夫人遣妾莫消停，请先生勿得推称⑤。俺那里准备著鸳鸯夜月销金帐⑥，孔雀春风软玉屏⑦。乐奏合欢令⑧，有凤箫象板⑨，锦瑟鸾笙⑩。

（末云）小生书剑飘零，无以为财礼，却是怎生？（红唱）

【四煞】聘财断不争，婚姻事有成，新婚燕尔安排庆。你明博得跨凤乘鸾客⑪，我到晚来卧看牵牛织女星⑫。休僭幸，不要你半丝儿红线⑬，成就了一世儿前程。

【三煞】凭著你灭寇功，举将能，两般儿功效如红定。为甚俺莺娘心下十分顺？都则为君瑞胸中百万兵。越显得文风盛，受用是珠围翠绕，结果了黄卷青灯⑭。

【二煞】夫人只一家，老兄无伴等，为嫌繁冗寻幽静。

（末云）别有甚客人？（红唱）

单请你个有恩有义闲中客，且回避了无是无非窗下僧。夫人的命，道足下莫教推托，和贱妾即便随行。

（末云）小娘子先行，小生随后便来。（红唱）

【收尾】先生休作谦，夫人专意等。常言道"恭敬不如从命"，休使得梅香再来请。（下）

（末云）红娘去了，小生拽上书房门者。我比及到得夫人那里，夫人道："张生，你来了也？饮几杯酒，去卧房内，和莺莺做亲去！"小生到得卧房内，和姐姐解带脱衣，颠鸾倒凤，同谐鱼水之欢⑮，共效于飞之愿⑯。觑他云鬟低坠，星眼微朦⑰，被翻翡翠，袜绣鸳鸯。不知性命何如，且看下回分解。（笑云）单羡法本好和尚也：只凭说法口，遂却读书心。（下）

## 【注释】

①"【快活三】"曲：这个人运气好，一事顺利，就百事成功；运气不好，就事事无成。意思是说有缘千里来相会，无缘对面不相逢，都是命中注定的。连理木，两棵枝干交生在一起的树。并头莲，一茎开两花的荷花。两者都常被用来比喻夫妇。

②亲折证：当面折辩对证。

③好煞人：指男女欢会。无干净：不肯罢休。

④良辰媚景：即"良辰美景"，好时光，好景色。谢灵运《拟魏太子邺中集诗八首序》："天下良辰美景赏心乐事，四者难并。"

⑤推称：借口推托。

⑥销金帐：绣着金线的帐子。苏轼《赵成伯家有姝丽吟春雪谨依元韵》诗自注："世传陶谷学士买得党太尉家故妓，遇雪，陶取雪水烹团茶，谓妓曰：'党家

应不识此。'妓曰:'彼粗人,安有此景?但能于销金暖帐中浅斟低唱,吃羊羔儿酒耳。'陶默然,愧其言。"

⑦孔雀春风软玉屏:出窦毅为女择婿故事。《旧唐书·高祖太穆皇后窦氏传》:"毅闻之,谓长公主曰:'此女才貌如此,不可以妄以许人,当为求贤夫。'乃于门屏画二孔雀,诸公子有求婚者,辄与两箭射之,潜约中目者许之。前后数十辈莫能中,高祖后至,两发各中一目。毅大悦,遂归于我帝。"

⑧合欢令:喜庆吉祥的乐曲。

⑨凤箫:即排箫,是用小竹管编排而成的一种管乐器,"其形参差,象凤之翼",故称凤箫。象板:乐器名,似是指击节用的象牙拍板。

⑩锦瑟:即华美的瑟。瑟,古代弦乐器。鸾笙:即凤形的笙。笙,管乐器,《风俗通·声音》:"隋(人名)作笙,长四寸,十二簧,象凤之身,正月之音也。"

⑪跨凤乘鸾客:喻美满夫妻。刘向《列仙传》:"萧史者,秦穆公时人也。善吹箫,能致孔雀、白鹤于庭。秦穆公有女字弄玉,好之,公遂以女妻焉。日教弄玉吹箫作凤鸣。居数年,吹似凤声,凤凰来止其屋。公为作凤台,夫妇止其上不下。数年,一旦皆乘凤凰飞去。"

⑫牵牛织女星:牵牛、织女本为二星名,后来演化为两个神人,产生出爱情神话传说。

⑬红线：指红定，即财礼。旧时男方付给女方之定亲财礼，多以红绡、红线裹缠，故称。

⑭黄卷青灯：指读书人的清苦生活。《遁斋闲览》："古人写书，皆用黄纸以辟蠹，有误则以雌黄涂之。"故称书籍为黄卷。青灯，幽暗之灯光。

⑮鱼水之欢：原出《管子·小问》，喻时人皆得配偶以居其室，后以鱼水和谐、鱼水之欢比喻夫妇和乐。

⑯于飞之愿：于飞，即飞，"于"为动词词头，无实义。《诗经·大雅·卷阿》："凤凰于飞，翙翙其羽，亦集爰止。"后以于飞之乐比喻夫妇。

⑰星眼：明亮的眼睛。微朦：微闭。

【点评】

王国维《人间词话》说："以我观物，故物皆著我之色彩。"本折由红娘主唱，自旁观者眼中写出对张生的夸赞。因为有了灭寇功、举将能，"那二十三岁不曾娶妻的傻角"，如今看来"天生聪俊、打扮素净"。"俺一家儿死里逃生"，"张君瑞合当钦敬"——红娘态度的转变，乃崔张爱情发展的一大关目。而张生欢天喜地的殷切、来回顾影的酸丁，又与后篇老夫人赖婚形成了鲜明的反差，是叙事手法上的欲抑先扬，蓄势待发。

## 第三折

（夫人排桌子上云）红娘去请张生，如何不见来？（红见夫人云）张生著红娘先行，随后便来也。（末上见夫人施礼科）（夫人云）前日若非先生，焉得有今日。我一家之命，皆先生所活也。聊备小酌，非为报礼，勿嫌轻意。（末云）"一人有庆，兆民赖之①。"此贼之败，皆夫人之福。万一杜将军不至，我辈皆无免死之术。此皆往事，不必挂齿。（夫人云）将酒来，先生满饮此杯。（末云）"长者赐，少者不敢辞②。"（末做饮酒科）（末把夫人酒了）（夫人云）先生请坐。（末云）小子侍立座下，尚然越礼，焉敢与夫人对坐？（夫人云）道不得个"恭敬不如从命"。（末谢了，坐）（夫人云）红娘，去唤小姐来，与先生行礼者。（红朝鬼门道唤云）老夫人后堂待客，请小姐出来哩！（旦应云）我身子有些不停当，来不得。（红云）你道请谁哩？（旦云）请谁？（红云）请张生哩。（旦云）若请张生，扶病也索走一遭。（红发科了）（旦上）免除崔氏全家祸，尽在张生半纸书。

【双调】【五供养】若不是张解元识人多，别一个怎退干戈？排著酒果，列著笙歌。篆烟微，花香细，散满东风帘幕。救了咱全家祸。殷勤呵正礼，钦敬呵当合③。

【新水令】恰才向碧纱窗下画了双蛾④，拂试了罗衣上粉香浮涴⑤，则将指尖儿轻轻的贴了钿窝⑥。若不是惊觉人呵，犹压著绣衾卧⑦。

（红云）觑俺姐姐这个脸儿，吹弹得破⑧，张生有福也

呵!(旦唱)

【幺篇】没查没利慌偬科⑨，你道我宜梳妆的脸儿吹弹得破。

（红云）俺姐姐天生的一个夫人的样儿。（旦唱）你那里休聒，不当一个信口开河。知他命福是如何，我做一个夫人也做得过。

（红云）往常两个都害⑩，今日早则喜也。（旦唱）

【乔木查】我相思为他，他相思为我，从今后两下里相思都较可⑪。酬贺间礼当酬贺，俺母亲也好心多。

（红云）敢著小姐和张生结亲呵，怎生不做大筵席，会亲戚朋友，安排小酌为何？（旦云）红娘，你不知夫人意。

【搅筝琶】他怕我是陪钱货⑫，两当一便成合⑬。据著他举将除贼，也消得家缘过活⑭。费了甚一股那⑮，便待要结丝萝⑯！休波，省人情的奶奶忒虑过⑰，恐怕张罗。

【注释】

① "一人"二句：《尚书·吕刑》篇："一人有庆，兆民赖之，其宁惟永。"一人，原指天子，这里指老夫人。意即众人能活下来，全靠老夫人的福分。

② "长者"二句：《礼记·曲礼》："长者赐，少者贱者不敢辞。"是说对长者的赐予，年少的及僮仆之类卑贱者不能推辞，宜即受之。

③ 当合：合当，应该。

④ 双蛾：双眉。《诗经·卫风·硕人》："螓首蛾眉，巧

笑倩兮，美目盼兮。"蛾，蚕蛾，其眉细而长，故
以状眉。

⑤浮涴（wò）：浮污，浮土。

⑥钿（diàn）窝：凌景埏认为，指女子面颊贴花钿的
地方。一说为衣服上的装饰品。

⑦"犹压"句：出柳永《定风波》词："日上花梢，莺
穿柳带，犹压香衾卧。"

⑧吹弹得破：形容皮肤娇嫩，口吹指弹可使之破。

⑨没查没利：无定准、信口胡说之意。偻科：闵遇五
曰："古注：偻科，犹云小辈。宋时谓干办者曰偻
科。"所谓干办，即聪明干练之意。

⑩害：患相思病。害，患也。

⑪较可：犹"痊愈"。较、可，都指病愈。

⑫陪钱货：旧以为女子出嫁要陪送嫁妆，又不能得济，
俗称女子为陪钱货。

⑬两当一便成合：言老夫人悭吝，以酬谢、成亲两件
事，并作一次酒席。

⑭消得：受用得。消，受用，消受。家缘：家产，家业。

⑮一股那：即一股脑儿。"一股那"与下文"便待要结
丝萝"，谓诸般事一起办完便算结丝萝。

⑯丝萝：兔丝和女萝。兔丝，亦作菟丝，蔓生植物，
茎柔弱细长。女萝，地衣类植物，形状如线。二者
都只能依附他物生长。《古诗十九首·冉冉孤生竹》：
"与君为新婚，兔丝附女萝。"后以丝萝喻婚姻。

⑰省人情：懂世故。忒虑过：考虑得太过分。

（末云）小子更衣咱。（做撞见旦科）（旦唱）

【庆宣和】门儿外，帘儿前，将小脚儿那①。我恰待目转秋波，谁想那识空便的灵心儿早瞧破②，诓得我倒趄，倒趄。

（末见旦科）（夫人云）小姐近前，拜了哥哥者！（末背云）呀，声息不好了也！（旦云）呀，俺娘变了卦也！

（红云）这相思又索害也。（旦唱）

【雁儿落】荆棘刺怎动那③，死没腾无回豁④，措支剌不对答⑤，软兀剌难存坐⑥！

【得胜令】谁承望这即即世世老婆婆⑦，著莺莺做妹妹拜哥哥。白茫茫溢起蓝桥水⑧，不邓邓点著袄庙火⑨。碧澄澄清波，扑剌剌将比目鱼分破⑩。急攘攘因何，扢搭地把双眉锁纳合⑪。

（夫人云）红娘看热酒，小姐与哥哥把盏者！（旦唱）

【甜水令】我这里粉颈低垂，蛾眉频蹙，芳心无那⑫。俺可甚"相见话偏多"⑬！星眼朦胧，檀口嗟咨，擞窨不过⑭。这席面儿畅好是乌合⑮！

（旦把酒科）（夫人央科）（末云）小生量窄。（旦云）红娘，接了台盏者！

【折桂令】他其实咽不下玉液金波⑯。谁承望月底西厢，变做了梦里南柯⑰。泪眼偷淹，酩子里揾湿香罗。他那里眼倦开软瘫做一垛；我这里手难抬称不起肩窝。病染沉疴⑱，断然难活。则被你送了人呵，当甚么喽啰⑲！

（夫人云）再把一盏者。（红递盏了）（红背与旦云）姐

姐，这烦恼怎生是了？（旦唱）

【月上海棠】而今烦恼犹闲可<sup>⑳</sup>，久后思量怎奈何？有意诉衷肠，争奈母亲侧坐。成抛躲<sup>㉑</sup>，咫尺间如间阔。

【幺篇】一杯闷酒尊前过，低首无言自摧挫<sup>㉒</sup>。不甚醉颜酡，却早嫌玻璃盏大，从因我，酒上心来觉可<sup>㉓</sup>。

**【注释】**

①那：音义并同"挪"，移动。

②识空（kòng）便：能见机行事，机灵的意思。空便，为机会、空闲之意。

③荆棘剌怎动那：惊得我不能动弹。荆棘剌，即"惊棘剌"，惊恐意。棘剌，为语助词，无实义。

④死没腾：蒙住，痴呆无生气的样子。没腾，语助词，无实义。无回豁：无表情，无反应。

⑤措支剌：慌张失态，不知所措的样子。支剌，语助词，无实义。

⑥软兀剌：即软。兀剌，语助词，无实义。

⑦即即世世：亦作"积积世世"，乃老于世故之谓，有奸诈、老奸巨猾之意。

⑧蓝桥水：《史记·苏秦列传》："信如尾生，与女子期于梁下，女子不来，水至不去，抱柱而死。"尾生与女子期于蓝桥之下，后遂以蓝桥水代指使相爱者分离的大水。

⑨祆（xiān）庙火：代指使相爱者分离的大火。祆，一种宗教，亦称拜火教。《渊鉴类函》卷五十八引

《蜀志》："昔蜀帝生公主，诏乳母陈氏乳养。陈氏携幼子与公主居禁中约十余年。后以宫禁出外，六载，其子以思公主疾亟。陈氏入宫有忧色，公主询其故，阴以实对。公主遂托幸祆庙为名，期与子会。公主入庙，子睡沉，公主遂解幼时所弄玉环附之子怀而去，子醒见之，怒气成火而庙焚也。"

⑩比目鱼：又称偏口鱼，身体扁平，两目列在一侧。古人以为比目鱼二鱼相合适可游行，常用以比喻恋人或夫妻。

⑪"扢搭"句：意思是一下子将愁眉紧锁。扢搭，拟闭锁声。纳合，纳而合之。

⑫无那：无奈。

⑬相见话偏多：当时成语，这里是反说，无话可说之意。

⑭撏窨（diānyìn）：王伯良曰："撏，顿足也；窨，怨闷而忍气也。盖失意之甚，撏弄其足，而窨气自忍之谓。"

⑮畅好：正好，甚好。乌合：乌鸦的聚合，用以比喻散乱没有约束或聚散无常、匆匆来去。这里有仓卒、胡乱应付的意思。

⑯玉液金波：均指美酒。

⑰梦里南柯：南柯一梦，一场梦。出李公佐《南柯太守传》，故事讲淳于棼梦入蚁穴中的槐安国，被蚁王招为驸马，出任南柯太守二十年，生五男二女，享尽荣华。后公主病亡，被疑而遣返回乡，遂梦醒。

⑱沉疴（kē）：重病。

⑲喽啰：聪明干练，逞强，含有狡猾义。

⑳闲可：平常，引申为小事、不打紧。

㉑抛趓：抛开躲避，抛闪，分离。趓，同"躲"。

㉒摧挫：折磨，忧伤。柳永《鹤冲天》："悔恨无计那。迢迢良夜，自家只恁摧挫。"

㉓"不甚"四句：是说张生本未很醉，却早已嫌酒杯太大而酒力难支。是因为他量窄不胜酒力？不是，这都是因为我。如果真是酒力涌上心来，那还不至于如此。醉颜酡，喝酒后面红耳赤的样子。

（夫人云）红娘，送小姐卧房里去者。（旦辞末出科）

（旦云）俺娘好口不应心也呵！

【乔牌儿】老夫人转关儿没定夺①，哑谜儿怎猜破；黑阁落甜话儿将人和②，请将来著人不快活。

【江儿水】佳人自来多命薄，秀才每从来懦。闷杀没头鹅③，撇了陪钱货，下场头那答儿发付我！

【殿前欢】恰才个笑呵呵，都做了江州司马泪痕多④。若不是一封书将半万贼兵破，俺一家儿怎得存活？他不想结姻缘想甚么？到如今难著莫⑤。老夫人谎到天来大，当日成也是恁个母亲，今日败也是恁个萧何⑥。

【离亭宴带歇拍煞】从今后玉容寂寞梨花朵⑦，胭脂浅淡樱桃颗，这相思何时是可？昏邓邓黑海来深，白茫茫陆地来厚，碧悠悠青天来阔；太行山般高仰望，东洋海般深思渴。毒害的恁么⑧！俺娘呵，将颤巍巍双头花蕊搓，香馥馥同心缕带割，长挽挽连理琼枝挫。

白头娘不负荷⑨，青春女成担阁，将俺那锦片也似前程蹬脱⑩。俺娘把甜句儿落空了他，虚名儿误赚了我。（下）

（末云）小生醉也，告退。夫人根前，欲一言以尽意，未知可否。前者，贼寇相迫，夫人所言，能退贼者，以莺莺妻之。小生挺身而出，作书与杜将军，庶几得免夫人之祸。今日命小生赴宴，将谓有喜庆之期；不知夫人何见，以兄妹之礼相待？小生非图哺啜而来⑪，此事果若不谐，小生即当告退。（夫人云）先生纵有活我之恩，奈小姐先相国在日，曾许下老身侄儿郑恒。即日有书赴京，唤去了，未见来。如若此子至，其事将如之何？莫若多以金帛相酬，先生拣豪门贵宅之女，别为之求，先生台意若何？（末云）既然夫人不与，小生何慕金帛之色！却不道"书中有女颜如玉"⑫？则今日便索告辞。（夫人云）你且住者，今日有酒也⑬。红娘，扶将哥哥去书房中歇息，到明日咱别有话说。（下）（红扶末科）（末念）有分只熬萧寺夜，无缘难遇洞房春。（红云）张生，少吃一盏却不好？（末云）我吃甚么来！（末跪红科）小生为小姐，昼夜忘餐废寝，魂劳梦断，常忽忽如有所失。自寺中一见，隔墙酬和，迎风带月，受无限之苦楚。甫能得成就婚姻，夫人变了卦，使小生智竭思穷，此事几时了？小娘子，怎生可怜见小生，将此意申与小姐，知小生之心。就小娘子前解下腰间之带，寻个自尽。（末念）可怜刺股悬梁志⑭，险作离乡背井魂。（红云）街上好贱柴，烧你个傻角⑮！你休慌，妾当与君谋之。(末云)计将安在？小生当筑坛拜将⑯。(红云)妾见先生有囊琴一张⑰，必善于此。俺小姐深慕于琴。今夕妾与小姐同至花园内烧夜香，但听咳嗽为令⑱，先生动操⑲。看小姐听得时，说甚么言语，却将先生之言达知。若有话说，明日妾来回报。这早晚怕夫人寻⑳，我回去也。(下)

**【注释】**

①转关儿没定夺：变来变去没个准主意。

②"黑阁落（lào）"句：暗地里甜言蜜语许了人的心愿。阁落，旮旯，角落，此谓暗地里。

③没头鹅：王伯良曰："鹅，天鹅也。天鹅群飞，以首一只为引领，谓之头鹅。如得头鹅，则一群可致。"群鹅无主则不知所措，此指张生。

④江州司马泪痕多：白居易《琵琶行》："座中泣下谁最多？江州司马青衫湿。"江州，治所在今江西九江。后多用为感伤身世、爱情、别离的典故。

⑤著莫：即"捉摸"。

⑥"当日"二句：《史记·淮阴侯列传》载，韩信当初投奔汉王刘邦，不被重用，出走，萧何把他追回，并向刘邦举荐，拜为大将；其后刘邦得天下，怀疑韩信谋反，萧何又为吕后设计，骗韩信入宫，擒而杀之。后世谚云："成也萧何，败也萧何。"

⑦"玉容"句：化用白居易《长恨歌》诗句："玉容寂寞泪阑干，梨花一枝春带雨。"

⑧恁么：如此，这样。

⑨负荷：担承，负担，这里是管顾之意。

⑩蹬脱：踢开，强行拆散。

⑪哺啜（bǔchuò）：吃喝。

⑫书中有女颜如玉：意谓只要读书就会得到美丽的
女子。

⑬有酒：喝多了酒。有，犹多也。

⑭刺股悬梁志：发奋苦读获取功名之志。刺股，战国时
苏秦以连横说秦王，说十上而不行，归家后发奋读
书，倦欲睡，引锥刺股，血流至足，后佩六国相印。
股，大腿。悬梁，东汉孙敬，好学，晨夕读书不休，
至眠睡疲寝，以绳系头悬屋梁，后为当世大儒。

⑮"街上"二句：元代实行火葬，此为红娘调侃张生
之语，说他这样死不值得。

⑯筑坛拜将：《史记·淮阴侯列传》载，萧何追还韩信
后，刘邦设坛拜韩信为大将军。筑坛，修建土台拜
将用。

⑰囊琴：放在囊中的琴。

⑱为令：为号。

⑲动操：弹琴。刘向《别录》："君子因雅琴之适合，
故从容以致思焉。其道闭塞悲愁，而作者名其曲为
操，言遇灾害不失其操也。"

⑳这早晚：这时候。

【点评】

一波初平，一波又起。本指望"从今后两下里相思都

较可"，没承望"即即世世老婆婆，著莺莺做妹妹拜哥哥"，将"那锦片儿也似前程蹬脱"。老夫人赖婚，既在意料之外，又在意料之中——兵危之下，尚且忧心爱女辱没家谱；倒悬得解，又怎甘心莺莺改配寒素？良缘受阻，筑坛拜将；两肋插刀，幸有红娘。

## 第四折

（末上云）红娘之言，深有意趣。天色晚也，月儿，你早些出来么！（焚香了）呀，却早发擂也①。呀，却早撞钟也②。（做理琴科）琴呵，小生与足下湖海相随数年，今夜这一场大功，都在你这神品——金徽、玉轸、蛇腹、断纹、峄阳、焦尾、冰弦之上③。天那，却怎生借得一阵顺风，将小生这琴声，吹入俺那小姐玉琢成、粉捏就、知音的耳朵里去者④！（旦引红上，红云）小姐，烧香去来，好明月也呵！（旦云）事已无成，烧香何济？月儿，你团圆呵，咱却怎生！

【越调】【斗鹌鹑】云敛晴空，冰轮乍涌⑤；风扫残红，香阶乱拥；离恨千端，闲愁万种。夫人那，"靡不有初，鲜克有终"⑥。他做了个影儿里的情郎，我做了个画儿里的爱宠⑦。

【紫花儿序】则落得心儿里念想，口儿里闲题，则索向梦儿里相逢。俺娘昨日个大开东阁，我则道怎生般炮凤烹龙⑧。朦胧⑨！可教我"翠袖殷勤捧玉钟"⑩，却不道"主人情重"⑪？则为那兄妹排连，因此上鱼水难同。

（红云）姐姐，你看月阑⑫，明日敢有风也。（旦云）风月天边有⑬，人间好事无。

【小桃红】人间看波：玉容深锁绣帏中，怕有人搬弄。想嫦娥西没东生有谁共？怨天公，裴航不作游仙梦⑭。这云似我罗帏数重，只恐怕嫦娥心动，因此上围住广寒宫。

**【注释】**

①发擂：敲鼓。此指报夜间时辰的鼓声。

②撞钟：佛寺有早撞钟、暮击钟以报时，此指后者。

③神品：精妙无比的琴。金徽：徽为琴面上标识音阶的识点，弹奏时所按之处。玉轸（zhěn）：轸为系琴弦的柱，转动可以调节音调。蛇腹：古代名琴，琴身断纹如蛇腹花纹，故名。断纹：古代名琴。琴以古旧为佳，琴身崩裂成纹则证明年代久远，故名断纹。峄（yì）阳：古代名琴，以峄山（今山东邹城东南）南坡所产桐木制成，故名。焦尾：古代名琴。传说蔡邕闻爨下烧桐木声，知其良，请而裁为琴，因其尾犹焦，故名焦尾。冰弦：古代名琴，以冰蚕丝为弦，故称。

④知音：出自《列子·汤问》所载俞伯牙善鼓琴，钟子期善听琴故事。本指懂音乐者，后世称知己为知音。此处一语双关。

⑤冰轮：指月亮。

⑥"靡（mǐ）不"二句：原指人生之初无不具有善性，但很少能把这种善性保持到底。此处指不能善始善终。语出《诗经·大雅·荡》。靡，无。鲜，寡。克，能。

⑦画儿里的爱宠：出自《闻奇录·画工》所载唐进士赵颜与画中女子相爱之事，后以人妖殊途而分离。此谓因母亲食言而与张生好事成虚。

⑧炮凤烹龙：极言肴馔珍异，比喻筵席之丰盛。李贺

《将进酒》："烹龙炮凤玉脂泣，罗帷绣幕围春风。"

⑨朦胧：糊涂。

⑩翠袖殷勤捧玉钟：晏几道《鹧鸪天》："彩袖殷勤捧玉钟，当年拚却醉颜红。"

⑪主人情重：苏轼《满庭芳》："主人情重，开宴出红妆……坐中有狂客，恼乱愁肠。"此言老夫人使莺莺劝酒，给二人增添愁怨。

⑫月阑：月亮周围的光晕，是有风的征兆。

⑬风月：清风明月，指美景，引申指男女情爱。此处为双关。

⑭裴航：事见裴铏《传奇·裴航》，写唐代秀才裴航落第出游，路经蓝桥驿，渴而求浆，遇见云英，艳丽惊人。裴航求婚，老姬提出须得玉杵臼捣药乃可，约以百日为期。裴航至京，重金购得玉杵臼。云英又命裴航捣药百日。结为夫妇后，二人俱入玉峰洞，成仙。游仙梦：王仁裕《开元天宝遗事》："龟兹国进奉枕一枚，其色如玛瑙，温温如玉，其制作甚朴素。若枕之，则十洲三岛、四海五湖，尽在梦中所见，帝因立名为'游仙枕'，后赐与杨国忠。"

（红做咳嗽科）（末云）来了。（做理琴科）（旦云）这甚么响？（红发科）（旦唱）

【天净沙】莫不是步摇得宝髻玲珑①？莫不是裙拖得环珮叮咚？莫不是铁马儿檐前骤风②？莫不是金钩双控，吉丁当敲响帘栊③？

【调笑令】莫不是梵王宫，夜撞钟？莫不是疏竹潇潇曲槛中④？莫不是牙尺剪刀声相送⑤？莫不是漏声长滴响壶铜⑥？潜身再听在墙角东，元来是近西厢理结丝桐⑦。

【秃厮儿】其声壮，似铁骑刀枪冗冗⑧；其声幽，似落花流水溶溶；其声高，似风清月朗鹤唳空⑨；其声低，似听儿女语，小窗中，喁喁⑩。

【圣药王】他那里思不穷，我这里意已通，娇鸾雏凤失雌雄⑪。他曲未终，我意转浓，争奈伯劳飞燕各西东⑫，尽在不言中。

> 我近书窗听咱。(红云)姐姐，你这里听，我瞧夫人，一会便来。(末云)窗外是有人，已定是小姐。我将弦改过，弹一曲，就歌一篇，名曰《凤求凰》⑬。昔日司马相如，得此曲成事，我虽不及相如，愿小姐有文君之意。(歌曰)有美人兮，见之不忘。一日不见兮，思之如狂。凤飞翱翔兮，四海求凰。无奈佳人兮，不在东墙。张弦代语兮，欲诉衷肠。何时见许兮，慰我彷徨？愿言配德兮⑭，携手相将。不得于飞兮，使我沦亡。(旦云)是弹得好也呵！其词哀，其意切，凄凄然如鹤唳天。故使妾闻之，不觉泪下。

【麻郎儿】这的是令他人耳聪，诉自己情衷。知音者芳心自懂，感怀者断肠悲痛。

【幺篇】这一篇与本宫、始终、不同⑮。又不是《清夜闻钟》，又不是《黄鹤》《醉翁》，又不是《泣麟》《悲凤》⑯。

【络丝娘】一字字更长漏永，一声声衣宽带松。别恨离愁，变做一弄[17]。张生呵，越教人知重[18]。

（末云）夫人且做忘恩，小姐，你也说谎也呵！（旦云）
你差怨了我。

【东原乐】这的是俺娘的机变[19]，非干是妾身脱空[20]。若
由得我呵，乞求得效鸾凤。俺娘无夜无明并女工[21]，
我若得些儿闲空，张生呵，怎教你无人处把妾身作诵。

【绵搭絮】疏帘风细，幽室灯清，都则是一层儿红纸，
几棍儿疏棂[22]，兀的不是隔著云山几万重！怎得个人
来信息通？便做道十二巫峰[23]，他也曾赋高唐来梦中。

（红云）夫人寻小姐哩，咱家去来。（旦唱）

【拙鲁速】则见他走将来气冲冲，怎不教人恨匆匆，诳
得人来怕恐。早是不曾转动，女孩儿家直恁响喉咙。
紧摩弄[24]，索将他拦纵[25]，则恐怕夫人行把我来厮葬送。

（红云）姐姐，则管听琴怎么？张生著我对姐姐说，他
回去也。（旦云）好姐姐呵，是必再著住一程儿。（红
云）再说甚么？（旦云）你去呵，

【尾】则说道夫人时下有人唧哝，好共歹不著你落空[26]。
不问俺口不应的狠毒娘，怎肯著别离了志诚种。（并下）

【络丝娘煞尾】不争惹恨牵情斗引[27]，少不得废寝忘餐
病症。


题目　张君瑞破贼计　　莽和尚生杀心
正名　小红娘昼请客　　崔莺莺夜听琴

西厢记五剧第二本终

**【注释】**

① "步摇得"句：谓走路摇动得发髻上的珠宝首饰发出碰击的声音。古代妇女在簪钗上附有金玉首饰，行路时摇动撞击，发出声响。

② 铁马：即风铃，又称檐马，房檐下悬挂的小铁片或铃铛。

③ "金钩"二句：谓挂卷珠帘的铜钩与帘相碰，发出声响。

④ 曲槛（jiàn）：此指围竹之栏杆。

⑤ 牙尺：以象牙为装饰或由象牙制成的尺子，此为尺之美称。声相送：一声接一声。

⑥ "漏声"句：即铜壶滴漏的声响。漏，古代用铜斗盛水，底穿小孔，斗中有刻着度数的漏箭，水漏则刻度渐次显露，以为计时。

⑦ 理结：抚弄。丝桐：桓谭《新论》："神农氏始削桐为琴，练丝为弦。"故以丝桐代指琴。

⑧ "似铁骑（jì）"句：形容琴声雄壮，如无数骑兵奔驰，刀枪交错有声。铁骑，身披铠甲的骑兵。冗冗，刀枪碰击声。

⑨ 鹤唳（lì）空：鹤在空中鸣叫。《史记·乐书》："师旷不得已，援琴而鼓之。一奏之，有玄鹤二八集乎廊门；再奏之，延颈而鸣，舒翼而舞。"此谓琴声如鹤鸣。

⑩ "似听"三句：言琴声低切，如少男少女在小窗下窃窃私语。喁喁（yóng），状亲切小声说话的声音。

⑪"娇鸾"句：葛洪《西京杂记》："庆安世年十五，为帝都侍郎。善鼓琴，能为《双凤》、《离鸾》之曲。"后以鸾离凤分、离鸾别凤喻夫妻离散、情人不能相聚。

⑫伯劳飞燕各西东：犹劳燕分飞，不能比翼齐飞，喻夫妻分离。古乐府《东飞伯劳歌》："东飞伯劳西飞燕，黄姑织女时相见。"

⑬《凤求凰》：司马相如向卓文君求爱时所弹之曲。

⑭愿言配德：希望匹配成婚姻。愿，想要。言，语助词，无实义。配德，德相匹配。

⑮"这一篇"句：王伯良曰："凡琴曲，各宫调自为始终，初弹之宫调，为本宫本调。张生先弄一曲，后改弦作《凤求凰》，故言此曲与初弹'本宫'、'始终'改换不同也。"

⑯"又不是"三句：《清夜闻钟》、《黄鹤》、《醉翁》、《泣麟》、《悲凤》都是古代的琴曲名。

⑰一弄：一曲。乐一曲曰一弄。

⑱知重：相知敬重。

⑲机变：奸巧欺诈。

⑳脱空：说谎，无着落。

㉑并女工：犹言赶着做活计。并，竞。

㉒疏棂：窗棂。疏，窗也。

㉓十二巫峰：传说巫山有十二峰。

㉔摩弄：即摸弄，抚摸。有调哄、曲意顺从之意。

㉕拦纵：阻挡，阻拦。

㉖"则说道"二句：时下，目下，眼前。唧哝，多言。

王伯良曰:"言亲事不成,以有人在夫人处间阻之也。"毛西河曰:"言夫人前目下有人为你说,定不落空也。"均通。

㉗斗引:亦作"逗引"。勾引,引诱。

【点评】

本折与第一本"酬韵"一折,同而不同。人则同为莺莺、红娘、张生,景则同为月下,事则同为拜月。第当初为生窥莺,如今乃莺聆生;彼时两情未通,此刻则两心相印矣。实甫故于"犯"中求变,"真世间未见之极笔"(金圣叹语)!

张珙操琴传情,莺娘凝神谛听;似伯牙钟期,更心有灵犀。"他那里思不穷,我这里意已通","他曲未终,我意转浓"。奈何一层窗纸,好似云山万重,"怎得个人来信息通"?

# 西厢记五剧第三本

## 张君瑞害相思杂剧

# 楔　子

（旦上云）自那夜听琴后，闻说张生有病，我如今著红娘去书院里，看他说甚么。（叫红科）（红上云）姐姐唤我，不知有甚事，须索走一遭。（旦云）这般身子不快呵，你怎么不来看我？（红云）你想张……（旦云）张甚么？（红云）我张著姐姐哩①。（旦云）我有一件事，央及你咱。（红云）甚么事？（旦云）你与我望张生去走一遭，看他说甚么，你来回我话者。（红云）我不去，夫人知道不是要。（旦云）好姐姐，我拜你两拜，你便与我走一遭。（红云）侍长请起②，我去则便了。说道："张生，你好生病重，则俺姐姐也不弱。"只因午夜调琴手，引起春闺爱月心。

【仙吕】【赏花时】俺姐姐针线无心不待拈③，脂粉香消懒去添，春恨压眉尖④。若得灵犀一点⑤，敢医可了病恹恹。（下）

（旦云）红娘去了，看他回来说甚话，我自有主意。（下）

**【注释】**

①张：看，望。

②侍长：也作"使长"。奴仆对主人的称呼。

③不待：不想，不愿，犹懒得。

④春恨：相思之愁。白居易《酬刘和州》："不似刘郎无景行，长抛春恨在天台。"

⑤灵犀一点：犀牛角贯通两端的白线，比喻心心相印，两情相通。李商隐《无题》："身无彩凤双飞翼，心

有灵犀一点通。"

【点评】

才叹信息不通，便有红娘探病。李笠翁曰："编戏有如缝衣，其初则以完全者剪碎，其后又以剪碎者凑成。剪碎易，凑成难。凑成之工，全在针线紧密。一节偶疏，全篇之破绽出矣。"（《闲情偶寄》）两本间"楔子"之紧，足见《西厢》针线之密。

## 第一折

（末上云）害杀小生也。自那夜听琴之后，再不能够见俺那小姐。我著长老说将去，道："张生好生病重！"却怎生不见人来看我？却思量上来，我睡些儿咱。（红上云）奉小姐言语，著我看张生，须索走一遭。我想咱每一家，若非张生，怎存俺一家儿性命也！

【仙吕】【点绛唇】相国行祠，寄居萧寺。因丧事，幼女孤儿，欲将从军死。

【混江龙】谢张生伸志，一封书到便兴师。显得文章有用，足见天地无私①。若不是剪草除根半万贼，险些儿灭门绝户了俺一家儿。莺莺君瑞，许配雄雌；夫人失信，推托别词；将婚姻打灭，以兄妹为之。如今都废却成亲事。一个价糊突了胸中锦绣，一个价泪揾湿了脸上胭脂。

【油葫芦】憔悴潘郎鬓有丝②，杜韦娘不似旧时③，带围宽清减了瘦腰肢。一个睡昏昏不待观经史，一个意悬悬懒去拈针指；一个丝桐上调弄出离恨谱，一个花笺上删抹成断肠诗；一个笔下写幽情，一个弦上传心事：两下里都一样害相思。

【天下乐】方信道才子佳人信有之，红娘看时，有些乖性儿④，则怕有情人不遂心也似此。他害的有些抹媚⑤，我遭著没三思⑥，一纳头安排著憔悴死。

却早来到书院里，我把唾津儿润破窗纸，看他在书房里做甚么。

【村里迓鼓】我将这纸窗儿湿破，悄声儿窥视。多管是和衣儿睡起，罗衫上前襟褶袘⑦。孤眠况味，凄凉情绪，无人伏侍。觑了他涩滞气色⑧，听了他微弱声息，看了他黄瘦脸儿。张生呵，你若不闷死，多应是害死。

【元和令】金钗敲门扇儿⑨。

（末云）是谁？（红唱）

我是个散相思的五瘟使⑩，俺小姐想着风清月朗夜深时，使红娘来探尔。

（末云）既然小娘子来，小姐必有言语。（红唱）

俺小姐至今脂粉未曾施，念到有一千番张殿试⑪。

（末云）小姐既有见怜之心，小生有一简，敢烦小娘子达知肺腑咱。（红云）只恐他番了面皮。

【上马娇】他若是见了这诗，看了这词，他敢颠倒费神思。

他拽扎起面皮来⑫："查得谁的言语你将来，这妮子怎敢胡行事！"他可敢嗤、嗤的扯做了纸条儿。

（末云）小生久后多以金帛拜酬小娘子。（红唱）

【胜葫芦】哎，你个馋穷酸俫没意儿⑬，卖弄你有家私，莫不图谋你的东西来到此？先生的钱物，与红娘做赏赐，是我爱你的金贽？

【幺篇】你看人似桃李春风墙外枝⑭，卖俏倚门儿⑮。我虽是个婆娘有志气。则说道："可怜见小子，只身独自！"怎的呵，颠倒有个寻思⑯。

【注释】

①天地无私：沈璟云："言不容贼从之肆恶而亟殄灭之

也。"

② 潘郎鬓有丝：《晋书·潘岳传》："岳美姿仪，词藻绝丽。"后世称夫婿或情人为潘郎。又，潘岳《秋兴赋》："余春秋三十有二，始见二毛……斑鬓彭以承弁兮，素发飒以垂领。"遂有"潘鬓"之称，代指未老先衰、鬓发斑白。

③ 杜韦娘：本指唐代名妓，后成美女代称，亦用为曲调名。

④ 乖：反常，背离。

⑤ 抹媚：抹，一作"魔"，迷惑、迷恋很深的意思。

⑥ 没三思：无心之意。元人称心为"三思台"。

⑦ 褶袲（zhězhì）：衣服上的褶皱。

⑧ 涩滞气色：面色无光，没精打采。

⑨ 金钗敲门扇儿：钗，妇女首饰，由两股合成。以首饰叩门另见陈鸿《长恨歌传》："方士抽簪叩扉，有双鬟童女，出应门。"

⑩ 五瘟使：本指传播瘟疫疾病的瘟神，又称五瘟神。此处红娘乃为张生排遣相思者，不是传播者。此"五瘟使"盖指"氤氲使"。氤氲使主婚姻成就，故可解相思。此曲"五"处依曲律当用仄声，故不得更为"氤氲使"。

⑪ 殿试：又称"廷试"，本是科举考试中由皇帝对会试合格者在廷殿上进行的考试。宋元间用为对读书人的敬称。

⑫ 拽扎起面皮：犹板起脸来。拽扎，本指绷紧，收拾起。

⑬馋穷酸俫：犹"穷酸"，对贫寒读书人的调侃称呼。
俫，语助词，无实义。没意儿：没意思。

⑭桃李春风墙外枝：即出墙花。叶绍翁《游园不值》：
"春色满园关不住，一枝红杏出墙来。"后以出墙
花、墙外枝喻指妓女。

⑮卖俏倚门：指妓女生涯。《史记·货殖列传》："刺绣
文，不如倚市门。"

⑯颠倒：反倒，反而。


（末云）依著姐姐："可怜见小子，只身独自！"（红
云）兀的不是也，你写来，咱与你将去。（末写
科）（红云）写得好呵，读与我听咱。（末读云）"珙
百拜，奉书芳卿可人妆次①：自别颜范②，鸿稀鳞
绝③，悲怆不胜。孰料夫人以恩成怨，变易前姻，岂
得不为失信乎？使小生目视东墙，恨不得胁翅于妆台
左右；患成思渴，垂命有日。因红娘至，聊奉数字，
以表寸心。万一有见怜之意，书以掷下，庶几尚可保
养。造次不谨④，伏乞情恕。后成五言诗一首，就书
录呈：相思恨转添，谩把瑶琴弄。乐事又逢春，芳心
尔亦动。此情不可违，虚誉何须奉⑤。莫负月华明，
且怜花影重。"（红唱）

【后庭花】我则道拂花笺打稿儿，元来他染霜毫不勾
思⑥。先写下几句寒温序，后题著五言八句诗。不移
时，把花笺锦字，叠做个同心方胜儿⑦。忒聪明，忒
敬思⑧，忒风流，忒浪子。虽然是假意儿，小可的

难到此。

【青哥儿】颠倒写鸳鸯两字，方信道"在心为志"<sup>⑨</sup>。

（末云）姐姐将去，是必在意者！（红唱）

看喜怒其间觑个意儿<sup>⑩</sup>。放心波学士！我愿为之，并不推辞，自有言词。则说道："昨夜弹琴的那人儿，教传示。"

这简帖儿我与你将去，先生当以功名为念，休堕了志气者！

【寄生草】你将那偷香手，准备著折桂枝<sup>⑪</sup>。休教那淫词儿污了龙蛇字<sup>⑫</sup>，藕丝儿缚定鹍鹏翅<sup>⑬</sup>，黄莺儿夺了鸿鹄志<sup>⑭</sup>；休为这翠帏锦帐一佳人，误了你玉堂金马三学士<sup>⑮</sup>。

（末云）姐姐在意者！（红云）放心，放心。

【煞尾】沈约病多般<sup>⑯</sup>，宋玉愁无二<sup>⑰</sup>，清减了相思样子。则你那眉眼传情未了时，我中心日夜藏之<sup>⑱</sup>。怎敢因而<sup>⑲</sup>，"有美玉于斯"<sup>⑳</sup>，我须教有发落归著这张纸<sup>㉑</sup>。凭著我舌尖儿上说词，更和这简帖儿里心事，管教那人儿来探你一遭儿。（下）

（末云）小娘子将简帖儿去了，不是小生说口，则是一道会亲的符篆<sup>㉒</sup>。他明日回话，必有个次第<sup>㉓</sup>。且放下心，须索好音来也。且将宋玉风流策，寄与蒲东窈窕娘<sup>㉔</sup>。（下）

【注释】

①芳卿：对女子的亲敬称呼。可人：可意人，称心如

意人。妆次：妆台之间，书信中对女子的尊称，犹称男子阁下。

②颜范：容颜，模样。范，模也。

③鸿稀鳞绝：没有音信。鸿，即雁，雁传书事始自《汉书·苏武传》。鳞，指鱼，古乐府《饮马长城窟行》："客从远方来，遗我双鲤鱼。呼儿烹鲤鱼，中有尺素书。"故有鱼传书之说。

④不谨：不戒慎，不小心，有冒失意，谦语。

⑤虚誉：虚名。

⑥霜毫：本指秋天的兽毛。秋天兽毛末端最细，制笔最佳。毛笔以兔羊等毛为头，故以霜代指毛笔。勾思：即构思。

⑦方胜儿：本指方形彩结，是用丝织品做成的装饰。此指叠成方形或菱形的信笺。

⑧敬思：此为风流放浪、潇洒可爱之意。

⑨在心为志：《毛诗序》："诗者，志之所之也，在心为志，发言为诗。"这里隐去后句，意取"发言为诗"。

⑩喜怒其间觑个意儿：在莺莺高兴的时候找个机会。喜怒，偏义复词，取喜义。

⑪折桂枝：《晋书·郤诜传》："武帝于东堂会送，问诜曰：'卿自以为何如？'诜对曰：'臣举贤良对策，为天下第一，犹桂林之一枝、昆山之片玉。'"后以"折桂"比喻科举及第。

⑫龙蛇字：形容字体流利，笔势如龙盘蛇曲。李

白《草书歌行》："时时只见龙蛇走，左盘右蹙如惊电。"

⑬藕丝：喻感情之缠绵。孟郊《去妇》："妾心藕中丝，虽断犹牵连。"

⑭黄莺：用为美女的代称，此处双关莺莺。鸿鹄志：指远大抱负。出自《史记·陈涉世家》"燕雀安知鸿鹄之志"。

⑮玉堂金马三学士：喻才华出众的人。王辟之《渑水燕谈录·高逸》载欧阳文忠公、赵少师、吕学士同燕集，文忠公亲作口号云："金马玉堂三学士，清风明月两闲人。"金马，汉代官门，因门旁有铜马而得名。旧以身历玉堂金马为仕宦得意。

⑯沈约病多般：此喻像沈约一样多病。《南史·沈约传》："初，约久处端揆，有志台司，论者咸谓为宜，而帝终不用。乃求外出，又不见许。与徐勉素善，遂以书陈情于勉，言己老病，'百日数旬革带常应移孔；以手握臂，率计月小半分'。欲谢事，求归老之秩。"

⑰宋玉愁无二：与宋玉的愁一模一样。宋玉，战国文学家，他所写的《九辩》多悲愁之语，后人言悲秋、愁多，往往以宋玉为喻。

⑱"则你那"二句：意谓早在你们没完没了地以眉目传情的时候，我就已经看在眼里，记在心里了。

⑲因而：此言草率、凑合、怠慢、不重视。

⑳有美玉于斯：《论语·子罕》："有美玉于斯，韫椟而

藏诸？求善贾而沽诸？"这里用为歇后语，取后句"韫匵而藏诸"之意。

㉑发落：处置。归著：着落，结果。

㉒会亲：本是婚姻的一种礼仪，指婚后男女两家共邀亲属相见之礼，此谓成亲。符箓（lù）：道教符箓派用来遣神役鬼、镇魔压邪、治病消灾的一种似字非字的图形，这里指有灵验的文书神符。

㉓次第：此为分晓、结果意。

㉔窈窕（yǎotiǎo）娘：美好的女子。《诗经·周南·关雎》："窈窕淑女，君子好逑。"美状为窈，美心为窕，此言心貌俱美。

【点评】

君瑞有大恩，夫人轻然诺，好婚姻一时成耽搁。"两下里都一样害相思"，"方信道才子佳人信有之"。金圣叹以为："此篇不过走覆张生，而张生苦央代递一书耳。题之枯淡窘缩，无逾于此。"但实甫写来如春蹄款段，更兴味盎然。途中、窗外、室内，如花开次第，色色不同。

小红娘飒爽娇俏，伶俐机智；不做钱媒，愿为情使。无怪乎千载而下，痴男怨女犹然引颈盼之！

## 第二折

（旦上，云）红娘伏侍老夫人，不得空，偌早晚敢待来也。困思上来，再睡些儿咱。（睡科）（红上云）奉小姐言语，去看张生，因伏侍老夫人，未曾回小姐话去。不听得声音，敢又睡哩。我入去看一遭。

【中吕】【粉蝶儿】风静帘闲，透纱窗麝兰香散①，启朱扉摇响双环。绛台高②，金荷小③，银钉犹灿④。比及将暖帐轻弹，先揭起这梅红罗软帘偷看⑤。

【醉春风】则见他钗嚲玉横斜，鬓偏云乱挽。日高犹自不明眸，畅好是懒、懒。（旦做起身长叹科）（红唱）半晌抬身，几回搔耳，一声长叹。

　　我待便将简帖儿与他，恐俺小姐有许多假处哩。我则将这简帖儿放在妆盒儿上，看他见了说甚么。（旦做照镜科，见帖看科）（红唱）

【普天乐】晚妆残⑥，乌云嚲⑦，轻匀了粉脸，乱挽起云鬟。将简帖儿拈，把妆盒儿按，开拆封皮孜孜看⑧，颠来倒去不害心烦。

　　（旦怒叫）红娘！（红做意云⑨）呀，决撒了也⑩！厌的早挖皱了黛眉⑪。

　　（旦云）小贱人，不来怎么！（红唱）

忽的波低垂了粉颈，氲的呵改变了朱颜。

　　（旦云）小贱人，这东西那里将来的？我是相国的小姐，谁敢将这简帖来戏弄我？我几曾惯看这等东西？告过夫人，打下你个小贱人下截来。（红云）小姐使将我去，他著我将来，我不识字，知他写著甚么？

【快活三】分明是你过犯<sup>⑫</sup>，没来由把我摧残；使别人颠倒恶心烦。你不"惯"，谁曾"惯"？

　　姐姐休闹，比及你对夫人说呵，我将这简帖儿去夫人行出首去来<sup>⑬</sup>！（旦做揪住科）我逗你耍来。（红云）放手，看打下下截来！（旦云）张生两日如何？（红云）我则不说。（旦云）好姐姐，你说与我听咱！（红唱）

【朝天子】张生近间、面颜，瘦得来实难看。不思量茶饭，怕见动弹<sup>⑭</sup>；晓夜将佳期盼，废寝忘餐。黄昏清旦，望东墙淹泪眼。

　　（旦云）请个好太医看他证候咱<sup>⑮</sup>。（红云）他证候吃药不济。

病患、要安，则除是出几点风流汗。

　　（旦云）红娘，不看你面时，我将与老夫人看，看他有何面目见夫人！虽然我家亏他，只是兄妹之情，焉有外事。红娘，早是你口稳哩，若别人知呵，甚么模样？（红云）你哄著谁哩！你把这个饿鬼，弄的他七死八活，却要怎么？

【四边静】怕人家调犯<sup>⑯</sup>，"早共晚夫人见些破绽，你我何安。"问甚么他遭危难？撺断、得上竿，掇了梯儿看<sup>⑰</sup>。

【注释】

①香散：香飘。

②绛台：红色的烛台。

③金荷：亦称铜荷，烛台上部承接烛泪的铜盘，盘为

荷花形，盘上插烛。

④银钉（gāng）：灯。晏几道《鹧鸪天》："今宵剩把银钉照，犹恐相逢是梦中。"

⑤梅红罗软帘：淡红色绫罗所制帐帘，闺房床帐多用之。

⑥晚妆残：王伯良曰："晨而曰'晚妆'，宿妆未经梳洗也。"

⑦乌云髯："髯"为哥戈韵，此处叶寒山韵，读如"dǎn"。

⑧孜孜看：仔细看，认真看。

⑨做意：做出某种表情，此指做出警觉、注意的样子。

⑩决撒：败露，坏了事。

⑪扢（gē）皱：皱起，紧皱。

⑫过犯：过错，罪过。

⑬出首：自首。

⑭怕见：懒得。李清照《永遇乐》："如今憔悴，风鬟雾鬓，怕见夜间出去。"

⑮太医：本指御医。元设太医院，领管所有医生，供随时召用，一般医生也可称太医。证候：病情，症状。

⑯调（tiáo）犯：嘲笑讥讽，说是道非。

⑰"撺（cuān）断"二句：意谓鼓动别人登梯子爬上竿去，自己却撒走梯子，看人家下不来的样子。这里是说莺莺惹得张生害了相思病，却又撒手不管。


（旦云）将描笔儿过来，我写将去回他，著他下次休是这般!（旦做写科）（起身科云）红娘,你将去说:"小姐看望先生,相待兄妹之礼如此,非有他意。再一遭儿是这般呵,必告夫人知道。"和你个小贱人都有说话!（旦掷书下）（红唱）

【脱布衫】小孩儿家口没遮拦,一迷的将言语摧残①。把似你使性子②,休思量秀才,做多少好人家风范③。

（红做拾书科）

【小梁州】他为你梦里成双觉后单,废寝忘餐。罗衣不奈五更寒④,愁无限,寂寞泪阑干⑤。

【幺篇】似这等辰勾空把佳期盼⑥,我将这角门儿世不曾牢拴,则愿你做夫妻无危难。我向这筵席头上整扮,做一个缝了口的撮合山⑦。

（红云）我若不去来,道我违拗他,那生又等我回报,我须索走一遭。（下）（末上云）那书倩红娘将去,未见回话。我这封书去,必定成事。这早晚敢待来也。（红上云）须索回张生话去。小姐,你性儿忒惯得娇了!有前日的心,那得今日的心来?

【石榴花】当日个晚妆楼上杏花残,犹自怯衣单;那一片听琴心清露月明间⑧。昨日个向晚,不怕春寒,几乎险被先生馋⑨。那其间岂不胡颜⑩?为一个不酸不醋风魔汉⑪,隔墙儿险化做了望夫山⑫。

【斗鹌鹑】你用心儿拨雨撩云,我好意儿传书寄简。不肯搜自己狂为,则待要觅别人破绽。受艾焙权时忍这番⑬,畅好是奸⑭!

"张生是兄妹之礼,焉敢如此!"

对人前**巧语花言**；

没人处便想张生，
背地里**愁眉泪眼**。

【注释】

①一迷的：一味的，一个劲的。

②把似：假如，与其。

③好人家：此谓官宦人家。

④"罗衣"句：是说张生彻夜不眠，凄凉不堪。李煜《浪淘沙》："帘外雨潺潺，春意阑珊，罗衾不耐五更寒。"

⑤泪阑干：犹泪纵横。白居易《长恨歌》："玉容寂寞泪阑干，梨花一枝春带雨。"

⑥"似这"句：盼望佳期到来，好像等待辰勾星出来一样困难。王伯良曰："辰勾，水星。其出虽有常度，然见之甚难。"

⑦"我向这"二句：凌濛初曰："婚姻筵席媒人与焉，故戏言筵席间整备，做不漏泄的媒人。"整扮，妆扮整齐。撮合山，媒人。

⑧"当日个"三句：凌濛初曰："言晚妆怕冷，听琴就不怕冷。"

⑨先生馔（zhuàn）：《论语·为政》："有事，弟子服其劳；有酒食，先生馔。曾是以为孝乎？"馔，本指吃喝。这里是用《四书》语调侃，言听琴夜几乎被张生得了手。

⑩胡颜：没脸、丢丑的意思。

⑪不酸不醋：即酸醋，酸溜溜。

⑫"隔墙"句：是说莺莺听琴时伫立良久，险些化作望夫石。

⑬艾焙（bèi）：用作动词，指用艾绒卷烤炙患者经穴。剧中为责备、训斥之意。艾，药用植物名。

⑭畅好事奸：闵遇五云："'畅好事奸'，满情满意的奸诈也。"


（红见末科）（末云）小娘子来了，擎天柱①，大事如何了也？（红云）不济事了，先生休傻。（末云）小生简帖儿，是一道会亲的符篆，则是小娘子不用心，故意如此。（红云）我不用心？有天哩！你那简帖儿好听！

**【上小楼】**这的是先生命悭，须不是红娘违慢。那简帖儿到做了你的招状②，他的勾头③，我的公案④。若不是觑面颜，厮顾盼，担饶轻慢⑤。

先生受罪，礼之当然。贱妾何辜？

争些儿把你娘拖犯⑥！

**【幺篇】**从今后相会少，见面难。月暗西厢，凤去秦楼，云敛巫山。你也趱⑦，我也趱，请先生休讪⑧，早寻个酒阑人散。

（红云）只此再不必申诉足下肺腑，怕夫人寻，我回去也。（末云）小娘子此一遭去，再著谁与小生分剖？必索做一个道理，方可救得小生一命。（末跪下揪住红科）（红云）张先生是读书人，岂不知此意，其事可知矣。

【满庭芳】你休要呆里撒奸⑨。你待要恩情美满，却教我骨肉摧残。老夫人手执著棍儿摩娑看⑩，粗麻线怎透得针关⑪？直待我拄著拐帮闲钻懒，缝合唇送暖偷寒⑫。

待去呵，小姐性儿撮盐入火⑬，

消息儿踏著泛⑭；

待不去呵，（末跪哭云）小生这一个性命，都在小娘子身上。（红唱）

禁不得你甜话儿热趱⑮。好著我两下里做人难。

【注释】

①擎天柱：古人认为天的四周都有柱子支撑，这些柱子便是擎天柱。

②招状：犯人招认罪行的供词。

③勾头：逮捕人的拘票。

④公案：指重要事件，也指依法令而判断的案件，此指后者。

⑤"若不是"三句：如果不是看着彼此的面子，手下留情，容忍了你有失分寸的行为。顾盼，本指看、视，此谓照顾、留情。

⑥争些：差点儿，险些儿。拖犯：连累。

⑦赸（shàn）：方言，走开，散伙。

⑧讪（shàn）：埋怨，毁谤。

⑨呆里撒奸：内藏奸诈，故作诚实。

⑩摩挲：抚摸。此言老夫人摸弄着棍子早有准备。

⑪针关：针孔。粗麻线穿不过小小的针孔，喻无能为力。

⑫"直待我"二句：帮闲钻懒，管别人的闲事，此指为男女传情。送暖偷寒，指男女间暗中传情递意。

⑬撮盐入火：盐入火即爆，用以比喻脾气急躁。

⑭消息儿踏著泛：踏着机关的泛子，中人圈套、落入机关的意思。消息儿，即机关，靠机械使物体运转，常用以捕兽、陷人。泛，亦称泛子，即触发机关的机纽。

⑮甜话儿热趱（zàn）：用好话催说。趱，逼使走。

我没来由分说，小姐回与你的书，你自看者。（末接科，开读科）呀，有这场喜事！撮土焚香①，三拜礼毕②。早知小姐简至，理合远接；接待不及，勿令见罪。小娘子，和你也欢喜。（红云）怎么？（末云）小姐骂我都是假，书中之意，著我今夜花园里来，和他"哩也波，哩也啰"哩③！（红云）你读书我听。（末云）"待月西厢下，迎风户半开。隔墙花影动，疑是玉人来。"（红云）怎见得他著你来？你解与我听咱。（末云）"待月西厢下"，著我月上来；"迎风户半开"，他开门待我；"隔墙花影动，疑是玉人来"，著我跳过墙。（红笑云）他著你跳过墙来，你做下来④。端的有此说么？（末云）俺是个猜诗谜的社家⑤，风流隋何，浪子陆贾⑥。我那里有差的勾当？（红云）你看我姐姐，在我行也使这般道儿⑦。

【耍孩儿】几曾见寄书的颠倒瞒著鱼雁，小则小心肠儿转关。写著道西厢待月等得更阑，著你跳东墙"女"字边"干"⑧。元来那诗句儿里包笼著三更枣⑨，简帖儿里埋伏著九里山⑩。他著紧处将人慢。恁会云雨闹中取静，我寄音书忙里偷闲。

【四煞】纸光明玉板⑪，字香喷麝兰，行儿边湮透非春汗？一缄情泪红犹湿，满纸春愁墨未干⑫。从今后休疑难，放心波玉堂学士，稳情取金雀鸦鬟⑬。

【三煞】他人行别样的亲，俺根前取次看⑭，更做道孟光接了梁鸿案⑮。别人行甜言美语三冬暖，我根前恶语伤人六月寒。我为头儿看⑯：看你个离魂倩女⑰，怎发付掷果潘安⑱。

（末云）小生读书人，怎跳得那花园过也？（红唱）

【二煞】隔墙花又低，迎风户半拴，偷香手段今番按⑲。怕墙高怎把龙门跳⑳？嫌花密难将仙桂攀。放心去，休辞惮。你若不去呵，望穿他盈盈秋水，蹙损了淡淡春山㉑。

（末云）小生曾到那花园里，已经两遭，不见那好处。这一遭，知他又怎么？（红云）如今不比往常。

【煞尾】你虽是去了两遭，我敢道不如这番。你那隔墙酬和都胡侃，证果的是今番这一简㉒。（红下）

（末云）万事自有分定，谁想小姐有此一场好处。小生是猜诗谜的社家，风流隋何，浪子陆贾，到那里扢扎帮便倒地㉓。今日颠天百般的难得晚㉔。天，你有万物于人，何故争此一日？疾下去波！读书继晷怕黄昏㉕，不觉西沉强掩门。欲赴海棠花下约，太阳何苦又生根？（看天云）呀，才晌午也，再等一等。（又看科）今日万般的难得下去也呵！碧天万里无云，空劳倦客身心㉖。恨杀鲁阳贪战㉗，不教红日西沉。呀，却早倒西也，再等一等咱。无端三足乌㉘，团团光烁烁。安得后羿弓㉙，射此一轮落！谢天地！却早日下去也。呀，却早发擂也！呀，却早撞钟也！拽上书房门，到得那里，手挽著垂杨，滴流扑跳过墙去。（下）

**【注释】**

①撮土焚香：事本吕洞宾事。曾达臣《独醒杂志》：有客谒林灵素，"客曰：'有小术，愿试之。'即捻土炷炉中，且求杯水噀案上，覆之以杯。忽报车驾来幸道院，灵素仓皇出迎，不及辞别而其人去。上至院中，闻香郁然，异之"。

②三拜：僧俗均有的礼数，张生曰三拜，以示特殊敬重。

③哩也波，哩也啰：北方方言，无具体含义，用以代指不便明言之事，用法与"如此这般"相同。

④做下来：做出不正当的事情来，指男女私通。

⑤猜诗谜的社家：犹言解诗的行家。猜诗谜是宋元时伎艺的一种，对某种伎艺兴味相投的人组成的团体，叫商社或社会。参加某社的人，即称某某社家。

⑥风流隋何，浪子陆贾：隋何、陆贾都是汉初人，二人都长于说辞。隋、陆二人均未见风流浪子的事

迹，但戏曲中以二者为风流浪子者往往有之。凌濛初曰："元剧用事，正不必正史有也。"

⑦道儿：方言，犹圈套。

⑧跳东墙：《孟子·告子下》："逾东家墙而搂其处子，则得妻；不搂，则不得妻。"此暗用其事。"女"字边"干（gān）"：拆字格，"奸"字。

⑨三更枣：为约会暗语。《高僧传》载，禅宗五祖弘忍传法于六祖慧能时，给了他三粒粳米一枚枣，慧能领悟到是让他"三更早来"。

⑩埋伏著九里山：计谋圈套之意。徐士范曰："汉高祖、韩信与项羽战，在徐州九里山前，与樊哙、王陵、亚夫等兵，排作八八六十四卦阵势，十面埋伏，以降羽，逼至乌江。"事不见史书，小说戏曲多称其事。

⑪玉板：纸名，即玉板宣，白宣纸的一种，柔韧光洁，宜于书画。

⑫"一缄"二句：意谓信是用相思的泪水书写而成，泪渍犹湿；满纸洋溢着少女真情，墨迹未干。红犹湿，红泪未干之意。

⑬稳情取：准能得到。金雀鸦鬟：代指美女。李公垂《莺莺歌》："绿窗娇女字莺莺，金雀鸦鬟年十七。"金雀，妇女头上的钗簪。鸦鬟，乌黑的头发。

⑭取次看：犹等闲视之，不重视之意。

⑮孟光接了梁鸿案：出《后汉书·梁鸿传》，梁鸿娶孟氏女孟光，每归，妻为具食，不敢于鸿前仰视，举

案齐眉。故事本为妻敬夫，梁鸿接下孟光案，这里反说为妻接夫案，意在讥讽莺莺主动约张生幽会。

⑯为头儿看：从头看，从此看着你。

⑰离魂倩女：陈玄祐《离魂记》云，张倩娘与王宙相爱至深，王宙赴京，倩娘魂离躯体，追随王宙而去，后倩娘因思家返乡，魂魄复合为一。倩娘即倩女，代指多情女子，此指莺莺。

⑱掷果潘安：潘安，潘岳，字安仁。刘孝标引裴启《语林》："安仁至美，每行，老妪以果掷之，满车。"后用为美男子典故，此指张生。

⑲按：考验，验证。

⑳龙门：山名，在今山西河津与陕西韩城之间。《文选·谢脁〈观朝雨〉》李善注引《三秦记》："河津，一名龙门，两旁有山，水陆不通，龟鱼莫能上。江海大鱼薄集龙门下，上则为龙，不得上曝腮水次也。"

㉑春山：比喻妇女美丽的眉毛。阮阅《眼儿媚》："也应似旧，盈盈秋水，淡淡春山。"

㉒"证果"句：意谓让你成就好事的是这次的简帖。证果，本为佛教语，本指苦心修行，即可得成佛菩萨等正果之位，这里取成功、达到目的之意。证，登、得到之意。

㉓扢扎帮：亦作扢搭帮，一下子、迅速之意。一说系象声词。

㉔颏天：即屝天。颏，置辞，犹"屝"。

㉕继晷：夜以继日。晷，日影。韩愈《进学解》："焚膏油以继晷，恒兀兀以穷年。"

㉖倦客：倦于在外做客之人。周邦彦《兰陵王·柳》："登临望故国，谁识，京华倦客？"此指张生。

㉗鲁阳贪战：《淮南子·览冥训》："鲁阳公与韩构难，战酣，日暮，援戈而之，日为之反三舍。"

㉘三足乌：传说日中有三足乌鸦，故用以代指太阳。

㉙后羿（yì）：尧时射落九个太阳的人。

**【点评】**

本折又称"递简"、"窥简"、"闹简"。写崔张情事推展，万千思绪，不离一简，不离两端，亦不离鱼雁（红娘）。莺莺"对人前巧语花言，没人处便想张生，背地里愁眉泪眼"；张生"晓夜将佳期盼，废寝忘餐"；红娘"好意儿传书寄简"，顾不上"两下里做人难"，则愿得"夫妻无危难"，"做一个缝了口的撮合山"。任半塘先生评曰："读者但看其写一局外人之谈吐，而兼顾生旦两面。孰诈孰真，孰喜孰惧；冷嘲热讽，杂遝而来；抉破人情，委曲如画。益以新辞诡喻，络绎不绝；机趣翻澜，韵致浓郁，非散词散曲所能办矣。"（《词曲通义》）

末段宾白，俗语掺间绝句，摹写才子度日如年，逼真跃然。"读书继晷"七言，"碧天无云"六言，"无端三足乌"五言，随时间愈近，而节奏愈疾、情思愈盼。浓淡得体，他曲莫及。

## 第三折

（红上云）今日小姐著我寄书与张生，当面偌多般意儿，元来诗内暗约著他来。小姐也不对我说，我也不瞧破他，则请他烧香。今夜晚妆处比每日较别①，我看他到其间怎的瞒我？（红唤科）姐姐，咱烧香去来。（旦上云）花阴重叠香风细，庭院深沉淡月明。（红云）今夜月明风清，好一派景致也呵！

【双调】【新水令】晚风寒峭透窗纱，控金钩绣帘不挂。门阑凝暮霭②，楼角敛残霞。恰对菱花③，楼上晚妆罢。

【驻马听】不近喧哗，嫩绿池塘藏睡鸭；自然幽雅，淡黄杨柳带栖鸦④。金莲蹴损牡丹芽，玉簪抓住荼蘼架⑤。夜凉苔径滑，露珠儿湿透了凌波袜⑥。

我看那生和俺小姐巴不得到晚。

【乔牌儿】自从那日初时想月华，捱一刻似一夏，见柳梢斜日迟迟下，早道"好教贤圣打"⑦。

【搅筝琶】打扮的身子儿诈⑧，准备著云雨会巫峡。只为这燕侣莺俦⑨，锁不住心猿意马。

不则俺那小姐害，那生呵——

二三日来水米不粘牙。因姐姐闭月羞花，真假，这其间性儿难按纳，一地里胡拿⑩。

姐姐这湖山下立地，我开了寺里角门儿。怕有人听俺说话，我且看一看。（做意了）偌早晚，傻角却不来，"赫赫赤赤"来⑪？（末云）这其间正好去也，赫赫赤赤。（红云）那鸟来了。

【沈醉东风】我则道槐影风摇暮鸦，元来是玉人帽侧乌纱。一个潜身在曲槛边，一个背立在湖山下。那里叙寒温？并不曾打话。

> （红云）赫赫赤赤，那鸟来了。（末云）小姐，你来也。
> （搂住红科）（红云）禽兽！（末云）是我。（红云）你看得好仔细著！若是夫人怎了？（末云）小生害得眼花，搂得慌了些儿，不知是谁。望乞恕罪。（红唱）

便做道搂得慌呵，你也索觑咱，多管是饿得你个穷神眼花。

> （末云）小姐在那里？（红云）在湖山下。我问你咱：真个著你来哩？（末云）小生猜诗谜社家，风流隋何，浪子陆贾，准定抅扎帮便倒地。（红云）你休从门里去，则道我使你来。你跳过这墙去，今夜这一弄儿助你两个成亲⑫。我说与你，依著我者。

【乔牌儿】你看那淡云笼月华，似红纸护银蜡；柳丝花朵垂帘下，绿莎茵铺著绣榻⑬。

【甜水令】良夜迢迢，闲庭寂静，花枝低亚。他是个女孩儿家，你索将性儿温存，话儿摩弄，意儿谦洽。休猜做败柳残花⑭。

【折桂令】他是个娇滴滴美玉无瑕，粉脸生春，云鬟堆鸦。恁的般受怕担惊，又不图甚浪酒闲茶⑮。则你那夹被儿时当奋发，指头儿告了消乏⑯。打叠起嗟呀⑰，毕罢了牵挂，收拾了忧愁，准备著撑达⑱。

**【注释】**

①晚妆处：即晚妆之时。处，表示时间之词，犹之时。
较别：特别，不一样。

②门阑：门框。

③菱花：古代铜镜映日，其光影如菱花，故以菱花代
铜镜。

④"淡黄"句：出自贺铸《减字木兰花》："楼角初销一
缕霞，淡黄杨柳岸上鸦，玉人和月摘梅花。"

⑤荼蘼（túmí）：蔷薇科植物，夏初开花，有白、蜜、
红三色，白色、蜜色者花繁而香浓，常被视为花季
盛开的最后一种花。

⑥凌波袜：出曹植《洛神赋》："凌波微步，罗袜生
尘。"写洛水女神在水波上轻盈地行走，骀荡的水
汽好像是被罗袜踏起的飞尘。后以凌波袜代指美女
之袜。

⑦好教贤圣打：意谓应该让羲和把太阳赶下山去。贤
圣，指羲和。传说羲和为日之母，是为日驾车之
神。羲和打日乘坐的六龙之车，日运行快，则光阴
易过。

⑧诈：漂亮，体面。

⑨燕侣莺俦：犹言美好伴侣，莺燕双栖，常用来比喻
夫妇。俦，侣也。

⑩"因姐姐"四句：闵遇五谓写张生难按纳："言生因
小姐闭月羞花，如此之美，而其留情处真假猝难猜
料，只恐未必是假，所以性难按纳而胡做也。"按

纳，即按捺，控制、压制之意。一地里，处处，一概，一味。胡拿，胡闹，乱来。

⑪赫赫赤赤：用嘴发出的一种声响，有音无义，元剧中多用作约会暗号。

⑫一弄儿：一切，全部。

⑬"绿莎（suō）茵"句：绿草地如同铺在绣床上的褥子。莎，草名。

⑭败柳残花：喻已破身的女子。花柳，代指女子，多指妓女。

⑮浪酒闲茶：男女调情时吃的酒菜。

⑯"夹被"二句：摹男女欢爱，亵词。

⑰打叠：收拾。

⑱撑达：如愿，快意。


（末作跳墙搂旦科）（旦云）是谁？（末去）是小生。（旦怒云）张生，你是何等之人！我在这里烧香，你无故至此。若夫人闻知，有何理说？（末云）呀，变了卦也！（红唱）

【锦上花】为甚媒人，心无惊怕？赤紧的夫妻每，意不争差①。我这里蹑足潜踪，悄地听咱：一个羞惭，一个怒发。

【幺篇】张生无一言，呀，莺莺变了卦。一个悄悄冥冥，一个絮絮答答。却早禁住隋何，进住陆贾，又手躬身，妆聋作哑。

张生背地里嘴那里去了？向前搂住丢番，告到官司，怕羞了你?

【清江引】没人处则会闲嗑牙②,就里空奸诈③。怎想湖山边,不记"西厢下"?香美娘处分破花木瓜④。

　　(旦云)红娘,有贼!(红云)是谁?(末云)是小生。
　　(红云)张生,你来这里有甚么勾当?(旦云)扯到夫
　　人那里去!(红云)到夫人那里,恐坏了他行止⑤。我
　　与姐姐处分他一场。张生,你过来,跪著!(生跪科)
　　(红云)你既读孔圣之书,必达周公之礼⑥。黥夜来此
　　何干⑦?

【雁儿落】不是俺一家儿乔作衙⑧,说几句衷肠话:我则道你文学海样深,谁知你色胆有天来大。

　　(红云)你知罪么?(末云)小生不知罪。(红唱)

【得胜令】谁著你黥夜入人家?非奸做贼拿。你本是个折桂客,做了偷花汉;不想去跳龙门,学骗马⑨。

　　姐姐,且看红娘面,饶过这生者。(旦云)若不看红娘
　　面,扯你到夫人那里去,看你有何面目见江东父老⑩!
　　起来。(红唱)

谢小姐贤达,看我面遂情罢⑪。若到官司详察,

　　"你既是秀才,只合苦志于寒窗之下,谁教你黥夜辄入
　　人家花园?做得个非奸即盗。"先生呵,

整备著精皮肤吃顿打⑫。

　　(旦云)先生虽有活人之恩,恩则当报。既为兄妹,何
　　生此心?万一夫人知之,先生何以自安?今后再勿如
　　此。若更为之,与足下决无干休!(下)(末朝鬼门道
　　云)你著我来,却怎么有偌多说话?(红扳过末云)羞

也，差也！却不"风流隋何，浪子陆贾"？（末云）得罪波"社家"，今日便早则死心塌地。（红唱）

【离亭宴带歇拍煞】再休题春宵一刻千金价⑬，准备著寒窗更守十年寡⑭。猜诗谜的社家，你拍了"迎风户半开"，山障了"隔墙花影动"，绿惨了"待月西厢下"⑮。你将何郎粉面搽，他自把张敞眉儿画。强风情措大⑯。晴干了尤云殢雨心⑰，悔过了窃玉偷香胆，删抹了倚翠偎红话⑱。

（末云）小生再写一简，烦小娘子将去，以尽衷情如何？（红唱）

淫词儿早则休，简帖儿从今罢。犹古自参不透风流调法⑲。从今后悔罪也卓文君，你与我学去波汉司马⑳。（下）

（末云）你这小姐送了人也！此一念小生再不敢举。奈有病体日笃㉑，将如之奈何？夜来得简方喜，今日强扶至此，又值这一场怨气，眼见休也。则索回书房中纳闷去。桂子闲中落，槐花病里看㉒。（下）

【注释】

①意不争差：谓莺莺、张生相会心思想法一致，没有差错。争差，差错。

②闲嗑牙：扯淡，说闲话。

③就里：内里。

④香美娘：指莺莺。处分：责备，数落。破：语助词，犹着、了。花木瓜：本为安徽所产的一种瓜果，后

用来比喻中看不中用、徒有其表的人和物。

⑤行止：名誉品德。

⑥达：通晓，熟知。

⑦夤（yín）夜：深夜。

⑧乔作衙：不是官员却装作官员来审案，有妄自尊大之意，是元代流行市语。乔，摹仿，假装。

⑨骗马：许政扬曰："跳篱骗马，乃谓鸡鸣狗盗之术，亦元人成语。红娘之言，似讥张珙学屑小所为，甘趋下流。"

⑩有何面目见江东父老：典出《史记·项羽本纪》。项羽兵败，至乌江岸边而不渡，笑曰："天之亡我，我何渡为！且籍与江东子弟八千人渡江而西，今无一人还，纵江东父兄怜而王我，我何面目见之！纵彼不言，籍独不愧于心乎？"卒未渡。后用为功业无成愧见亲友的典故。此言张生有违圣训，无颜见故人。

⑪遂情：遂顺人情，给面子。

⑫整备：整顿备办，即准备。精皮肤：细皮嫩肉。精为粗的反义。

⑬春宵一刻千金价：是说相会机会之宝贵。苏轼《春夜》："春宵一刻值千金，花有清香月有阴。"

⑭寒窗更守十年寡：独个儿再过十年清苦的读书生涯。

⑮"厮（qí）拍"三句：是说莺莺诗中的约会，遇到了种种困难。王伯良曰："'厮拍'，是拍参差不中节之谓……张生前说是'猜诗谜的社家'，红娘笑他一

件件都猜不着。"

⑯强（qiǎng）风情措大：本无爱情而勉强装作有爱情的酸秀才。强，勉强。风情，风月情怀。

⑰尤云殢（tì）雨：喻缠绵情爱。尤、殢都是恋慕缠绵的意思。

⑱倚翠偎红：指男女依偎亲昵。翠、红，均代指女子。

⑲"犹古自"句：意谓还没有弄懂恋爱的手段。风流调法，指恋爱的手段。

⑳汉司马：汉代的司马相如，此讥张生不及相如。

㉑日笃：病情日重。

㉒"桂子"二句：二句互文，言只好在闲中、病里看桂子、槐花纷纷谢。以花落春残之伤春，寓失恋的痛苦。前一句出王维《鸟鸣涧》："人闲桂花落，夜静春山空。"用此或有好事成空之意。

**【点评】**

三番拜月，墙外人在红娘的鼓励之下，终于逾垣而入。不想佳人临阵变卦，"风流隋何，浪子陆贾"，只得悻悻而归，"寒窗更守十年寡"。李卓吾说："此时若便成交，则张非才子，莺非佳人……有此一阻，写画两人光景，莺之娇态，张之怯状，千古如见。"无怪徐眉公赞曰："卓老果会读书。"

## 第四折

（夫人上云）早间长老使人来，说张生病重。我著长老使人请个太医去看了，一壁道与红娘，看哥哥行问汤药去者。问太医下甚么药，证候如何，便来回话。（下）（红上云）老夫人才说张生病沈重，昨夜吃我那一场气，越重了。莺莺呵，你送了他人。（下）（旦上云）我写一简，则说道药方，著红娘将去与他，证候便可。（旦唤红科）（红云）姐姐，唤红娘怎么？（旦云）张生病重，我有一个好药方儿，与我将去咱。（红云）又来也。娘呵，休送了他人！（旦云）好姐姐，救人一命，将去咱。（红云）不是你，一世也救他不得①！如今老夫人使我去哩，我就与你将去走一遭。（下）（旦云）红娘去了，我绣房里等他回话。（下）（末上云）自从昨夜花园中吃了这一场气，投著旧证候②，眼见得休了也。老夫人说，著长老唤太医来看我；我这颏证候，非是太医所治的。则除是那小姐美甘甘、香喷喷、凉渗渗、娇滴滴一点唾津儿咽下去，这扃病便可。（洁引太医上，"双斗医"科范了③）（下）（洁云）下了药了，我回夫人话去，少刻再来相望。（下）（红上，云）俺小姐送得人如此，又著我去动问，送药方儿去，越著他病沈了也④。我索走一遭。异乡易得离愁病，妙药难医肠断人！

【越调】【斗鹌鹑】则为你彩笔题诗⑤，回文织锦；送得人卧枕著床，忘餐废寝；折倒得鬂似愁潘⑥，腰如病沈。恨已深，病已沈，昨夜个热脸儿对面抢白，今日个冷句儿将人厮侵⑦。

　　昨夜这般抢白他呵！

【紫花儿序】把似你休倚著枕门儿待月，依著韵脚儿联诗，侧著耳朵儿听琴⑧。

　　见了他撒假偌多话："张生，我与你兄妹之礼，甚么勾当！"

怒时节把一个书生来迭噀⑨，

　　欢时节："红娘，好姐姐，去望他一遭！"

将一个侍妾来逼临。难禁，好著我似线脚儿般殷勤不离了针⑩。从今后教他一任。

　　这的是俺老夫人的不是——

将人的义海恩山，都做了远水遥岑。

　　（红见末，问云）哥哥病体若何？（末云）害杀小生也！

我若是死呵，小娘子，阎王殿前少不得你做个干连人⑪。

　　（红叹云）普天下害相思的，不似你这个傻角。

【天净沙】心不存学海文林⑫，梦不离柳影花阴，则去那窃玉偷香上用心。又不曾得甚，自从海棠开想到如今⑬。

　　因甚的便病得这般了？（末云）都因你行——怕说的谎⑭——因小侍长上来！当夜书房一气一个死。小生救了人，反被害了。自古人云："痴心女子负心汉。"今日反其事了。（红唱）

【调笑令】我这里自审⑮，这病为邪淫，尸骨喦喦鬼病侵⑯。更做道秀才每从来恁。似这般干相思的好撒唔⑰。功名上早则不遂心，婚姻上更返吟复吟⑱。

**【注释】**

①一世：一辈子。

②投著：正中，应和，这里有勾起的意思。

③"双斗医"科范：指要在这里进行"双斗医"里的一段表演，而把表演的具体内容略去不写。凡插于剧中者，当为院本，必与剧情相关。张生染病，请医诊治，做插演"双斗医"的短剧。此处插演者或为两名太医为张生治病的情节。科范，亦作"科泛"、"科汛"，指剧中人表演的一定程式、规范。

④病沈（chén）：病重。

⑤彩笔：出自钟嵘《诗品》卷中："初，（江）淹罢宣城郡，遂宿冶亭，梦一美丈夫，自称郭璞，谓淹曰：'我有笔在卿处多年矣，可以见还。'淹探怀中，得五色笔以授之。尔后为诗，不复成语，故世传江淹才尽。"

⑥折倒：折磨。

⑦厮侵：相近。侵，近也。此为亲近、关心之意。

⑧"把似"三句：承"这般抢白他"来，是说你这般抢白他，不如你休倚门待月、依韵联诗、月夜听琴。把似，不如。

⑨把一个书生来迭噷（yìn）：谓让张生干着急、干生气说不出话。迭噷，即窨。

⑩"好著我"句：是说整天传书递简，像离不开针的线一样穿来穿去。

⑪阎王殿：阎王为梵文音译，阎罗王、阎魔王，简称

阎王。原为古印度神话中的阴间主宰，佛教借为地狱之王。道教以阴府十殿冥王之第五殿为阎罗王。阎王审理鬼魂的公堂为阎罗殿。干连人：牵连在内的人。

⑫学海文林：形容文章学问深奥渊博。

⑬海棠开想到如今：言相思之久。宋郑文妻孙夫人《忆秦娥》："愁登临，海棠开后，望到如今。"

⑭怕说的谎：难道说这是说谎？

⑮自审：暗自思考，自思自想。审，省察，量度。

⑯尸骨嵓嵓（yán）：犹言瘦骨嶙峋。嵓嵓，本指山石高峻，这里形容消瘦。鬼病：元剧中多指相思病。

⑰干相思：相思而不能如愿。撒晒（tǔn）：装傻，痴呆。

⑱返吟复吟：相命算卦时的术语，即反吟伏吟，婚姻无成，不顺利之意。


（红云）老夫人著我来，看哥哥要甚么汤药。小姐再三伸敬，有一药方，送来与先生。（末做慌科）在那里？

（红云）用著几般儿生药，各有制度①，我说与你：

【小桃红】"桂花"摇影夜深沉，酸醋"当归"浸②。

（末云）桂花性温③，当归活血，怎生制度？（红唱）

面靠著湖山背阴里窨④。这方儿最难寻，一服两服令人恁。

（末云）忌甚么物？（红唱）

忌的是"知母"未寝⑤，怕的是"红娘"撒沁⑥。吃了呵，稳情取"使君子"一星儿"参"⑦。

　　这药方儿，小姐亲笔写的。(末看药方大笑科)(末云)
　　早知姐姐书来，只合远接，小娘子……(红云)又怎
　　么？却早两遭儿也。(末云)不知这首诗意，小姐待和
　　小生"里也波"哩。(红云)不少了一些儿?

【鬼三台】足下其实咿⑧，休妆唔。笑你个风魔的翰
林，无处问佳音，向简帖儿上计禀⑨。得了个纸条儿恁
般绵里针⑩，若见玉天仙怎生软厮禁⑪? 俺那小姐忘
恩，赤紧的偻人负心⑫。

　　书上如何说？你读与我听咱。(末念云)"休将闲事苦
　　萦怀，取次摧残天赋才。不意当时完妾命⑬，岂防今
　　日作君灾？仰图厚德难从礼，谨奉新诗可当媒。寄与
　　高唐休咏赋⑭，今宵端的雨云来。"此韵非前日之比，
　　小姐必来。(红云)他来呵，怎生?

【秃厮儿】身卧著一条布衾，头枕著三尺瑶琴，他来
时怎生和你一处寝？冻得来战兢兢，说甚知音?

【圣药王】果若你有心，他有心，昨日秋千院宇夜
深沉；花有阴，月有阴，"春宵一刻抵千金"，何须
"诗对会家吟"⑮?

　　(末云)小生有花银十两，有铺盖赁与小生一付。(红唱)

【东原乐】俺那鸳鸯枕，翡翠衾，便遂杀了人心，如
何肯赁？至如你不脱解和衣儿更怕甚？不强如手执定
指尖儿恁⑯？倘或成亲，到大来福荫。

　　(末云)小生为小姐如此容色，莫不小姐为小生也减动
　　丰韵么⑰?(红唱)

【绵搭絮】他眉弯远山不翠，眼横秋水无光[18]，体若凝酥[19]，腰如弱柳，俊的是庞儿俏的是心，体态温柔性格儿沉[20]。虽不会法灸神针[21]，更胜似救苦难观世音。

（末云）今夜成了事，小生不敢有忘。（红唱）

【幺篇】你口儿里谩沉吟[22]，梦儿里苦追寻。往事已沉，只言目今，今夜相逢管教恁。不图你甚白璧黄金，则要你满头花[23]，拖地锦[24]。

（末云）怕夫人拘系，不能勾出来。（红云）则怕小姐不肯。果有意呵，

【煞尾】虽然是老夫人晓夜将门禁，好共歹须教你称心。

（末云）休似昨夜不肯。（红云）你挣揣咱[25]。

来时节肯不肯尽由他，见时节亲不亲在于恁。（并下）

【络丝娘煞尾】因今宵传言送语，看明日携云握雨。

题目　老夫人命医士　　崔莺莺寄情诗
正名　小红娘问汤药　　张君瑞害相思

西厢记五剧第三本终

【注释】

①制度：指药之配方法度，药之用法。

②"桂花"二句：桂花、当归均中药名。夜深沉，夜已深。酸醋当归浸，把当归浸泡在醋里。这里借谐音字，意为：在桂影摇曳的月夜，穷酸秀才要就寝

的时候。

③性温：中药按不同性能可分为寒、热、温、凉、平
五种。治疗寒性病症的药物，属于温性药或热性
药。桂花属温性药。

④"面靠"句：在太湖石背阴处藏起来。窨，藏于地
窨中。这里明言把处置好的药藏于地下，暗指人躲
藏的背阴暗处。

⑤知母：中药名，谐音指老夫人。

⑥红娘：中药名，谐音指剧中人红娘。撒沁：沁，今
作唚、吣，猫狗吐食。詈辞，谓胡说。

⑦使君子：中药名。君子，谐音指张生。参：人参，
中药名，此作"病愈"解。

⑧啉（lín）：呆，傻。

⑨计禀（bǐng）：诉说。

⑩绵里针：针以丝绵包裹，极言珍重、爱护之意。与
外柔内刚、面善心毒之绵里针寓意不同。

⑪软厮禁：不硬来，体贴顺从。

⑫偻人：邪曲之人，指花言巧语、能说会道而不诚实
的人，此指老夫人。偻，曲也。又，背曲为偻，偻
人指老年人，亦通。

⑬完妾命：保全了我的性命。

⑭咏赋：诵读。

⑮"【圣药王】"曲：是说如果真的是你有情她有意的
话，昨天夜深人静，月色花影，正是"春宵一刻值
千金"的好机会，为什么不当时成合，还要像现在

这样吟诗递简呢？诗对会家吟，诗句要向懂得自己诗意的人吟诵。会家，行家，这里有知音、知己的意思。

⑯手执定指尖儿恁：隐语，指手淫。

⑰丰韵：犹风采，气韵风度。

⑱"他眉弯"二句：言莺莺眉之姣好使得远山显得不翠，其目之明亮比得秋水无光。王观《卜算子》："水是眼波横，山是眉峰聚。"

⑲酥：牛羊乳所制之奶脂，常用以状肌肤之白腻。

⑳沉：稳重。

㉑法炙：即艾焙。神针：针灸。

㉒谩沉吟：犹不停地念叨。

㉓则要你：只愿你，只让你。满头花：妇女盛装打扮。

㉔拖地锦：结婚时的服饰，指长裙。

㉕挣揣：亦作挣揣、争挫、挣闿，挣扎、振作、努力之意。

【点评】

莺莺阴晴不定，"假性儿难按"，"昨夜个热脸儿对面抢白，今日个冷句儿将人厮侵"；张珙相思病转深，未怨伊人，先恨媒人，"若是死呵，阎王殿前，少不得你（指红娘）个干连人"。

所幸药方是真，今宵必临；来时由她，亲否在您？

# 西厢记五剧第四本

## 草桥店梦莺莺杂剧

# 楔　子

（旦上云）昨夜红娘传简去与张生，约今夕和他相见，等红娘来做个商量。（红上云）姐姐著我传简儿与张生，约他今宵赴约。俺那小姐，我怕又有说谎。送了他性命，不是要处①。我见小姐，看他说甚么。（旦云）红娘，收拾卧房，我睡去。（红云）不争你要睡呵，那里发付那生？（旦云）甚么那生？（红云）姐姐，你又来也，送了人性命，不是要处！你若又番悔，我出首与夫人：你著我将简帖儿约下他来。（旦云）这小贱人倒会放刁。羞人答答的，怎生去！（红云）有甚的羞？到那里则合著眼者！（红催莺云）去来，去来！老夫人睡了也。（旦走科）（红云）俺姐姐语言虽是强，脚步儿早先行也。

【仙吕】【端正好】因姐姐玉精神，花模样，无倒断晓夜思量②。著一片志诚心，盖抹了漫天谎③。出画阁④，向书房；离楚岫⑤，赴高唐；学窃玉，试偷香；巫娥女，楚襄王。楚襄王敢先在阳台上。（下）

---

【注释】

① 处：语气词，啊，呢。贺铸《青玉案》："锦瑟年华谁与度？月台花榭，琐窗朱户，只有春知处。"

② 无倒断：无止无休、没完没了的意思。

③ "著一片"二句：意谓莺莺此次赴约之真诚心意，改变、弥补了老夫人赖婚的弥天大谎。盖抹，遮盖，改正。

④画阁：本指画栋雕梁之楼阁，卢照邻《长安古意》："梁家画阁天中起，汉帝金茎云外直。"这里指莺莺所居的美称。

⑤楚岫（xiù）：指巫山。岫，山峦。

【点评】

佳期将临，莺莺外冷内热，口非心是。小红娘殷勤催促，终于捧莺而至。小姐娇矜，丫鬟率直，演诸氍毹，确是赏心乐事。

## 第一折

（末上云）昨夜红娘所遗之简①，约小生今夜成就。这早晚初更尽也，不见来呵，小姐休说谎咱！人间良夜静复静，天上美人来不来？

【仙吕】【点绛唇】伫立闲阶，夜深香霭、横金界②。潇洒书斋③，闷杀读书客。

【混江龙】彩云何在④？月明如水浸楼台。僧居禅室，鸦噪庭槐。风弄竹声、则道似金佩响，月移花影、疑是玉人来⑤。意悬悬业眼，急攘攘情怀⑥，身心一片，无处安排，则索呆答孩倚定门儿待⑦。越越的青鸾信杳，黄犬音乖⑧。

小生一日十二时，无一刻放下小姐。你那里知道呵！

【油葫芦】情思昏昏眼倦开，单枕侧，梦魂飞入楚阳台。早知道无明无夜因他害，想当初不如不遇倾城色。人有过，必自责，勿惮改⑨。我却待"贤贤易色"将心戒，怎禁他兜的上心来⑩。

【天下乐】我则索倚定门儿手托腮⑪，好著我难猜：来也那不来？夫人行料应难离侧。望得人眼欲穿，想得人心越窄，多管是冤家不自在⑫。

偌早晚不来，莫不又是谎么？

【那吒令】他若是肯来，早身离贵宅；他若是到来，便春生敝斋；他若是不来，似石沉大海⑬。数著他脚步儿行，倚定窗棂儿待⑭。寄语多才⑮：

【鹊踏枝】恁的般恶抢白，并不曾记心怀；拨得个意转心回⑯，夜去明来。空调眼色经今半载⑰，这其间委实难捱。

　　小姐这一遭若不来呵——

【寄生草】安排著害，准备著抬⑱。想著这异乡身强把茶汤捱，则为这可憎才熬得心肠耐，办一片志诚心留得形骸在⑲。试著那司天台打算半年愁，端的是太平车约有十余载⑳。


　　**【注释】**

①遗（wèi）：赠送，给予。

②金界：即佛寺。

③潇洒：《诗词曲语辞汇释·卷五》："潇洒，凄清或凄凉之义，与洒脱或洒落之义别。"

④彩云：语意双关，既指天空之云彩，也指所爱的女子。晏几道《临江仙》："记得小蘋初见，两重心字罗衣。琵琶弦上说相思。当时明月在，曾照彩云归。"

⑤月移花影：出自王安石《夜直》："春色恼人眠不得，月移花影上阑干。"

⑥急攘攘情怀：心情烦躁不安。急攘攘，焦急烦乱，急忙忙。

⑦呆答孩：痴呆发愣的样子。

⑧越越的：静悄悄的。青鸾信杳：全无音信。青鸾，即青鸟，为替西王母传信的使者。黄犬声乖：没有音信之谓。出祖冲之《述异记》黄犬为陆机传递家信的故事。后遂以黄犬喻信使。

⑨"人有过"三句：人如果有过错，一定要自我责备，不要怕改正。

⑩"我却待"二句：言爱恋莺莺之心欲罢不能。"贤贤易色"出《论语·学而》，言对妻子要重品德不重容貌。

⑪倚定门儿手托腮：写企盼情状之熟语。

⑫不自在：此言又疑莺莺病不能出。

⑬石沉大海：比喻没有消息，无处寻觅。

⑭倚定窗棂儿待：言在窗口盼望莺莺。

⑮寄语：传话，转告。

⑯拔得：博得。

⑰"空调（diào）"句：谓半年以来只能以眉目传情。调眼色，眉来眼去，送秋波。

⑱抬：害相思病死被抬走。

⑲"办一片"句：是说如果莺莺有一片爱我的至诚之心，就可以保全了我的性命了。形骸（hái），身体。

⑳"试著（zhāo）那"二句：是说忧愁之大，让司天台计算，也得算半年；让太平车来拉，也得要十多辆车。著，令，让。司天台，朝廷负责观察天文、推算历法的机关。打算，犹计算。太平车，邵公济《闻见后录》："今民间之辎车，重大椎朴，以牛挽之，日不能行三十里；少蒙雨雪，则跬步不进，故俗谓之'太平车'。或可施之无事之日，恐兵间不可用耳。"是知太平车重，只能用于天气、地理条件合适的情况下，故名。

（红上云）姐姐，我过去，你在这里。（红敲门科）（末问云）是谁？（红云）是你前世的娘。（末云）小姐来么？（红云）你接了衾枕者，小姐入来也。张生，你怎么谢我？（末拜云）小生一言难尽，寸心相报，惟天可表！（红云）你放轻者，休诺了他！（红推旦入云）姐姐，你入去，我在门儿外等你。（末见旦跪云）张珙有何德能，敢劳神仙下降，知他是睡里梦里？

【村里迓鼓】猛见他可憎模样，

　　小生那里得病来？

早医可九分不快。先前见责，谁承望今宵欢爱！著小姐这般用心，不才张珙，合当跪拜。小生无宋玉般容①，潘安般貌，子建般才②。姐姐，你则是可怜见为人在客。

【元和令】绣鞋儿刚半拆③，柳腰儿勾一搦④。羞答答不肯把头抬，只将鸳枕捱。云鬟仿佛坠金钗，偏宜鬏髻儿歪⑤。

【上马娇】我将这纽扣儿松，把搂带儿解⑥，兰麝散幽斋。不良会把人禁害⑦，哈⑧，怎不肯回过脸儿来？

【胜葫芦】我这里软玉温香抱满怀。呀，阮肇到天台。春至人间花弄色，将柳腰款摆，花心轻拆，露滴牡丹开。

【幺篇】但蘸著些儿麻上来，鱼水得和谐，嫩蕊娇香蝶恣采。半推半就，又惊又爱，檀口揾香腮⑨。

　　（末跪云）谢小姐不弃，张珙今夕得就枕席，异日犬马之报。（旦云）妾千金之躯，一旦弃之。此身皆托于足下，勿以他日见弃，使妾有白头之叹⑩。（末云）小生

焉敢如此？（末看手帕科）

【后庭花】春罗元莹白，早见红香点嫩色。

（旦云）羞人答答的，看甚么。（末唱）

灯下偷睛觑，胸前著肉揣⑪。畅奇哉！浑身通泰，不知春从何处来。无能的张秀才，孤身西洛客，自从逢稔色，思量的不下怀。忧愁因间隔，相思无摆划⑫。谢芳卿不见责。

【柳叶儿】我将你做心肝儿般看待，点污了小姐清白。忘餐废寝舒心害，若不是真心耐，志诚捱，怎能勾这相思苦尽甘来？

【青哥儿】成就了今宵欢爱，魂飞在九霄云外。投至得见你多情小奶奶，憔悴形骸，瘦似麻秸。今夜和谐，犹自疑猜。露滴香埃⑬，风静闲阶，月射书斋，云锁阳台。审问明白，只疑是昨夜梦中来，愁无奈。

（旦云）我回去也，怕夫人觉来寻我。（末云）我送小姐出来。

【寄生草】多丰韵，忒稔色。乍时相见教人害，霎时不见教人怪，些时得见教人爱。今宵同会碧纱厨⑭，何时重解香罗带？

（红云）来拜你娘！张生，你喜也！姐姐，咱家去来。（末唱）

【赚煞】春意透酥胸，春色横眉黛，贱却人间玉帛。杏脸桃腮，乘著月色，娇滴滴越显得红白。下香阶，懒步苍苔，动人处弓鞋凤头窄⑮。叹鲰生不才⑯，谢多娇错爱。

若小姐不弃小生，此情一心者，
你是必破工夫明夜早些来。(下)

【注释】

①宋玉般容：宋玉般美容貌。宋玉《登徒子好色赋》：
　"玉为人体貌闲丽，口多微辞。"

②子建般才：曹植字子建，谢灵运尝曰："天下才有一
　石，曹子建独占八斗。"

③半拆：言莺足之小。拆，拇指与中指伸开量物的长
　度，义同"扠(zhǎ)"。

④一搦(nuò)：一把，一握。

⑤髢(dí)髻：较小的发髻。

⑥搂带：拴裙子的带。

⑦不良会：本为良善之反，恶劣、凶顽之意，用为爱
　极的反话，与冤家同用法。禁害：折磨，作弄。

⑧咍(hāi)：打招呼。

⑨檀口揾香腮：檀口，指张生而言。揾，此处作"吻"解。

⑩白头之叹：女子失宠、被遗弃的感叹。《西京杂
　记·卷三》："司马相如将聘茂陵人女为妾，卓文君
　作《白头吟》以自绝。"

⑪胸前著肉揣：谓把绢帕贴肉藏在胸前。

⑫摆划：安排，处置。

⑬香埃：犹香尘。春天花开，故云香埃。此代指地。

⑭碧纱厨：绿纱蒙成的床帐。李清照《醉花阴》："佳
　节又重阳，玉枕纱厨，半夜凉初透。"

⑮弓鞋凤头窄：窄小的凤头弓鞋。弓鞋，亦称半弓，谓妇女缠足，其鞋底中弓起，合于脚骨之裹折，一般长三寸，布或缎制。凤头，鞋名，晋有凤头履，唐宋时期女鞋也有鞋头作凤形的款式。

⑯鲰（zōu）生：小子，小人，有愚陋的意思。《史记·项羽本纪》："鲰生教我曰：'距关，毋内诸侯，秦地可尽王也。'"鲰，小人貌，此为自谦之词。不才：自称，谦辞。

【点评】

张生一见钟情，再见倾心，君子反侧辗转，经一盼再盼，昼夜难安；莺莺碍乎礼法，又忧虑他日或有白头之恨，淑女情肠虽动，却一探又探，几度覆翻。二度约见，一夕两跪，终成其好，正见莺娘情重、张珙志诚。

南昆演《西厢》，将崔张床笫之事转借红娘述出，仍不免"浓盐赤酱"之讥，况此折形现于台上乎？但鱼水之欢，不惟切入人情，更增其一分浓蜜。"小姐多风采，君瑞济川才，堪爱。"今宵同会，何时重来？

## 第二折

（夫人引俫上云）这几日窃见莺莺语言恍惚，神思加倍，腰肢体态，比向日不同。莫不做下来了么？（俫云）前日晚夕，奶奶睡了，我见姐姐和红娘烧香，半晌不回来，我家去睡了。（夫人云）这桩事都在红娘身上。唤红娘！（俫唤红科）（红云）哥哥唤我怎么？（俫云）奶奶知道你和姐姐去花园里去，如今要打你哩！（红云）呀，小姐，你带累我也！小哥哥，你先去，我便来也。（红唤旦科）（红云）姐姐，事发了也。老夫人唤我哩，却怎了？（旦云）好姐姐，遮盖咱！（红云）娘呵，你做的稳秀者①——我道你做下来也！（旦念）月圆便有阴云蔽，花发须教急雨催②。（红唱）

【越调】【斗鹌鹑】则著你夜去明来，倒有个天长地久；不争你握雨携云③，常使我提心在口。则合带月披星，谁著你停眠整宿？老夫人心数多，情性㑊④，使不著我巧语花言，将没做有。

【紫花儿序】老夫人猜那穷酸做了新婚，小姐做了娇妻，"这小贱人做了牵头"⑤。俺小姐这些时春山低翠，秋水凝眸。别样的都休⑥，试把你裙带儿拴，纽门儿扣，比著你旧时肥瘦，出落得精神，别样的风流⑦。

（旦云）红娘，你到那里，小心回话者。（红云）我到夫人处，必问："这小贱人！

【金蕉叶】我著你但去处行监坐守⑧，谁著你迤逗的胡行乱走？"若问著此一节呵如何诉休⑨？你便索与他个知情的犯由⑩。

　　姐姐，你受责理当，我图甚么来？

【调笑令】你绣帏里效绸缪⑪，倒凤颠鸾百事有⑫。我在窗儿外几曾轻咳嗽，立苍苔将绣鞋儿冰透⑬。今日个嫩皮肤倒将粗棍抽，姐姐呵，俺这通殷勤的著甚来由？

【注释】

①稳秀：即隐秀，藏而不露之意。稳，通"隐"。

②"月圆"二句：喻美好事物遭受摧残。

③不争：只因为。

④㑳（zhòu）：固执，刚愎。

⑤牵头：男女私通的拉线人。

⑥别样的都休：其他变化且不用说。

⑦"试把"五句：意谓试着旧时衣装，与从前之体态相比，如今变得特别精神、特别风流。出落，长成，指身体相貌变得更加光艳动人。

⑧但去处：只是去呀。处，语气词。行监坐守：一举一动都要监视看守。

⑨如何诉休：如何诉说呵。休，语助词。

⑩犯由：犯罪之原由，即罪状。

⑪绸缪（móu）：《诗经·唐风·绸缪》："绸缪束薪，三星在天。今夕何夕，见此良人。"绸缪，本义为紧紧捆缚，引申作缠绵解，后用以指男女欢会。

⑫百事有：样样有。

⑬"立苍苔"句：本白朴《仙吕·点绛唇》："深沉院宇朱扉虚，立苍苔冷透凌波袜。"

    姐姐在这里等著，我过去。说过呵，休欢喜；说不过，休烦恼。（红见夫人科）（夫人云）小贱人，为甚么不跪下！你知罪么？（红跪云）红娘不知罪。（夫人云）你故自口强哩。若实说呵，饶你；若不实说呵，我直打死你这个贱人！谁著你和小姐花园里去来？（红云）不曾去，谁见来？（夫人云）欢郎见你去来，尚故自推哩！（打科）（红云）夫人，休闪了手。且息怒停嗔，听红娘说。

【鬼三台】夜坐时停了针绣，共姐姐闲穷究①，说张生哥哥病久。咱两个背著夫人向书房问候。

    （夫人云）问候呵，他说甚么？（红云）他说来，道"老夫人事已休，将恩变为仇，著小生半途喜变做忧"。他道："红娘你且先行，教小姐权时落后②。"

    （夫人云）他是个女孩儿家，著他落后怎么？（红唱）

【秃厮儿】我则道神针法灸，谁承望燕侣莺俦。他两个经今月余则是一处宿，何须你一一问缘由？

【圣药王】他每不识忧，不识愁，一双心意两相投。夫人得好休，便好休，这其间何必苦追求？常言道"女大不中留"③。

    （夫人云）这端事，都是你个贱人！（红云）非是张生、小姐、红娘之罪，乃夫人之过也。（夫人云）这贱人倒指下我来，怎么是我之过？（红云）信者，人之根本，

"人而无信，不知其可也。大车无輗，小车无軏，其何以行之哉④？"当日军围普救，夫人所许退军者，以女妻之。张生非慕小姐颜色，岂肯建区区退军之策？兵退身安，夫人悔却前言，岂得不为失信乎？既然不肯成其事，只合酬之以金帛，令张生舍此而去。却不当留请张生于书院，使怨女旷夫⑤，各相早晚窥视，所以夫人有此一端。目下老夫人若不息其事，一来辱没相国家谱；二来张生日后名重天下，施恩于人，忍令反受其辱哉！使至官司⑥，夫人亦得治家不严之罪。官司若推其详⑦，亦知老夫人背义而忘恩，岂得为贤哉？红娘不敢自专⑧，乞望夫人台鉴：莫若恕其小过，成就大事，掩之以去其污⑨，岂不为长便乎？

【麻郎儿】秀才是文章魁首⑩，姐姐是仕女班头⑪；一个通彻三教九流，一个晓尽描鸾刺绣⑫。

【幺篇】世有、便休、罢手⑬，大恩人怎做敌头？起白马将军故友，斩飞虎叛贼草寇。

【络丝娘】不争和张解元参辰卯酉⑭，便是与崔相国出乖弄丑⑮。到底干连著自己骨肉，夫人索穷究⑯。

---

**【注释】**

①穷究：本指追根问底，此指聊天，说话。

②权时落后：暂时晚走一会儿。权，临时变通。

③女大不中留：宋元谚语有"三不留"之说，蚕老不中留，人老不中留，女大不中留。

④"人而无信"五句：语出《论语·为政》。作为一个

人却没有信用，不晓得那怎么可以，就像大车上没有輗、小车上没有軏一样，那还靠什么行走呢？大车，牛车。輗（ní），辕端横木。小车，驷马车。軏（yuè），辕端上曲钩衡。大车、小车没有輗、軏就不能行走，人而无信，就像车无輗軏。

⑤怨女旷夫：成年未嫁之女为怨女，成年未娶之男为旷夫。

⑥官司：本指百官，后用以指称官府。

⑦推其详：追究详细情况。推，追究审问。

⑧自专：自以为是，自作主张。

⑨挼（ruán）：就，本指摩弄、揉搓义，此用为迁就、撮合成就义。

⑩文章魁首：犹言文坛领袖。魁首，首领。

⑪仕女班头：女中领袖。仕女，贵族妇女，大家闺秀。班头，领袖，首领。

⑫描鸾：描绘鸾鸟图案，泛指描绘刺绣的图案。

⑬世有、便休、罢手：既然莺莺与张生已经做出了这种事，就只能罢休，放开手不必追究。

⑭参（shēn）辰：参星和辰星，亦称参商。参与辰此出彼落，不同时出现，故以参商喻不睦或不能相见。

⑮出乖弄丑：意谓做出错事、丑事而丢人现眼。

⑯穷究：犹言慎重考虑，与作"聊天"解者不同。


（夫人云）这小贱人也道得是。我不合养了这个不肖之女。待经官呵，玷辱家门。罢，罢！俺家无犯法之男、再婚之女，与了这厮罢！红娘，唤那贱人来！（红见旦云）且喜姐姐，那棍子则是滴溜溜在我身上，吃我直说过了。我也怕不得许多。夫人如今唤你来，待成合亲事。（旦去）羞人答答的，怎么见夫人？（红云）娘根前有甚么羞！

**【小桃红】**当日个月明才上柳梢头，却早人约黄昏后①。羞的我脑背后将牙儿衬著衫儿袖。猛凝眸，看时节则见鞋底尖儿瘦。一个恣情的不休，一个哑声儿厮耨②。呸！那其间可怎生不害半星儿羞？

（旦见夫人科）（夫人云）莺莺，我怎生抬举你来，今日做这等的勾当！则是我的孽障③，待怨谁的是！我待经官来，辱没了你父亲，这等事，不是俺相国人家的勾当。罢罢罢，谁似俺养女的不长俊④！红娘，书房里唤将那禽兽来！（红唤末科）（末云）小娘子唤小生做么？（红云）你的事发了也。如今夫人唤你来，将小姐配与你哩。小姐先招了也，你过去。（末云）小生惶恐，如何见老夫人？当初谁在老夫人行说来？（红云）休伴小心，过去便了。

**【幺篇】**既然泄漏怎干休，是我相投首⑤。俺家里陪酒陪茶到捆就⑥，你休愁，何须约定通媒媾⑦？我弃了部署不收⑧，你元来"苗而不秀"⑨。呸！你是个银样镴枪头⑩。

（末见夫人科）（夫人云）好秀才呵！岂不闻"非先王之德行不敢行"⑪？我待送你去官司里去来，恐辱没了俺家谱。我如今将莺莺与你为妻，则是俺三辈儿不招白衣女婿<sup>⑫</sup>，你明日便上朝取应去，我与你养著媳妇。得官呵，来见我；驳落呵<sup>⑬</sup>，休来见我。（红云）张生早则喜也。

【东原乐】相思事，一笔勾，早则展放从前眉儿皱，美爱幽欢恰动头<sup>⑭</sup>。既能勾，张生，你觑兀的般可喜娘庞儿也要人消受。

（夫人云）明日收拾行装，安排果酒，请长老一同送张生，到十里长亭去<sup>⑮</sup>。（旦念）寄语西河堤畔柳，安排青眼送行人。（同夫人下）（红唱）

【收尾】来时节画堂箫鼓鸣春昼，列著一对儿鸾交凤友。那其间才受你说媒红<sup>⑯</sup>，方吃你谢亲酒<sup>⑰</sup>。（并下）

【注释】

①"当日个"二句：句本欧阳修《生查子》："去年元夜时，花市灯如昼，月上柳梢头，人约黄昏后。"

②厮耨（nòu）：纠缠戏弄。

③孽（niè）障：即业障。乃业障之讹。佛教称所做恶业（坏事）障碍正道，故称业障。孽，罪恶，灾殃。

④长俊：即长进，向上，进步，有出息。

⑤投首：自首。

⑥"俺家里"句：婚姻一般是由男家备酒向女家求婚，现在反事而行，由崔家倒陪茶酒撮合成婚。茶，聘礼之代称。许次纾《茶疏·考本》："茶不移本，植必子生。古人结昏，必以茶为礼，取其不移置子之意也。今人犹名其礼曰下茶。"

⑦媒媾（gòu）：因媒而结婚，犹媒人。媾，结婚。

⑧弃了部署不收：不做师傅，不收你为徒，意谓不再
为你出主意帮忙。部署，宋元时的枪棒师傅。

⑨苗而不秀：庄稼苗长得好，却不开花吐穗，比喻无
用之人。《论语·子罕》："苗而不秀者有矣夫！秀而
不实者有矣夫！"

⑩银样镴（là）枪头：枪头的样子看上去好像是银的，
实际是镴做的。比喻好看而不实用的样子货。镴，
即今之焊锡，为锡和铅的合金。

⑪非先王之德行不敢行：出自《孝经·卿大夫章》：
"非先王之法服不敢服，非先王之法言不敢道，非
先王之德行不敢行。"意谓不敢做不符合先王道德
标准的事。

⑫白衣：古代没有做官的人穿白衣，故以"白衣"代
指没有功名官职的人，即平民。

⑬驳落：落第，亦作"剥落"。

⑭恰动头：才开始。

⑮十里长亭：古代设在路旁供行人停宿、休息用的公
用房舍。《园冶·亭》云："亭者，停也，所以停憩游
行也。"《白孔六帖》卷九："十里一长亭，五里一短
亭。"常用作送别饯行的地方。

⑯说媒红：给媒人的谢礼。媒人合婚而索取报酬，汉
代已然，元时行媒也常求取酬值。

⑰谢亲酒：婚后男往女家谢亲宴饮，称谢亲酒，犹今
之"回门"。

**【点评】**

本折又称"拷红"或"堂前巧辩",是后半部《西厢》的"戏眼"。小姐做事不稳秀,"老夫人心术多、性情侉"。私情败露,本应当"行监坐守"却"迤逗的胡行乱走",小梅香首当其冲、难辞其"咎"。红娘为成人之美,以身犯险,逞"二十分才、二十分识、二十分胆"(汤显祖语),婴家主逆鳞而谏,终将好事就。

李卓吾赞曰:"【麻郎儿】至【络丝娘】,一折叙其能,一折叙其功,一折激其'到底连着自己骨肉',有范雎谏秦王口吻,参破便是苏长公一篇谏论。"红娘非特揣摩老夫人心理,抑且巧于进说,倘生乎战国之时而为纵横之士,或可匹敌苏秦、张仪,取卿相于指顾之间矣。

## 第三折

（夫人、长老上云）今日送张生赴京，十里长亭安排下筵席。我和长老先行，不见张生、小姐来到。（旦、末、红同上）（旦云）今日送张生上朝取应，早是离人伤感，况值那暮秋天气，好烦恼人也呵！悲欢聚散一杯酒，南北东西万里程。

**【正宫】【端正好】** 碧云天，黄花地①，西风紧，北雁南飞。晓来谁染霜林醉？总是离人泪②。

**【滚绣球】** 恨相见得迟，怨归去得疾。柳丝长玉骢难系③。恨不倩疏林挂住斜晖④。马儿迍迍的行⑤，车儿快快的随。却告了相思回避，破题儿又早别离⑥。听得一声"去也"，松了金钏⑦；遥望见十里长亭，减了玉肌⑧。此恨谁知！

（红云）姐姐，今日怎么不打扮？（旦云）你那知我的心里呵！

**【叨叨令】** 见安排著车儿、马儿，不由人熬熬煎煎的气；有甚么心情花儿、靥儿⑨，打扮的娇娇滴滴的媚；准备著被儿、枕儿，则索昏昏沉沉的睡；从今后衫儿、袖儿，都揾做重重叠叠的泪。兀的不闷杀人也么哥，兀的不闷杀人也么哥！久已后书儿、信儿，索与我恓恓惶惶的寄。

**【注释】**

① 碧云天，黄花地：句本范仲淹《苏幕遮》词："碧云天，黄叶地，秋色连波，波上寒烟翠。"黄花，指

菊花。

②"晓来"二句：意谓离人带血的眼泪，把深秋早晨
的枫林染红了。霜林醉，深秋的枫树林经霜变红，
就像人喝醉酒脸色红晕一样。意本唐诗"君看陌上
梅花红，尽是离人眼中血"。

③"柳丝长"句：此处讲柳丝虽长却系不住玉骢，情
虽长却留不住张生。古人有折柳送别的习惯，故写
别情多借助于柳，晏殊《踏莎行》："垂杨只解惹春
风，何曾系得行人住？"玉骢（cōng），马名，一
种青白色的马，此指张生所乘之马。

④倩（qìng）：请人代己做事之谓。

⑤迍迍（zhūn）：行动缓慢、留连不进的样子。闵遇
五曰："马是张骑，故欲其迟；车是崔坐，故欲其
快。"

⑥"却告"二句：却，犹"恰"。毛西河曰："回避，
谓告退；破题，谓起头。言相思才了，别离又起
也。"唐宋诗赋多于开头几句点破题意，谓之破题。

⑦松了金钏（chuàn）：言人瘦损使手镯松脱。钏，古
代称臂环为钏，今谓之手镯。

⑧玉肌：肌肤光泽如玉。

⑨花儿、靥（yè）儿：即花钿。花蕊夫人《宫词》：
"翠钿贴靥轻如笑。"

（做到）（见夫人科）（夫人云）张生和长老坐，小姐这
壁坐，红娘将酒来。张生，你向前来，是自家亲眷，

不要回避。俺今日将莺莺与你，到京师休辱末了俺孩儿，挣揣一个状元回来者①。(末云)小生托夫人余荫，凭著胸中之才，视官如拾芥耳②。(洁云)夫人主见不差，张生不是落后的人。(把酒了，坐)(旦长吁科)

【脱布衫】下西风黄叶纷飞，染寒烟衰草萋迷。酒席上斜签著坐的③，蹙愁眉死临侵地④。

【小梁州】我见他阁泪汪汪不敢垂⑤，恐怕人知；猛然见了把头低，长吁气，推整素罗衣⑥。

【幺篇】虽然久后成佳配，奈时间怎不悲啼⑦。意似痴，心如醉，昨宵今日，清减了小腰围。

(夫人云)小姐把盏者。(红递酒，旦把盏长吁科，云)请吃酒。

【上小楼】合欢未已，离愁相继。想著俺前暮私情，昨夜成亲，今日别离。我谂知这几日相思滋味⑧，却元来比别离情更增十倍。

【幺篇】年少呵轻远别，情薄呵易弃掷⑨。全不想腿儿相挨，脸儿相偎，手儿相携。你与俺崔相国做女婿，妻荣夫贵⑩，但得一个并头莲，煞强如状元及第。

(夫人云)红娘把盏者。(红把酒科)(旦唱)

【满庭芳】供食太急，须臾对面，顷刻别离。若不是酒席间子母每当回避，有心待与他举案齐眉。虽然是厮守得一时半刻，也合著俺夫妻每共桌而食。眼底空留意⑪，寻思起就里，险化做望夫石。

(红云)姐姐不曾吃早饭，饮一口儿汤水。(旦云)红娘，甚么汤水咽得下。

【快活三】将来的酒共食，尝著似土和泥；假若便是土和泥，也有些土气息，泥滋味。

【朝天子】暖溶溶玉醅⑫，白泠泠似水，多半是相思泪。眼面前茶饭怕不待要吃⑬，恨塞满愁肠胃。蜗角虚名⑭，蝇头微利⑮，拆鸳鸯在两下里。一个这壁，一个那壁，一递一声长吁气。

【注释】

①挣揣：这里是夺取、夺得之意。

②视官如拾芥（jiè）：把取得官职看得像从地上拾取一根草棍那样容易。《汉书·夏侯胜传》："胜每讲授，常谓诸生曰：'士病不明经术，经术苟明，其取青紫，如俯拾地芥耳。'"青紫，古代卿大夫之服色，常用代指官职。

③斜签著坐：侧身半坐，封建时代晚辈在长辈面前不能实坐。

④死临侵地：呆呆的，没精打采的样子。临侵，语助词，无实义。

⑤阁泪汪汪不敢垂：强忍泪水不敢任其流出。阁泪，含泪，噙泪。无名氏《鹧鸪天》："尊前只恐伤郎意，阁泪汪汪不敢垂。"

⑥推整素罗衣：装作整理衣裳。推，借口。

⑦时间：目下，眼前。

⑧"我谂（shěn）知"二句：意谓我这几天已经深深知道了相思的苦痛难堪，原来这离别比相思更苦十

倍。谂，熟悉，知道。

⑨弃掷：本指抛弃，此指撇下莺莺而远离。

⑩妻荣夫贵：《礼记·丧服》有"夫尊于朝，妻贵于室"之说，本指妻子可以依靠丈夫的爵位而尊贵。这里反其义而用之，意思是说你与俺崔相国家做女婿，已因妻而贵，大可不必再去求取功名了。

⑪眼底空留意：母亲在座，有所避忌，不得与张生同桌共食以诉衷曲，只能以眉眼传情表意。

⑫玉醅（pēi）：美酒。

⑬怕不待要：难道不想、何尝不想之意。

⑭蜗角虚名：《庄子·则阳》："有国于蜗之左角者，曰触氏；有国于蜗之右角者，曰蛮氏。时相与争地而战，伏尸数万，逐北旬有五日而后反。"蜗角极细极微，蜗角虚名，喻微小之浮名。苏轼《满庭芳·警悟》："蜗角虚名，蝇头微利，算来著甚干忙？"

⑮蝇头微利：班固《难庄论》："众人之逐世利，如青蝇之赴肉汁也。青蝇嗜肉汁而忘溺死，众人贪世利而陷罪祸。"比喻为小利而忘危难。

（夫人云）辆起车儿①，俺先回去，小姐随后和红娘来。（下）（末辞洁科）（洁云）此一行别无话儿，贫僧准备买登科录看②，做亲的茶饭，少不得贫僧的。先生在意，鞍马上保重者。从今经忏无心礼，专听春雷第一声③。（下）（旦唱）

【四边静】霎时间杯盘狼藉，车儿投东，马儿向西。两意徘徊，落日山横翠。知他今宵宿在那里？有梦也难寻觅。

张生，此一行得官不得官，疾便回来。(末云)小生这一去，白夺一个状元。正是：青霄有路终须到，金榜无名誓不归④。(旦云)君行别无所赠，口占一绝⑤，为君送行：弃掷今何在，当时且自亲。还将旧来意，怜取眼前人⑥。(末云)小姐之意差矣，张珙更敢怜谁？谨赓一绝⑦，以剖寸心⑧：人生长远别，孰与最关亲？不遇知音者，谁怜长叹人⑨？(旦唱)

【耍孩儿】淋漓襟袖啼红泪，比司马青衫更湿。伯劳东去燕西飞，未登程先问归期。虽然眼底人千里，且尽生前酒一杯。未饮心先醉⑩，眼中流血，心里成灰⑪。

【五煞】到京师服水土⑫，趁程途节饮食⑬，顺时自保揣身体⑭。荒村雨露宜眠早，野店风霜要起迟⑮。鞍马秋风里，最难调护，最要扶持。

【四煞】这忧愁诉与谁？相思只自知，老天不管人憔悴。泪添九曲黄河溢，恨压三峰华岳低⑯。到晚来闷把西楼倚，见了些夕阳古道，衰柳长堤。

【三煞】笑吟吟一处来，哭啼啼独自归。归家若到罗帏里，昨宵个绣衾香暖留春住，今夜个翠被生寒有梦知。留恋你别无意，见据鞍上马⑰，阁不住泪眼愁眉。

(末云)有甚言语，嘱咐小生咱？(旦唱)

【二煞】你休忧文齐福不齐<sup>⑱</sup>，我则怕你停妻再娶妻<sup>⑲</sup>。休要一春鱼雁无消息<sup>⑳</sup>，我这里青鸾有信频须寄，你却休金榜无名誓不归。此一节君须记：若见了那异乡花草，再休似此处栖迟<sup>㉑</sup>。

（末云）再谁似小姐，小生又生此念？（旦唱）

【一煞】青山隔送行，疏林不做美，淡烟暮霭相遮蔽。夕阳古道无人语<sup>㉒</sup>，禾黍秋风听马嘶<sup>㉓</sup>。我为甚么懒上车儿内？来时甚急，去后何迟<sup>㉔</sup>？

（红云）夫人去好一会，姐姐，咱家去！（旦唱）

【收尾】四围山色中，一鞭残照里。遍人间烦恼填胸臆，量这些大小车儿如何载得起<sup>㉕</sup>？

（旦、红下）（末云）仆童，赶早行一程儿，早寻个宿处。泪随流水急，愁逐野云飞<sup>㉖</sup>。（下）

**【注释】**

①辆：用为动词，犹驾好、套起。

②登科录：登载录取进士姓名的名册。唐人称为进士登科记，宋人称为登科小录。

③春雷第一声：进士试于春正、二月举行，故称中第消息为春雷第一声。韦庄《喜迁莺》："街鼓动，禁城开，天上探人回。凤街金榜出门来，平地一声雷。"

④"青霄"二句：此为当时成语。青霄路，即致身青云之路。青霄，即青云。金榜题名，即进士及第。经殿试录取的进士，分三个等第（称三甲）用黄纸

书写名字予以公布，谓之"黄甲"，亦称金榜。

⑤口占（zhàn）一绝：不打草稿，随口吟出一首绝句诗。

⑥"弃掷"四句：意思是，抛弃我的人儿现在何方？想当初对我是何等相亲。还应当用当时对我的一番情意，去爱怜眼前的新人。诗出《莺莺传》，原为莺莺被张生抛弃之后作，剧中只是让莺莺用为设托之词。

⑦赓（gēng）：续作。

⑧剖寸心：表白真诚。剖，表白。

⑨"人生"四句：表明除莺莺之外再无知己之意。长，通"常"。孰与，犹"与谁"。

⑩未饮心先醉：刘禹锡《酬令狐相公杏园下饮有怀见寄》："未饮心先醉，临风思倍多。"

⑪"眼中"句：形容极度悲痛。徐士范曰："出《烟花录》：昔有一商，美姿容，泊舟于西河下。岸上高楼中一美女，相视月余，两情已契，弗遂所愿。商货尽而去，女思成疾而亡。父遂而焚之，独心中一物不化如铁，磨出，照见中有舟楼相对，隐隐如有人形。其父以为奇，藏之。后商复来，访其女，得所由，献金求观，不觉泪下成血，滴心上，心即成灰。"

⑫服：适应，习惯。

⑬趁程途节饮食：意谓路途中要节制饮食。趁程途，即赶路。趁，赶。

⑭"顺时"句：意谓要估量自己的身体情况，适应季

节之变化，自己保重。揣（chuǎi），揣度。

⑮ "荒村"二句：此二句互文见义，谓荒村野店，雨露风霜，应当早歇息晚上路。

⑯ "泪添"二句：上句以水喻愁之多，下句以山喻愁之重。华岳三峰，即西岳华山的中峰莲花峰、东峰仙人掌、南峰落雁峰。一说为莲花峰、毛女峰、松桧峰。

⑰ 据鞍：跨鞍。

⑱ 文齐福不齐：意谓有文才而缺少福分，不能考中。齐，备，全而不缺。

⑲ 停妻再娶妻：指不认前妻而另行娶妻。古代婚制，男子可以多妾，但不得双妻并嫡。《唐律·户婚律》有"有妻更娶"条，元代《通制条格》也有相关记载，可知有男子再娶而不认前妻者。

⑳ 一春鱼雁无消息：本无名氏《鹧鸪天·春闺》："一春鱼鸟无消息，千里关山劳梦魂。"

㉑ 栖迟：留连，逗留。《诗经·陈风·衡门》："衡门之下，可以栖迟。"

㉒ 古道：蒲地曾为舜都，汉初置县，通长安之路久已开辟，故称古道。

㉓ 禾黍：代指庄稼。禾，谷类作物。黍，黏小米。嘶：马鸣。

㉔ 来时甚急，去后何迟：《诗词曲语辞汇释》谓："'时'，为语气间歇之用，犹'呵'或'啊'也……'时'与'后'为互文，'后'犹'呵'也。"

㉕"量这些"句：意谓烦恼之多，量这些小小的车儿
怎能装得下！车本不小，愁多便嫌其小。量，审
度，估量。大小，偏义复词，义取小。
㉖"泪随"二句：互文见义，谓睹秋云、见流水都引
起对莺莺的思念而愁生落泪。

【点评】

　　崔母虽然许婚，却又以"三辈儿不招白衣女婿"为名，
逼迫张生上朝取应。长亭一别，或成永诀，令莺娘怅恨不
已，"听得一声去也，松了金钏；遥望见十里长亭，减了玉
肌"。老夫人催促把盏，小夫妻无心饮食，"一个这壁，一
个那壁，一递一声长吁气"。"须臾对面，顷刻别离"，张生
信誓旦旦："这一去白夺一个状元，金榜无名誓不归！"莺
莺反复叮咛："顺时自揣保身体"，"休忧文齐福不齐，怕你
停妻再娶妻，休要一春鱼雁无消息。"张生身影已在视线之
外，莺莺犹自伫立凝眺：断续风中的莫非是古道深处那人
的马嘶？长亭一曲，刻画莺莺心地，深挚微细，最是动人
心魄。

　　崔张分离恰逢暮秋时节，恨别、悲秋两相遇合，更增
几分断肠情绪。碧云、黄花、西风、北雁，青山、疏林、
暮霭、马嘶，"声声色色之间，离离合合之情，便是一篇赋，
纵着《离骚》卷中不得，亦自《阳关》曲以上"。（王世
贞语）

# 第四折

（末引仆骑马上开）离了蒲东早三十里也，兀的前面是草桥，店里宿一宵，明日赶早行。这马百般儿不肯走。

行色一鞭催去马，羁愁万斛引新诗①。

**【双调】【新水令】**望蒲东萧寺暮云遮，惨离情半林黄叶。马迟人意懒②，风急雁行斜。离恨重叠，破题儿第一夜。

想著昨日受用，谁知今日凄凉！

**【步步娇】**昨夜个翠被香浓薰兰麝，欹珊枕把身躯儿趄③。脸儿厮揾者④，仔细端详，可憎的别⑤。铺云鬓玉梳斜，恰便似半吐初生月⑥。

早至也。店小二哥那里？（小二哥上云）官人，俺这头房里下。（末云）琴童，接了马者。点上灯，我诸般不要吃，则要睡些儿。（仆云）小人也辛苦，待歇息也。（在床前打铺做睡科）（末云）今夜甚睡得到我眼里来也！

**【落梅风】**旅馆欹单枕，秋蛩鸣四野，助人愁的是纸窗儿风裂。乍孤眠被儿薄又怯，冷清清几时温热！

**【注释】**

① 万斛（hú）：极言愁之多。斛，古代的量器，十斗为一斛，南宋末改为五斗一斛。

② 马迟人意懒：意谓马之所以走得慢，是因为人的心意懒散无聊。

③ 趄（qiè）：歪斜。

④ 脸儿厮揾：毛西河引沈璟曰："以手著脸仔细端详，

正搵脸之谓。"

⑤可憎的别：犹言特别可爱，异常可爱。别，格外、
特别之意。

⑥"铺云髻"二句：是张生回忆莺莺梳妆情景。


（末睡科）（旦上云）长亭畔别了张生，好生放不下。
老夫人和梅香都睡了，我私奔出城，赶上和他同去。

【乔木查】走荒郊旷野，把不住心娇怯，喘吁吁难将
两气接。疾忙赶上者，打草惊蛇①。

【搅筝琶】他把我心肠扯，因此不避路途赊②。瞒过俺
能拘管的夫人，稳住俺厮齐攒的侍妾③。想着他临上
马痛伤嗟，哭得我也似痴呆。不是我心邪，自别离已
后，到西日初斜，愁得来陡峻，瘦得来吓嗻④。则离
得半个日头，却早又宽掩过翠裙三四褶⑤。谁曾经这
般磨灭。

【锦上花】有限姻缘⑥，方才宁贴；无奈功名，使人
离缺。害不了的愁怀⑦，却才觉些⑧；掉不下的思量，
如今又也。

【幺篇】清霜净碧波，白露下黄叶。下下高高，道
路曲折；四野风来，左右乱踅⑨。我这里奔驰，他何
处困歇？

【清江引】呆答孩店房儿里没话说，闷对如年夜。暮
雨催寒蛩，晓风吹残月，今宵酒醒何处也⑩？

（旦云）在这个店儿里，不免敲门。（末云）谁敲门哩？
是一个女人的声音，我且开门看咱。这早晚是谁？

【庆宣和】是人呵疾忙快分说，是鬼呵合速灭。

　　（旦云）是我。老夫人睡了，想你去了呵，几时再得
　　见，特来和你同去。（末唱）

听说罢将香罗袖儿拽⑪，却元来是姐姐、姐姐。

　　难得小姐的心勤！

【乔牌儿】你是为人须为彻⑫，将衣袂不藉⑬。绣鞋儿
被露水泥沾惹，脚心儿管踏破也⑭。

　　（旦云）我为足下呵，顾不得迢递⑮。（旦唧唧了⑯）

【甜水令】想著你废寝忘餐，香消玉减，花开花谢，
犹自觉争些⑰。便枕冷衾寒，凤只鸾孤，月圆云遮，
寻思来有甚伤嗟？

【折桂令】想人生最苦离别！可怜见千里关山⑱，独
自跋涉。似这般割肚牵肠，到不如义断恩绝。虽然是
一时间花残月缺，休猜做瓶坠簪折⑲。不恋豪杰，
不羡骄奢，生则同衾，死则同穴⑳。

　　（外、净一行扮卒子上叫云）恰才见一女子渡河，不知
　　那里去了，打起火把者！分明见他走在这店中去也。
　　将出来！将出来！（末云）却怎了？（旦云）你近后，我
　　自开门对他说。

【水仙子】硬围著普救寺下锹撅㉑，强当住咽喉仗剑
钺㉑。贼心肠馋眼脑天生得劣。

　　（卒子云）你是谁家女子，黉夜渡河？（旦唱）

休言语，靠后些！杜将军你知道他是英杰，觑一觑
著你为了醓酱㉒，指一指教你化做胃血㉓——骑著匹
白马来也。

**【注释】**

①打草惊蛇：郑文宝《南唐近事》："王鲁为当涂宰，颇以资产为务。会部民连状诉主簿贪贿于县尹。鲁乃判曰：'汝虽打草，吾已惊蛇。'"

②赊（shē）：远。王勃《滕王阁序》："北海虽赊，扶摇可接。"

③齐攒：搅闹。

④咔嗻（chēzhē）：甚词，犹言"厉害"。此貌莺莺甚瘦。

⑤"则离得"二句：意谓刚刚分离半日，已是人瘦衣肥。半个日头，半天。褶（zhě），《正字通》："衣有襞折曰褶"，此谓裙褶。

⑥有限姻缘：莺莺张生此时刚刚有条件（得官）地许亲，姻缘尚无定准，尚有一定限度，故云"有限姻缘"。王伯良谓："'有限姻缘'。有分（fèn）限之姻缘也。"

⑦害不了的愁怀：犹言没完没了的愁思。

⑧觉：同"较"。

⑨趐（xué）：盘旋。闵遇五曰："趐，风吹盘桓之貌。今人云走来走去，亦曰趐来趐去。"

⑩"晓风"二句：本柳永《雨霖铃》："今宵酒醒何处？杨柳岸、晓风残月。"

⑪拽（yè）：拉，拖。

⑫为人须为彻：宋元熟语，犹帮人帮到底。

⑬将衣袂（mèi）不藉（jiè）：不顾惜衣衫。衣袂，这

里代指衣衫。袂，衣袖。

⑭管：包管，一准是。

⑮迢递：遥远的样子。

⑯唧唧：叹息声。《木兰辞》："唧唧复唧唧，木兰当户织。"

⑰觉争些：觉、争都是差的意思。

⑱关山：关口和山隘，代指路途。

⑲瓶坠簪折：比喻拆散夫妻，半路分离。白居易《井底引银瓶》："井底引银瓶，银瓶欲上丝绳绝；石上磨玉簪，玉簪欲成中央折。瓶坠簪折知奈何？似妾今朝与君绝！"

⑳"生则"二句：夫妻生死与共之意。穴，墓圹。

㉑仗：持，执。钺（yuè）：兵器的一种。

㉒醯（xī）酱：此犹肉酱。醯，醋。

㉓膋（liáo）血：意犹血水。膋，脂膏，脂肪。


（卒子抢旦下）（末惊觉云）呀，元来却是梦里。且将门儿推开看，只见一天露气，满地霜华，晓星初上，残月犹明。无端喜鹊高枝上，一枕鸳鸯梦不成。

【雁儿落】绿依依墙高柳半遮，静悄悄门掩清秋夜，疏剌剌林梢落叶风，昏惨惨云际穿窗月。

【得胜令】惊觉我的是颤巍巍竹影走龙蛇，虚飘飘庄周梦蝴蝶①，絮叨叨促织儿无休歇②，韵悠悠砧声儿不断绝③。痛煞煞伤别，急煎煎好梦儿应难舍；冷清清的咨嗟，娇滴滴玉人儿何处也？

（仆云）天明也，咱早行一程儿，前面打火去④。（末云）店小二哥，还你房钱，鞴了马者。

【鸳鸯煞】柳丝长咫尺情牵惹，水声幽仿佛人呜咽。斜月残灯，半明不灭。唱道是旧恨连绵，新愁郁结；别恨离愁，满肺腑难淘泻⑤。除纸笔代喉舌，千种相思对谁说⑥！（并下）

【络丝娘煞尾】都则为一官半职，阻隔得千山万水。

题目　小红娘成好事　老夫人问由情
正名　短长亭斟别酒　草桥店梦莺莺

西厢记五剧第四本终

**【注释】**

①庄周梦蝴蝶：《庄子·齐物论》："昔者庄周梦为胡蝶，栩栩然胡蝶也。自喻适志与，不知周也。俄然觉，则蘧蘧然周也。不知周之梦为胡蝶与，胡蝶之梦为周与？周与胡蝶，则必有分矣，此之谓物化。"胡蝶，即蝴蝶。庄周梦蝶，后用为梦的典故。

②促织儿：即蟋蟀。

③韵：和谐的声响。砧（zhēn）声：捣衣声。砧，捣衣石。

④打火：亦称打尖。宋元时期指旅途中吃饭。

⑤淘泻：排遣、抒发之意，泻，亦作"写"。

⑥ "除纸笔"二句：末句暗用柳永《雨霖铃》"便纵有、千种风情，更与何人说"之意。

**【点评】**

本折又名"草桥惊梦"。金圣叹力主《西厢记》原本结于此处，第五本乃是续作："旧时人读《西厢记》，至前十五章既尽，忽见其第十六章乃作'惊梦'之文，便拍案叫绝，以为一篇大文，如此收束，正使烟波渺然无尽。"《西厢》若至此戛然，虽似与元稹《莺莺传》文义相符，但亦将莺莺之至情、张生之志诚投畀虚空，恐难称王实甫改作的命意。

自情节而言，"惊梦"更似一短剧。"第一段如孤鸿别鹤，落寞凄怆。第二段如牛鬼蛇神，虚荒诞幻。第三段如梦蝶初回，晨鸡乍觉，不胜其惊怨悲愁也"（骆金乡论《草桥惊梦》）。草桥惊梦，跌宕错落，即称不得一部"小西厢"，亦敌得过一曲《倩女离魂》。

西厢记五剧第五本

张君瑞庆团圞杂剧

# 楔 子

（末引仆人上开云）自暮秋与小姐相别，倏经半载之际<sup>①</sup>，托赖祖宗之荫，一举及第，得了头名状元。如今在客馆，听候圣旨御笔除授<sup>②</sup>。惟恐小姐挂念，且修一封书，令琴童家去，达知夫人，便知小生得中，以安其心。琴童过来，你将文房四宝来<sup>③</sup>，我写就家书一封，与我星夜到河中府去。见小姐时，说："官人怕娘子忧，特地先著小人将书来。"即忙接了回书来者。过日月好疾也呵！

【仙吕】【赏花时】相见时红雨纷纷点绿苔<sup>④</sup>，别离后黄叶萧萧凝暮霭。今日见梅开，别离半载。

琴童，我嘱咐你的言语记著：

则说道特地寄书来。（下）

（仆云）得了这书，星夜望河中府走一遭。（下）

【注释】

①倏（shū）：倏忽，很快。

②除授：拜官授职。除，任命，授职。

③文房四宝：指笔、墨、纸、砚四种文具。叶梦得《避暑录话》："世言歙州具文房四宝，谓笔墨纸砚也。"

④红雨：落花。李贺《将进酒》："况是青春日将暮，桃花乱落如红雨。"

【点评】

楔子只言片语，点出张生及第，恐莺莺挂念，修书传简。或一日如三秋，或半载凡一瞬，《西厢》叙事，当繁则繁，宜简即简。化工之笔，令人赞叹。

## 第一折

（旦引红娘上开云）自张生去京师，不觉半年，杳无音信。这些时神思不快，妆镜懒抬，腰肢瘦损，茜裙宽褪，好烦恼人也呵！

【商调】【集贤宾】虽离了我眼前，却在心上有；不甫能离了心上，又早眉头。忘了时依然还又，恶思量无了无休①。大都来一寸眉峰②，怎当他许多颦皱？新愁近来接著旧愁，厮混了难分新旧。旧愁似太行山隐隐③，新愁似天堑水悠悠④。

（红云）姐姐往常针尖不倒⑤，其实不曾闲了一个绣床，如今百般的闷倦。往常也曾不快，将息便可⑥，不似这一场，清减得十分利害。（旦唱）

【逍遥乐】曾经消瘦，每遍犹闲⑦，这番最陡。

（红云）姐姐心儿闷呵，那里散心耍咱。（旦唱）

何处忘忧？看时节独上妆楼，手卷珠帘上玉钩⑧，空目断山明水秀。见苍烟迷树⑨，衰草连天，野渡横舟⑩。

（旦云）红娘，我这衣裳，这些时都不似我穿的。（红云）姐姐，正是"腰细不胜衣"⑪。（旦唱）

【挂金索】裙染榴花，睡损胭脂皱⑫；纽结丁香，掩过芙蓉扣⑬；线脱珍珠⑭，泪湿香罗袖；杨柳眉颦⑮，人比黄花瘦⑯。

**【注释】**

①恶思量：犹言相思得厉害。

②大都来：只不过。眉峰：指眉眼。王观《卜算子》："水是眼波横，山是眉峰聚。"

③隐隐：状山之高，言其耸入天际，隐约不明。

④天堑（qiàn）：天然的大沟，指长江。

⑤针尖不倒：手不停针，指常做女红，"倒"，《元曲释词》释云："意犹断、犹了。"

⑥将息便可：歇息一下就好了。将息，将养休息。李清照《声声慢》："乍暖还寒时候，最难将息。"

⑦每遍犹闲：犹每次都还平常。

⑧"看时节"二句：本李璟《摊破浣溪沙》："手卷真珠上玉钩，依前春恨锁重楼。"

⑨苍烟迷树：意谓远处的天色与树影混成一片。苍烟，深青色的天空。

⑩野渡横舟：句本韦应物《滁州西涧》："春潮带雨晚来急，野渡无人舟自横。"

⑪腰细不胜衣：腰肢瘦得连衣服都支撑不起来了。苏轼《浣溪沙》："风压轻云贴水飞，乍晴池馆燕争泥，沈郎多病不胜衣。"

⑫"裙染"二句：意谓和衣而睡，把红裙子压出许多褶皱。榴花，石榴花，色红如火，石榴裙是唐代年轻女子喜爱的服饰。万楚《五月观妓》："眉黛夺将萱草色，红裙妒杀石榴花。"

⑬"纽结"二句：是说人瘦衣肥，穿时要掩起许多。丁香纽、芙蓉扣，纽扣的美称。

⑭线脱珍珠：犹言泪滴如断线的珍珠。

⑮杨柳眉：形容妇女的眉美如柳叶。白居易《长恨歌》："芙蓉如面柳如眉，对此如何不泪垂？"

⑯人比黄花瘦：出自李清照《醉花阴》："莫道不消魂，帘卷西风，人比黄花瘦。"

（仆人上云）奉相公言语，特将书来与小姐。恰才前厅上见夫人，夫人好生欢喜，著入来见小姐，早至后堂。（咳嗽科）（红问云）谁在外面？（见科）（红见仆了，红笑云）你几时来？可知道昨夜灯花报，今朝喜鹊噪①。姐姐正烦恼哩。你自来？和哥哥来？（仆云）哥哥得了官也，著我寄书来。（红云）你则在这里等著，我对俺姐姐说了呵，你进来。（红见旦笑科）（旦云）这小妮子怎么？（红云）姐姐大喜，大喜！咱姐夫得了官也！（旦云）这妮子见我闷呵，特故哄我。（红云）琴童在门首，见了夫人了，使他进来见姐姐，姐夫有书。（旦云）惭愧②，我也有盼著他的日头！唤他入来。（仆入见旦科）（旦云）琴童，你几时离京师？（仆云）离京一月多也。我来时，哥哥去吃游街棍子去了③。（旦云）这禽兽不省得，状元唤做夸官，游街三日。（仆云）夫人说的便是。有书在此。（旦做接书科）

【金菊花】早是我只因他去减了风流，不争你寄得书来又与我添些儿证候。说来的话儿不应口，无语低头，书在手，泪凝眸。（旦开书看科）

【醋葫芦】我这里开时和泪开，他那里修时和泪修，多管阁著笔尖儿未写早泪先流④，寄来的书泪点儿兀自有。我将这新痕把旧痕漕透⑤，正是一重愁翻做两重愁。

（旦念书科）"张珙百拜，奉启芳卿可人妆次：自暮秋拜违，倏尔半载。上赖祖宗之荫，下托贤妻之德，举中甲第⑥。即目于招贤馆寄迹⑦，以伺圣旨御笔除授⑧。惟恐夫人与贤妻忧念，特令琴童奉书驰报，庶几免虑。小生身虽遥而心常迩矣，恨不得鹣鹣比翼⑨，邛邛并躯⑩。重功名而薄恩爱者，诚有浅见贪饕之罪⑪。他日面会，自当请谢不备⑫。后成一绝，以奉清照⑬：玉京仙府探花郎⑭，寄语蒲东窈窕娘。指日拜恩衣昼锦⑮，定须休作倚门妆⑯。"

【幺篇】当日向西厢月底潜，今日向琼林宴上挦⑰。谁承望跳东墙脚步儿占了鳌头⑱？怎想道惜花心养成折桂手？脂粉丛里包藏著锦绣？从今后晚妆楼改做了至公楼⑲。

【注释】

①"昨夜"二句：灯花报、喜鹊噪，旧时以为是喜事的预兆。灯花，烛蕊燃烧后形成的结，形似花，故名灯花。灯花报，亦称灯花报喜。喜鹊噪，即喜鹊叫，也被认为是吉祥的预兆。

②惭愧：《诗词曲语辞汇释》云："惭愧，感幸之辞，犹云多谢也，侥倖也，难得也。"

③吃游街棍子：元代对犯人有"游街处置"的刑罚，即将犯人绑在马背上，一路游街示众，两边兵士则

乱棒齐下。

④阁著笔尖：犹停笔未写。阁，通"搁"，搁置。

⑤新痕把旧痕渗透：意谓莺莺读信时之泪水，滴在张生写信时的泪痕之上。无名氏《鹧鸪天》有："枝上流莺和泪闻，新啼痕间旧啼痕。"

⑥举中甲第：参加进士试考了第一等。《新唐书·选举志上》："凡进士，试时务策五道、帖一大经，经策全通为甲第；策通四、帖过四以上为乙第。"

⑦即目：眼下，目前。

⑧伺：等候。

⑨鹣鹣（jiān）：比翼鸟。《尔雅·释地》："南方有比翼鸟焉，不比不飞，其名谓之鹣鹣。"郭璞注："似凫，青赤色，一目一翼，相得乃飞。"常用来比喻夫妻或恋人形影不离。

⑩邛邛（qióng）：传说中的兽名，据说它腿长善跑，但不善觅食。蹶（jué），兽名，腿短，善于觅食而不善跑。因此二兽并行，蹶觅食供给邛邛，遇有危险则邛邛背负蹶逃跑。

⑪贪饕（tāo）：贪得无厌。饕，饕餮，传说中贪食的恶兽。此言贪图功名。

⑫请谢：请罪，陪罪。不备：不尽。

⑬清照：旧时书信常用敬辞，义近于明鉴、雅鉴。

⑭玉京：京城。探花郎：又称探花使，本指进士中最年少者，至南宋，进士第三名始称探花，此指前者。

⑮衣昼锦：白天穿着锦绣衣裳还乡，又称衣锦还乡。

《史记·项羽本纪》："项羽引兵西屠咸阳，杀秦降王子婴，烧秦宫室，火三月不灭；收其货宝妇女而东。人或说项王曰：'关中阻山河四塞，地肥饶，可都以霸。'项王见秦宫皆以烧残破，又心怀思欲东归，曰：'富贵不归故乡，如衣绣夜行，谁知之者？'说者曰：'人言楚人沐猴而冠耳，果然。'"

⑯"定须"句：意谓自己归来有日，不要过于思念。倚门妆，倚门期待的样子。《战国策·齐策六》："王孙贾年十五，事闵王。王出走，失王之处。其母曰：'女（即"汝"）朝出而晚来，则吾倚门而望；女暮出而不还，则吾倚闾而望。'"本指母望子，此指妻望夫。

⑰琼林宴：皇帝为新进士举行的宴会，宋代筵席曾设于汴京城西的琼林苑。拾：同"佾"，体面、漂亮之义，此言出风头、露脸面。

⑱占鳌头：中状元。洪亮吉《江北诗话》："俗语谓状元'独占鳌头'，语非尽无稽。胪传毕，赞礼官引东班状元、西班榜眼二人，前趋至殿陛下，迎殿试榜。抵陛，则状元稍前，进立中陛石上，石正中镌刻有升龙及巨鳌，盖警跸出入所由，即古所谓螭头矣。俗语所本以此。"

⑲至公楼：本为科举考试试院大堂，此代指公衙。

（旦云）你吃饭不曾？（仆云）上告夫人知道：早晨至今，空立厅前，那有饭吃？（旦云）红娘，你快取饭与他吃。（仆云）感蒙赏赐，我每就此吃饭。夫人写书，哥哥著小人索了夫人回书，至紧，至紧。（旦云）红娘，将笔砚来。（红将来科）（旦云）书却写了，无可表意。只有汗衫一领①，裹肚一条②，袜儿一双，瑶琴一张，玉簪一枚，斑管一枝。琴童，你收拾得好者。红娘，取银十两来，就与他盘缠。（红娘云）姐夫得了官，岂无这几件东西，寄与他有甚缘故？（旦云）你不知道。这汗衫儿呵，

【梧叶儿】他若是和衣卧，便是和我一处宿；但粘著他皮肉，不信不想我温柔。

（红云）这裹肚要怎么？（旦唱）

常则不要离了前后，守著他左右，紧紧的系在心头。

（红云）这袜儿如何？（旦唱）

拘管他胡行乱走。

（红云）这琴他那里自有，又将去怎么？（旦唱）

【后庭花】当日五言诗紧趁逐③，后来因七弦琴成配偶。他怎肯冷落了诗中意，我则怕生疏了弦上手。

（红云）玉簪呵，有甚主意？（旦唱）

我须有个缘由，他如今功名成就，则怕他撇人在脑背后。

（红云）斑管，要怎的？（旦唱）

湘江两岸秋，当日娥皇因虞舜愁④，今日莺莺为君瑞忧。这九嶷山下竹，共香罗衫袖口——

【青哥儿】都一般啼痕湮透。似这等泪斑宛然依旧，万古情缘一样愁⑤。涕泪交流，怨慕难收⑥。对学士叮咛说缘由，是必休忘旧。

（旦云）琴童，这东西收拾好者。（仆云）理会得。（旦唱）

【醋葫芦】你逐宵野店上宿，休将包袱做枕头，怕油脂腻展污了恐难酬⑦。倘或水侵雨湿休便扭，我则怕干时节熨不开褶皱。一桩桩一件件细收留。

【金菊花】书封雁足此时修，情系人心早晚休⑧？长安望来天际头，倚遍西楼，人不见，水空流⑨。

　　（仆云）小人拜辞，即便去也。（旦云）琴童，你见官人对他说。（仆云）说甚么？（旦唱）

【浪里来煞】他那里为我愁，我这里因他瘦。临行时啜赚人的巧舌头⑩，指归期约定九月九，不觉的过了小春时候⑪；到如今悔教夫婿觅封侯⑫。

　　（仆云）得了回书，星夜回俺哥哥话去。（并下）

【注释】
①汗衫：穿在祭服、朝服里面的中衣，亦称中单。
②裹肚：一种男女均可穿用的包裹胸腹部的内衣。
③趁逐：追逐，追随。
④"斑管"四句：斑管，即斑竹制笔管。斑竹，又名泪竹、湘妃竹，分布于湖南宁远苍梧山中。任昉《述异记》："昔舜南巡而葬于苍梧之野，尧之二女娥皇、女英追之不及，相与恸哭，泪下沾竹，竹上文为之斑斑然，亦名湘妃竹。"虞舜，即舜，远古部落有虞氏的领袖。
⑤"万古"句：意谓千秋万代的爱情因缘都一样使人忧愁。

⑥怨慕：既怨恨又思慕。慕，思慕，怀恋。《孟子·万章上》："万章问曰：'舜往于田，号泣于旻天。何为其号泣也？'孟子曰：'怨慕也。'"赵岐注："言舜自怨遭父母见恶之厄而思慕也。"

⑦"怕油脂"句：王伯良曰："'油脂展污恐难酬'，言展污则难以酬赠人也。"

⑧"情系"句：意谓这种牵肠挂肚的相思何时是了？早晚，犹言何时。

⑨"人不见"句：本秦观《江城子》："犹记多情曾为系归舟。碧野朱桥当日事，人不见，水空流。"

⑩啜赚（chuòzuàn）：诓骗，哄弄。

⑪小春：指旧历十月。谢肇淛《五杂俎》"天部二"："十月有阳月之称，即天地之气，四月多寒而十月多暖，有桃李生华者，俗谓之小阳春。"

⑫悔教夫婿觅封侯：觅封侯，典出《后汉书·班超传》，言班超有壮士之志，不安于笔砚，后诣相者，相者指其状曰："生燕颔虎颈，飞而食肉，此万里侯相也。"后班超出使西域三十一年，以功封定远侯。又王昌龄有《闺怨》诗："闺中少妇不知愁，春日凝妆上翠楼。忽见陌头杨柳色，悔教夫婿觅封侯。"

【点评】

元稹《莺莺传》载张生始乱终弃之后，莺莺寄简表志，亦有附赠："玉环一枚，是儿婴年所弄，寄充君子下体所佩。玉取其坚润不渝，环取其终始不绝。兼乱丝一，文竹茶碾子一枚。此数物不足见珍，意者欲君子如玉之真，弊志如环不解，泪痕在竹，愁绪萦丝，因物达情，永以为好耳。心迩身遐，拜会无期，幽愤所钟，千里神合。千万珍重！"情文两伤，令读者唏嘘不已。

　　王《西厢》翻写崔张故事，易悲为喜，莺娘回信所寄汗巾、裹肚、袜儿、瑶琴、玉簪、斑管，为的是"他如今功名成就，则怕他撇人在脑背后"。过程不同、心境不同，表意之物亦是不同，使得结局之不同水到而渠成。伏脉千里，实属难能。

## 第二折

（末上云）画虎未成君莫笑，安排牙爪始惊人①。本是举过便除，奉圣旨，著翰林院编修国史。他每那知我的心，甚么文章做得成！使琴童递佳音，不见回来。这几日睡卧不宁，饮食少进，给假在驿亭中将息。早间太医院著人来看视，下药去了。我这病，卢扁也医不得②。自离了小姐，无一日心闲也呵！

【中吕】【粉蝶儿】从到京师，思量心旦夕如是，向心头横躺著俺那莺儿。请医师，看诊罢，一星星说是③。本意待推辞，则被他察虚实不须看视④。

【醉春风】他道是医杂证有方术⑤，治相思无药饵。莺莺，你若是知我害相思，我甘心儿死、死。四海无家，一身客寄，半年将至。

（仆上云）我则道哥哥除了，元来在驿亭中抱病。须索回书去咱。（见了科）（末云）你回来了也。

【迎仙客】疑怪这噪花枝灵鹊儿，垂帘幕喜蛛儿，正应著短檠上夜来灯爆时。若不是断肠词，决定是断肠诗。

（仆云）小夫人有书至此。（末接科）

写时管情泪如丝。既不呵，怎生泪点儿封皮上渍⑥？

（末读书科）"薄命妾崔氏拜覆，敬奉才郎君瑞文几：自音容去后，不觉许时⑦，仰敬之心，未尝少息。纵云日近长安远，何故鳞鸿之杳矣？莫因花柳之心，弃妾恩情之意。正念间，琴童至，得见翰墨，始知中科，使妾喜之如狂。郎之才望，亦不辱相国之家谱也。今因琴童回，无以奉贡⑧，聊有瑶琴一张，玉簪一枚，斑管一枝，裹肚一条，汗衫一领，袜儿一双，权表妾之真诚。匆匆草字欠恭，伏乞情恕不备。谨依来韵，遂继一绝云：阑干倚遍盼才郎，莫恋宸京黄四娘⑨。病里得书知中甲，窗前览镜试新妆。"那风风流流的姐姐！似这等女子，张珙死也死得著了。

【上小楼】这的堪为字史⑩，当为款识⑪，有柳骨颜筋，张旭张芝，羲之献之⑫。此一时，彼一时，佳人才思，俺莺莺世间无二。

【幺篇】俺做经咒般持⑬，符篆般使。高似金章⑭，重似金帛，贵似金赀。这上面若金个押字⑮，使个令史⑯，差个勾使⑰，则是一张忙不及印赴期的咨示⑱。

**【注释】**

①"画虎"二句：比喻人未发达时不可取笑他，一旦功成名就便会惊人，是当时成语。

②卢扁：即春秋时良医扁鹊，因其家于卢国，故又称卢医或卢扁。

③一星星说是：一件件都说得对。一星星，犹一件件。

④察虚实：犹言病证看得清清楚楚。虚实，本为中医辨别人体正气强弱和病邪盛衰的两个概念。虚证是指正气虚弱不足的证候，实证是指邪气亢盛有余的证候。

⑤杂证：犹言各种病症。方术：即治病的方法、路数。

方，一角，专治一种病称为药方。术，本指路，引申为求通的方法。

⑥渍（zì）：浸湿，沾染。

⑦许时：这多时。许，估量之词。

⑧奉贡：犹奉献。

⑨宸京：即帝京，京城。宸，北极星所居，用以指帝王宫殿。黄四娘：代指美女。杜甫《江畔独步寻花七绝句》之六："黄四娘家花满蹊，千朵万朵压枝低。"

⑩堪为字史：是说莺莺的字写得好，可以做掌管字的官员。字史，掌字之史。

⑪款识（zhì）：本指古代钟鼎彝器上的文字，此言莺字之好，可以刻于器物。

⑫"有柳骨"三句：意谓莺字之好，可以与著名书法家相比。柳，唐代柳公权。骨，字的结构。颜，唐代颜真卿。筋，运笔的方法。张旭，唐代书法家，善草书，有"草圣"之称。张芝，东汉书法家，善草书。羲之、献之，晋代书法家王羲之、王献之父子，二人草隶正行，诸体备精，世称"二王"。

⑬做经咒般持：把莺莺的信当做经文、咒文一样对待。咒，梵语陀罗尼之译文，义为能持、能遮。

⑭金章：官员的金印。

⑮金个押字：签字画押。押，花押，在文字的末尾签署名字。

⑯令史：汉晋南北朝时，令史为官职，掌文书；隋唐

时为吏职，不在职官之列。此指衙门中负责文书
的吏。

⑰ 勾使：衙门里拘捕、提取犯人的差役，这里泛指
差役。

⑱ "则是一张"句：就是一张匆忙来不及盖官印、让
人赴约会的告示。印，盖印章。咨，公文。


（末拿汗衫儿科）休说文章，则看他这针黹，人间少
有。

【满庭芳】怎不教张生爱尔，堪针工出色，女教为
师①。几千般用意针针是，可索寻思。长共短又没个
样子，窄和宽想象著腰肢，好共歹无人试。想当初做
时，用煞那小心儿。

小姐寄来这几件东西，都有缘故，一件件我都猜著。

【白鹤子】这琴，他教我闭门学禁指②，留意谱声诗③；
调养圣贤心，洗荡巢由耳④。

【二】这玉簪，纤长如竹笋，细白似葱枝；温润有清
香，莹洁无瑕玼⑤。

【三】这斑管，霜枝曾栖凤凰，泪点渍胭脂；当时舜
帝恸娥皇，今日淑女思君子⑥。

【四】这裹肚，手中一叶绵⑦，灯下几回丝⑧；表出腹
中愁，果称心间事⑨。

【五】这鞋袜儿，针脚儿细似虮子，绢帛儿腻似鹅脂；
既知礼不胡行，愿足下当如此。

琴童，你临行，小夫人对你说甚么？（仆云）著哥哥休

别继良姻。（末云）小姐，你尚然不知我的心哩！

【快活三】冷清清客店儿，风淅淅雨丝丝。雨儿零风儿细梦回时⑩，多少伤心事！

【朝天子】四肢不能动止，急切里盼不到蒲东寺⑪。小夫人须是你见时，别有甚闲传示⑫？我是个浪子官人，风流学士，怎肯带残花折旧枝⑬？自从、到此，甚的是闲街市⑭。

【贺圣朝】少甚宰相人家，招婿的娇姿？其间或有个人儿似尔，那里取那温柔，这般才思？想莺莺意儿，怎不教人梦想眠思。

琴童来，将这衣裳东西收拾好者。

【耍孩儿】则在书房中倾倒个藤箱子，向箱子里面铺几张纸。放时节须索用心思，休教藤刺儿抓住绵丝。高抬在衣架上怕吹了颜色⑮，乱穰在包袱中恐到了褶儿⑯。当如此，切须爱护，勿得因而。

【二煞】恰新婚才燕尔，为功名来到此。长安忆念蒲东寺。昨宵爱春风桃李花开夜，今日愁秋雨梧桐叶落时⑰。愁如是，身遥心迩，坐想行思。

【三煞】这天高地厚情，直到海枯石烂时。此时作念何时止，直到烛灰眼下才无泪，蚕老心中罢却丝⑱。我不比游荡轻薄子，轻夫妇的琴瑟⑲，拆鸾凤的雄雌。

【四煞】不闻黄犬音，难传红叶诗⑳，驿长不遇梅花使㉑。孤身去国三千里㉒，一日归心十二时。凭栏视，听江声浩荡，看山色参差。

【尾】忧则忧我在病中，喜则喜你来到此。投至得引人魂卓氏音书至，险将这害鬼病的相如盼望死㉒。
（下）

**【注释】**

①女教为师：犹言教育女子的师表。

②闭门学禁指：闭门弹琴，学习禁淫邪、正心术的意
旨。禁指，禁止淫邪的意旨。

③留意谱声诗：在乐歌所表现的纯正思想上用心。

④洗荡巢由耳：培养高洁的情操。巢，指巢父。由，
指许由。二人均为尧时隐居不仕的高士。

⑤瑕玼（cī）：玉中的红斑。玼，义同瑕，玉尚洁白，
故称有斑点为病。

⑥淑女思君子：意本《诗经·周南·关雎》："窈窕淑
女，君子好逑……求之不得，寤寐思服。"诗言君
子思淑女，剧反用其事。

⑦一叶绵：谐音"一夜眠"，谓缝纫时一夜无眠。

⑧丝：谐音"思"，指思念张生。

⑨果称心间事：果，谐音"裹"，是说裹在张生身上，
能使他称心如意。

⑩梦回：梦醒。李璟《浣溪沙》："细雨梦回鸡塞远，
小楼吹彻玉笙寒。"

⑪蒲东寺：即普救寺，寺在蒲之东，故称。

⑫"小夫人"二句：意谓一定是你见小夫人时，传了
什么闲话。

⑬"怎肯"句：犹言不肯去歌楼妓馆。残花、旧枝，

比喻妓女。毛西河曰："言花柳尚且不顾，况继姻耶？"

⑭甚的是闲街市：王伯良曰："言从不胡行乱走也。"

⑮高抬：高挂。

⑯乱穰：乱放在内。穰，用如动词，即放在内之意。剉（cuò）：折伤，这里是揉搓的意思。

⑰"昨宵"二句：本白居易《长恨歌》："春风桃李花开日，秋雨梧桐叶落时。"

⑱"直到烛灰"二句：灰，动词，燃烧成灰。本李商隐《无题》："春蚕到死丝方尽，蜡炬成灰泪始干。"

⑲琴瑟：本为两种乐器，以其合奏时声音和谐，常用作比喻夫妻感情和美。《诗经·小雅·常棣》："妻子好合，如鼓琴瑟。"

⑳难传红叶诗：难通音信。范摅《云溪友议》："卢渥舍人应举之岁，偶临御沟，见一红叶，命仆搴来。叶上乃有一绝句，置于巾箱，或呈于同志。及宣宗既省宫人，初下诏，许从百官司吏，独不许贡举人。后亦一任范阳，获其退宫。睹红叶而吁怨久之，曰：'当时偶题随流，不谓郎君收藏巾箧。'验其书，无不讶焉。诗曰：'水流何太急？深宫尽日闲。殷勤谢红叶，好去到人间。'"

㉑驿长不遇梅花使：犹言无人捎信。梅花使，驿使，代指传书送信之人。盛弘之《荆州记》："陆凯与范晔相善，自江南寄梅花一枝，诣长安与晔，并赠花诗曰：'折梅逢驿使，寄与陇头人。江南无所有，聊

赠一枝春。'"

㉒去国：犹言离乡。国，故国，故乡。

㉓害鬼病的相如：《史记·司马相如列传》："相如口吃
而善著书，常有消渴疾。"消渴疾，犹今之糖尿病。

【点评】

本折又称"尺素缄愁"，与上一折"泥金报捷"正相对
照。张生在京城，不为折桂喜，却成相思疾，"思量心旦昔
如是，向心头横著俺那莺儿"。接家书之后，发书睹物，恨
不得胁下生双翅，飞回蒲东寺。举动之间，饱含爱意，曲
折淋漓。

莺莺的回信，虽在文采上略逊于本传和《西厢记》的
其他段落，却是出于实甫自家机杼。一洗董解元诸宫调剿
袭的龃龉鄙陋，朴实感人，亦有可取之处。

# 第三折

（净扮郑恒上开云）自家姓郑，名恒，字伯常。先人拜礼部尚书，不幸早丧。后数年，又丧母。先人在时，曾定下俺姑娘的女孩儿莺莺为妻，不想姑夫亡化，莺莺孝服未满，不曾成亲。俺姑娘将著这灵柩，引著莺莺，回博陵下葬。为因路阻，不能得去。数月前写书来，唤我同扶柩去。因家中无人，来得迟了。我离京师，来到河中府，打听得孙飞虎欲掳莺莺为妻，得一个张君瑞退了贼兵，俺姑娘许了他。我如今到这里，没这个消息便好去见他；既有这个消息，我便撞将去呵，没意思。这一件事，都在红娘身上。我著人去唤他，则说："哥哥从京师来，不敢来见姑娘，著红娘来下处来①，有话去对姑娘行说去。"去的人好一会了，不见来。见姑娘和他有话说。（红上云）郑恒哥哥在下处，不来见夫人，却唤我说话。夫人著我来，看他说甚么。（见净科）哥哥万福。夫人道："哥哥来到呵，怎么不来家里来？"（净云）我有甚颜色见姑娘②？我唤你来的缘故是怎生？当日姑夫在时，曾许下这门亲事。我今番到这里，姑夫孝已满了，特地央及你去夫人行说知，拣一个吉日，了这件事，好和小姐一答里下葬去③。不争不成合，一答里路上难厮见。若说得肯呵，我重重的相谢你。（红云）这一节话再也休题。莺莺已与了别人了也。（净云）道不得"一马不跨双鞍"④！可怎生父在时曾许了我，父丧之后母到悔亲？这个道理那里有！（红云）却非如此说。当日孙飞虎将半万贼兵来时，哥哥你在那里？若不是那生呵，那里得俺一家儿来？今日太平无事，却来争亲；倘被贼人掳去呵，哥哥如何去争？（净云）与了一个富家，也不枉了，却与了这个穷酸饿醋。偏我不如他？我仁者能仁、身里出身的根脚⑤，又是亲上做亲⑥，况兼他父命。（红云）他到不如你？嗏声⑦！

【越调】【斗鹌鹑】卖弄你仁者能仁，倚仗你身里出身；至如你官上加官，也不合亲上做亲。又不曾执羔雁邀媒⑧，献币帛问肯⑨。恰洗了尘，便待要过门；枉腌了他金屋银屏⑩，枉污了他锦衾绣裀。

【紫花儿序】枉蠹了他梳云掠月，枉羞了他惜玉怜香⑪，枉村了他殢雨尤云。当日三才始判⑫，两仪初分⑬；乾坤，清者为乾，浊者为坤，人在中间相混⑭。君瑞是君子清贤，郑恒是小人浊民。

【注释】

①下处：旅店，住处。

②颜色：原指容颜气色，引申为脸面、面子。

③一答里：一起，一块儿。

④一马不跨双鞍：一匹马身上不能搭两副马鞍，比喻一女不配二夫。

⑤仁者能仁：《论语·里仁》："仁者安仁，知者利仁。"谓仁德之人才能够行仁。仁，仁爱忠恕等儒家道德标准。身里出身：能继承父业。此郑恒自谓出身世胄高门。根脚：根底，出身。

⑥亲上做亲：宋元时期人们对中表通婚态度不一，民间多有结姻者，故郑恒以亲上做亲为娶莺莺的有利条件。

⑦噤声：住口。

⑧"又不曾"句：意谓又没有请媒人行行聘之礼。《仪礼·士昏礼》："下达纳采，用雁。"《白虎通·嫁娶》："用雁者，取其随时南北，不失其节，明不夺女子之时也。又取飞成行，止成列也，明嫁娶之礼，长幼有序，不相逾越也。"羔，小羊，也是纳采礼物之一。聘礼所以用羔者，徐士范以为："羔取不失群而自洁。"

⑨献币帛：纳财礼。问肯：遣媒氏问女家许否。

⑩腌：脏，污。金屋：《汉武故事》："帝年四岁，立为胶东王。数岁，长公主嫖抱置膝上，问曰：'儿欲得妇不？'胶东王曰：'欲得妇。'长主指左右长御百余人，皆云不用。末指其女问曰：'阿娇好不？'于是乃笑对曰：'好。若得阿娇作妇，当作金屋贮之也。'长主大悦，乃苦要上，遂成婚焉。"

⑪惜玉怜香：对女子爱怜体贴。

⑫三才：古以天、地、人为三才。始判：才分。判，分。

⑬两仪：天与地为两仪。

⑭"清者为乾"三句：《艺文类聚》卷一引《三五历纪》："天地混沌如鸡子，盘古生其中。万八千岁，天地开辟，阳清为天，阴浊为地，盘古在其中，一日九变。"《易·说卦》："立天之道曰阴与阳，立地之道

曰柔与刚，立人之道曰仁与义。"

（净云）贼来，怎地他一个人退得？都是胡说！（红云）
我对你说。

【天净沙】把河桥飞虎将军，叛蒲东掳掠人民，半
万贼屯合寺门①，手横著霜刃，高叫道要莺莺做压寨
夫人。

（净云）半万贼，他一个人济甚么事？（红云）贼围之甚
迫，夫人慌了，和长老商议，拍手高叫："两廊不问僧
俗，如退得贼兵的，便将莺莺与他为妻。"忽有游客
张生，应声而前曰："我有退兵之策，何不问我？"夫
人大喜，就问其计何在。生云："我有一故人白马将
军，见统十万之众，镇守蒲关。我修书一封，著人寄
去，必来救我。"不想书至兵来，其困即解。

【小桃红】洛阳才子善属文②，火急修书信。白马将
军到时分，灭了烟尘③。夫人小姐都心顺，则为他威
而不猛④，言而有信，因此上不敢慢于人⑤。

（净云）我自来未尝闻其名，知他会也不会！你这个小
妮子，卖弄他偌多！（红云）便又骂我！

【金蕉叶】他凭著讲性理《齐论》《鲁论》⑥，作词赋
韩文柳文⑦，他识道理为人敬人，俺家里有信行知恩
报恩。

【调笑令】你值一分，他值百十分，萤火焉能比月
轮？高低远近都休论，我拆白道字辩与你个清浑⑧。

（净云）这小妮子省得甚么拆白道字，你拆与我听。（红唱）

君瑞是个"肖"字这壁著个"立人",你是个"木寸""马户""尸巾"。

（净云）木寸、马户、尸巾，你道我是个"村驴屌"？我祖代是相国之门，到不如你个白衣饿夫穷士？做官的则是做官！（红唱）

【秃厮儿】他凭师友君子务本⑨，你倚父兄仗势欺人。齑盐日月不嫌贫⑩，治百姓新民、传闻⑪。

【圣药王】这厮乔议论⑫，有向顺。你道是官人则合做官人，信口喷，不本分。你道穷民到老是穷民，却不道"将相出寒门"⑬！

（净云）这桩事，都是那长老秃驴弟子孩儿⑭，我明日慢慢的和他说话。（红唱）

【麻郎儿】他出家儿慈悲为本，方便为门⑮。横死眼不识好人，招祸口不知分寸。

（净云）这是姑夫的遗留⑯，我拣日，牵羊担酒⑰，上门去，看姑娘怎么发落我！（红唱）

【幺篇】讪筋⑱，发村⑲，使狠，甚的是软款温存⑳。硬打捱强为眷姻，不睬事强谐秦晋。

（净云）姑娘若不肯，著二三十个伴偤㉑，抬上轿子，到下处脱了衣裳，赶将来，还你一个婆娘！（红唱）

【络丝娘】你须是郑相国嫡亲的舍人㉒，须不是孙飞虎家生的莽军㉓。乔嘴脸、腌躯老、死身分㉔，少不得有家难奔。

（净云）兀的那小妮子，眼见得受了招安了也。我也不对你说，明日我要娶，我要娶！（红云）不嫁你，不嫁你！

【收尾】佳人有意郎君俊，我待不喝采其实怎忍㉕。

（净云）你喝一声我听。（红笑云）你这般颣嘴脸，则好偷韩寿下风头香，傅何郎左壁厢粉㉖。（下）

**【注释】**

①屯合：聚合，犹包围。

②洛阳才子：本指汉代贾谊，此指张生。《汉书·贾谊传》："贾谊，洛阳人也，年十八，以能诵诗书属文称于郡中。"贾谊被称为"洛阳才子"，潘岳《西征赋》："终童山东之英妙，贾生洛阳之才子。"属文：作文章。

③灭了烟尘：平定了叛乱。烟尘，烽烟与尘土。古代边防报警，夜则举火，叫烽；日则焚狼粪以为烟，叫烟。故以烟尘代指战争、动乱。

④威而不猛：《论语·述而》："子温而厉，威而不猛，恭而安。"威，威严。猛，健犬，引申为刚烈之义。

⑤不敢慢于人：犹言对张生不敢轻慢。出自《孝经·天子章》："敬亲者，不敢慢于人。"

⑥性理：人性天理，这里指人情事理、知识学问。

《齐论》《鲁论》：《论语》流传中的不同版本。《齐论》，即《齐论语》，是齐国学者所传的《论语》。《鲁论》，即《鲁论语》，为鲁国学者所传的《论语》。汉代安昌侯张禹以《鲁论》篇目为根据，将齐鲁二论融合为一，号为《张侯论》，即今传本之《论语》。

⑦韩文柳文：韩，韩愈。柳，柳宗元。韩柳二人均为唐代大文学家，是古文运动的中坚。此言张生文章之好堪比韩愈、柳宗元。

⑧拆白道字：拆字格，一种字谜游戏，即把一个字拆开说出，合而成文。如下文"肖字这壁著个立人"，隐"俏"字等等。

⑨君子务本：出自《论语·学而》："君子务本，本立而道生。"务，致力，从事。本，基本，基础。邢昺以为，《论语》中的"本"指儒家伦常的基本品德，即孝弟。

⑩斋（jī）盐日月：清贫的读书生活。斋，腌菜。本韩愈《送穷文》："太学四年，朝斋暮盐。"

⑪"治百姓"句：意谓张生为官管理百姓有政绩，被传诵。《尚书·康诰》："亦惟助王宅天命，作新民。"

⑫乔议论：胡说乱道。乔，恶劣。

⑬将相出寒门：贫寒子弟之家常有出将入相者。此为当时成语。

⑭弟子孩儿：许政扬以为："元曲所谓'弟子'，大抵专指娼妇……'弟子孩儿'亦作'弟子的孩儿'，见《杀狗劝夫》第二折，犹今俚语'婊子养的'，盖恶詈也。"

⑮方便为门：佛教讲根据每个人的不同情况而采取不同措施，使之信奉佛教，就是方便。把方便作为普济众生的门户，想办法使众生信佛以脱离苦难，便是方便为门。

⑯遗留：遗愿，遗嘱。

⑰牵羊担酒：即带着订婚礼物。吴自牧《梦粱录·嫁娶》："伐柯人通好，议定礼，往女家报定。若丰富之家，以珠翠、首饰、金器、销金裙褶及缎匹茶饼，加以双羊牵送，以金瓶酒四樽或八樽，装以大花银方胜，红绿销酒衣簇盖酒上……酒担以红彩缴之。"

⑱讪筋：陆澹安《戏曲辞语汇释》："因暴怒而头面上筋脉偾张。"

⑲发村：撒野。

⑳软款：温柔怜爱。款，爱也。

㉑伴偿（dāng）：随从的仆人。

㉒舍人：本为官名，宋元以来称官宦人家的子弟为舍人，即公子，可他称，亦可自称。

㉓家生：卖给主家的奴隶所生之子女仍须为奴，叫"家生"。孙飞虎家生莽军，犹言孙飞虎叛军所生的粗野贼兵。

㉔腌躯老：丑恶身躯。

㉕"佳人"二句：凌濛初曰："此皆红娘反语嘲恒也。'佳人有意郎君俊，红粉无情浪子村'，元人谚语。红反言觉恒之俊，忍不住要喝采，下二句正其喝采语。"

㉖"则好偷"二句：下风头，犹言下面，香由风送，故着一"风"字。左壁厢，犹言左边，古以右为尊，左为卑。下风头、左壁厢，犹言甘拜下风、不是对

手。此以韩寿、何郎比张生，讽刺郑恒不及张珙风流潇洒。

（净脱衣科云）这妮子拟定都和那酸丁演撒！我明日自上门去见俺姑娘，则做不知。我则道："张生赘在卫尚书家①，做了女婿。"俺姑娘最听是非，他自小又爱我，必有话说。休说别个，则这一套衣服也冲动他。自小京师同住，惯会寻章摘句②。姑夫许我成亲，谁敢将言相拒？我若放起刁来，且看莺莺那去！且将压善欺良意，权作尤云殢雨心。（下）（夫人上云）夜来郑恒至，不来见我，唤红娘去问亲事。据我的心，则是与孩儿是；况兼相国在时已许下了。我便是违了先夫的言语。做我一个主家的不著③，这厮每做下来。拟定则与郑恒，他有言语，怪他不得也。料持下酒者，今日他敢来见我也。（净上云）来到也，不索报覆④，自入去见夫人。（拜夫人哭科）（夫人云）孩儿，既来到这里，怎么不来见我？（净云）小孩儿有甚嘴脸来见姑娘！（夫人云）莺莺为孙飞虎一节，等你不来，无可解危，许张生也。（净云）那个张生？敢便是状元？我在京师看榜来，年纪有二十四五岁，洛阳张珙，夸官游街三日。第二日，头答正来到卫尚书家门首⑤，尚书的小姐十八岁也，结著彩楼，在那御街上，则一球正打著他⑥。我也骑著马看，险些打著我。他家粗使梅香十余人，把那张生横拖倒拽入去。他口叫道："我自有妻，我是崔相国家女婿！"那尚书有权势气象，那里听？则管拖将入去了⑦。这个却才便是他本分，出于无奈。尚书说道："我女奉圣旨，结彩楼，你著崔小姐做次妻⑧。他是先奸后娶的，不应取他⑨。"闹动京师，因此认得他。（夫人怒云）我道这秀才不中抬举，今日果然负了俺家。俺相国之家，世无与人做次妻之理。既然张生奉圣旨娶了妻，孩儿，你拣个吉日良辰，依著姑夫的言语，依旧入来做女婿者。（净云）倘或张生有言语，怎生？（夫人云）放著我哩。明日拣个吉日良辰，你便过门来。（下）（净云）中了我的计策了。准备筵席茶礼花红，克日过门者。（下）（洁上云）老僧昨日买登科记看来，张生头名状元，授著河中府尹。谁想夫人没主张，又许了郑恒亲事。老夫人不肯去接，我将著肴馔，直至十里长亭，接官走一遭。（下）（杜将军上云）奉圣旨，著小官主兵蒲关，提调河中府事⑩，上马管军，下马管民。谁想君瑞兄弟一举及第，正授河中府尹，不曾接得。眼见得在老夫人宅里下，拟定乘此机会成亲。小官牵羊担酒，直至老夫人宅上，一来庆贺状元，二来做主亲⑪，与兄弟成此大事。左右那里⑫？将马来，到河中府走一遭。（下）

**【注释】**

①赘：入赘，今谓之倒插门女婿。

②寻章摘句：本指搜寻、摘取文章的语句和片段来研究文章的义理。李贺《南园十三首·其六》："寻章摘句老雕虫，晓月当帘挂玉弓。不见年年辽海上，

文章何处哭秋风。"此言抓住只言片语不放。

③做我一个主家的不著：王季思云："拚由我担当意，今浙东尚有此语。"

④报覆：通报，禀报。

⑤头答：亦作"头达"，即头踏，官员出行时，走在前面的仪仗。

⑥"结著彩楼"三句：古代择婿的一种方式。富贵官宦人家，临街搭起彩楼，小姐站在楼上抛彩球，中者为婿。彩楼招婿，多为男子入赘女家。

⑦则管拖将入去了：指权贵之家的豸婿行径。彭乘《墨客挥犀》："今人于榜下择婿，号豸婿，其语盖本诸袁山松（一作"崧"），尤无义理。其间或有意不愿而为贵势豪族拥逼不得辞者。有一新后辈少年，有风姿，为贵族之有势力者所慕，命十数仆拥致其第……"沈德符《万历野获编·豸婿》载："榜下豸婿，古已有之，至元时贵戚家遂以成俗。"

⑧次妻：中国古代实行的是一妻多妾制，无双妻或多妻之理，次妻即妾。

⑨"他是"二句：古有禁先奸后娶之律令。《尚书大传》："男女不以义交者，其刑宫。"宋《庆元条法事类》引《户令》："诸先奸后娶为妻者，离之。"元承旧制，《元史·刑法志二》："诸先通奸，被断，复娶以为妻者，虽有所生男女，犹离之。"虽有律文如此，但现实中执法时，往往判合为夫妇。郑恒言此，意在指出崔张婚姻的不合法性。

⑩提调：管理，指挥。

⑪主亲：主婚。主婚人应由祖父母、父母充任，张生父母双亡，故由杜确主婚。

⑫左右：有二义：一为对人的尊称，不直呼其名而称其左右，以表敬意；二是指身边的随从。此谓后者。

【点评】

《西厢记》写崔张之修成正果，置三大"恶"人以为阻隔：曰孙飞虎，曰老夫人，曰郑恒。若此剧果至"送别"或"惊梦"而止，屡念郑恒究竟何用？必有此索配一段，结局方称得上是"大团圆"有始有终。

本折又名"争婚"，与前本"拷红"遥相辉映。红娘之斥郑恒，"有方语、市语、隐语、反语，又有拆白、调侃等语"，绘色绘声，尽显红娘不惧无赖的泼辣智勇。但郑恒性既诡黠，行亦鄙劣，占原配之先机，又恃姑母溺宠，"娇滴滴玉人儿"，能否得嫁状元公？

## 第四折

（夫人上云）谁想张生负了俺家，去卫尚书家做女婿去。今日不负老相公遗言，还招郑恒为婿。今日好个日子，过门者。准备下筵席，郑恒敢待来也。（末上云）小官奉圣旨，正授河中府尹。今日衣锦还乡，小姐的金冠霞帔都将著①，若见呵，双手索送过去。谁想有今日也呵！文章旧冠乾坤内，姓字新闻日月边②。

【双调】【新水令】玉鞭骄马出皇都，畅风流玉堂人物。今朝三品职，昨日一寒儒。御笔亲除，将名姓翰林注。

【驻马听】张珙如愚③，酬志了三尺龙泉万卷书④；莺莺有福，稳请了五花官诰七香车⑤。身荣难忘借僧居，愁来犹记题诗处。从应举，梦魂儿不离了蒲东路。

（末云）接了马者。（见夫人科）新状元河中府尹婿张珙参见。（夫人云）休拜，休拜！你是奉圣旨的女婿，我怎消受得你拜！（末唱）

【乔牌儿】我谨躬身问起居⑥，夫人这慈色为谁怒⑦？我则见丫鬟使数都厮觑⑧，莫不我身边有甚事故？

（末云）小生去时，夫人亲自饯行，喜不自胜。今日中选得官，夫人反行不悦，何也？（夫人云）你如今那里想著俺家？道不得个"靡不有初，鲜克有终"。我一个女孩儿，虽然妆残貌陋，他父为前朝相国，若非贼来，足下甚气力到得俺家？今日一旦置之度外，却于卫尚书家作婿，岂有是理！（末云）夫人听谁说？若有此事，天不盖，地不载，害老大小疔疮⑨！

【雁儿落】若说著丝鞭士女图⑩，端的是塞满章台路⑪。小生呵此间怀旧恩，怎肯别处寻亲去。

【得胜令】岂不闻"君子断其初"⑫，我怎肯忘得有恩处？那一个贼畜生行嫉妒，走将来老夫人行厮间阻？不能勾娇姝⑬，早共晚施心数；说来的无徒⑭，迟和疾上木驴⑮。

【注释】

①金冠霞帔（pèi）：古代皇帝对达官贵人家的妇女给予封号，称为命妇。命妇随品级高低有不同的命服，金冠霞帔即是其中一种。冠上以翠为装饰名翠冠，以凤为装饰名凤冠，以金钗为装饰名金冠。霞帔为帔的一种，始于晋，宋代霞帔即为命服。帔，披肩。

②日月：喻帝后。《礼记·昏义》："故天子之与后，犹日之与月、阴之与阳，相须而后成者也。"

③如愚：《论语·为政》："子曰：'吾与回言终日，不违，如愚。退而省其私，亦足以发，回也不愚。'"又，苏轼《贺欧阳少师致仕启》："大勇若怯，大智若愚。"此言张生内秀，外不露锋芒而内藏睿智。

④"酬志"句：犹言实现了博取功名的志向。龙泉，剑名。据《晋书·张华传》，晋初，斗牛二星间常有紫气。张华请教精通天象的雷焕，焕曰："宝剑之精，上彻于天耳。"张华乃命焕为丰城令，前往寻剑。"焕到县，掘狱屋基，入地四丈余，得一石函，

光气非常，中有双剑，并刻题，一曰龙泉，一曰太阿。其夕，斗牛间气不复见焉。"世传龙泉剑长三尺，故以三尺龙泉代指宝剑。从军、读书是博取功名的两种途径，常以喻壮志。孟浩然《自洛之越》："遑遑三十载，书剑两无成。"

⑤请：得到，接受。五花官诰（gào）：官诰，为朝廷授官及册封命妇的文书。因用五色绫，故称五花官诰。七香车：用多种香木制成或用多种香料装饰的车。此指女子所乘的华美之车。

⑥躬身：弯下身去以表尊敬。问起居：即请安问好。起居，本指饮食寝卧之状况。

⑦慈色：犹慈颜，对尊长的敬称，多指母亲。

⑧使数：仆人。

⑨老大小：偏义复词，义只取大。老大，犹很大。

⑩丝鞭：递接丝鞭是彩楼招亲形式中的一个程序。婚姻女当事人于彩楼抛绣球打中男方后，即由女方向男方递送丝鞭，男子如接了丝鞭，便表示同意了婚事。士女图：言其美如图画。士女，即"仕女"，为官宦人家女子。曲中多以"图"字状妇女之美。

⑪章台路：本为汉代长安街道名，因在战国时秦所建章台宫内章台之下，故名。许尧佐传奇《柳氏传》、孟棨《本事诗·情感》，记韩翃与柳氏相恋，有"章台柳，章台柳，昔日青青今在否"之句，后遂以章台路为风流之地、繁华游乐之处的代称。欧阳修《蝶恋花》："玉勒雕鞍游冶处，楼高不见章台路。"

⑫君子断其初：当时成语，是说君子在当初一经做了
　　决定，以后便不再改变。断，决断。

⑬娇姝（shū）：美女。动词，得到娇姝之意。

⑭说来的无徒：意谓说起这个无赖来。无徒，无赖
　　之徒。

⑮迟和疾上木驴：早晚要挨千刀万剐。木驴，一种刑
　　具，为带铁刺之木桩，下有四腿，形略同驴。处剐
　　刑时，先把犯人绑在木驴上游街示众，然后行刑。


　　（夫人云）是郑恒说来，绣球儿打著马了，做女婿也。
你不信呵，唤红娘来问。（红上云）我巴不得见他。元
来得官回来，惭愧，这是非对著也。（末背问云）红娘，
小姐好么？（红云）为你别做了女婿，俺小姐依旧嫁了
郑恒也。（末云）有这般跷蹊的事！

【庆东原】那里有粪堆上长出连枝树，淤泥中生出比
目鱼？不明白展污了姻缘簿①？莺莺呵，你嫁个油炸
猢狲的丈夫②；红娘呵，你伏侍个烟熏猫儿的姐夫③；
张生呵，你撞著个水浸老鼠的姨夫④。这厮坏了风俗，
伤了时务⑤。（红唱）

【乔木查】妾前来拜覆，省可里心头怒⑥！间别来安
乐否？你那新夫人何处居？比俺姐姐是何如？

　　（末云）和你也葫芦题了也。小生为小姐受过的苦，诸
　　人不知，瞒不得你。不甫能成亲，焉有是理？

【搅筝琶】小生若求了媳妇，则目下便身姐。怎肯忘
得待月回廊，难撇下吹箫伴侣。受了些活地狱，下了

些死工夫。不甫能得做妻夫，见将著夫人诰敕⑦，县君名称⑧，怎生待欢天喜地，两只手儿分付与⑨，你划地到把人赃诬⑩。

（红对夫人云）我道张生不是这般人，则唤小姐出来自问他。（叫旦科）姐姐，快来问张生。我不信他直恁般薄情。我见他呵，怒气冲天，实有缘故。（旦见末科）（末云）小姐间别无恙？（旦云）先生万福。（红云）姐姐有的言语，和他说破。（旦长吁云）待说甚么的是！

【沈醉东风】不见时准备著千言万语，得相逢都变做短叹长吁。他急攘攘却才来，我羞答答怎生觑。将腹中愁恰待伸诉，及至相逢一句也无。则道个"先生万福"。

（旦云）张生，俺家何负足下？足下见弃妾身，去卫尚书家为婿，此理安在？（末云）谁说来？（旦云）郑恒在夫人行说来。（末云）小姐如何听这厮？张珙之心，惟天可表！

【落梅风】从离了蒲东路，来到京兆府，见个佳人世不曾回顾。硬揣个卫尚书家女孩儿为了眷属⑪，曾见他影儿的也教灭门绝户！

（末云）这一桩事都在红娘身上，我则将言语傍著他，看他说甚。红娘，我问人来，说道你与小姐将简帖儿去唤郑恒来。（红云）痴人！我不合与你作成，你便看得我一般了。

【甜水令】君瑞先生，不索踌躇，何须忧虑。那厮本意糊突；俺家世清白，祖宗贤良，相国名誉。我怎肯他根前寄简传书？

【折桂令】那吃敲才怕不口里嚼蛆[12]，那厮待数黑论黄[13]，恶紫夺朱[14]。俺姐姐更做道软弱囊揣[15]，怎嫁那不值钱人样猣驹[16]。你个东君索与莺莺做主[17]，怎肯将嫩枝柯折与樵夫。那厮本意嚣虚[18]，将足下亏图[19]，有口难言，气夯破胸脯。

【注释】

①"不明白"句：这不是明明白白地玷污了姻缘簿吗？姻缘簿，传说中注定天下人姻缘的簿籍。

②油炸猢狲：比喻轻狂。

③烟薰猫儿：比喻面貌污秽不堪。

④水浸老鼠：比喻鄙俗猥琐之状。姨夫：周密《癸辛杂识·续集·姨夫眼睚》："北人以两男共犯一妓则称为姨夫。"戏曲中把两男共恋一女也戏称姨夫。

⑤时务：当世之务，本指重大世事。

⑥省可里：省得，休要。可里，语助词，无实义。

⑦诰敕（chì）：官诰。敕，皇帝诏书。

⑧县君：对妇女称号的泛称。古代宗女、命妇的封号。唐代四品官的母亲、妻子封郡君，五品官的母亲与妻子封县君。宋代翰林学士之妻封郡君，京府少尹、赤县令等，妻封县君。

⑨分付：交给。

⑩刬（chǎn）地：平白地。

⑪硬揣：强加。

第五本　第四折

二二三

⑫吃敲才：詈词，犹该死的东西。敲，死刑的一种，即杖杀。

⑬数黑论黄：说长道短，搬弄是非。

⑭恶紫夺朱：《论语·阳货》："恶（音 wù，动词）紫之夺朱也，恶郑声之乱雅乐也，恶利口之覆邦家者。"剧中"恶（è）"为形容词，意谓郑恒与莺莺成亲，夺去张生地位，是邪恶的紫色侵夺了大红色的地位，是以邪夺正。

⑮囊揣：软弱，不中用。

⑯人样豭（jiā）驹：凌濛初曰："即马牛襟裾之意，詈之谓畜类也。"豭，公猪。

⑰"你个东君"句：言张生当为莺莺做主。因"莺莺"双关鸟名（即黄鹂），故谓此说。东君，春神。严蕊《卜算子》："花开花落自有时，总赖东君主。"

⑱嚣虚：虚伪不实。

⑲亏图：设圈套使人吃亏，图谋陷害。


（红云）张生，你若端的不曾做女婿呵，我去夫人根前一力保你。等那厮来，你和他两个对证。（红见夫人云）张生并不曾人家做女婿，都是郑恒谎，等他两个对证。（夫人云）既然他不曾呵，等郑恒那厮来对证了呵，再做说话①。（洁上云）谁想张生一举成名，得了河中府尹。老僧一径到夫人那里庆贺。这门亲事，几时成就？当初也有老僧来，老夫人没主张，便待要与郑恒。若与了他，今日张生来，却怎生？（洁见末叙寒

温科)(对夫人云)夫人今日却知老僧说的是，张生决
不是那一等没行止的秀才。他如何敢忘了夫人？况兼
杜将军是证见，如何悔得他这亲事？(旦云)张生此一
事，必得杜将军来方可。

【雁儿落】他曾笑孙庞真下愚，若是论贾马非英物②，
正授著征西元帅府，兼领著陕右河中路③。

【得胜令】是咱前者护身符④，今日有权术。来时节定
把先生助，决将贼子诛⑤。他不识亲疏⑥，啜赚良人
妇⑦。你不辨贤愚，无毒不丈夫。

(夫人云)著小姐去卧房里去者。(旦、红下)(杜将军
上云)下官离了蒲关，到普救寺，第一来庆贺兄弟咱；
第二来就与兄弟成就了这亲事。(末对将军云)小弟托
兄长虎威，得中一举。今者回来，本待做亲。有夫人
的侄儿郑恒，来夫人行说道，你兄弟在卫尚书家作赘
了。夫人怒欲悔亲，依旧要将莺莺与郑恒，焉有此
理？道不得个"烈女不更二夫"⑧。(将军云)此事夫
人差矣。君瑞也是礼部尚书之子，况兼又得一举。夫
人世不招白衣秀士，今日反欲罢亲，莫非理上不顺？
(夫人云)当初夫主在时，曾许下这厮，不想遇此一
难，亏张生请将军来，杀退贼众。老身不负前言，欲
招他为婿。不想郑恒说道，他在卫尚书家做了女婿也，
因此上我怒他，依旧许了郑恒。(将军云)他是贼心，
可知道诽谤他。老夫人如何便信得他？(净上云)打扮
得整整齐齐的，则等做女婿。今日好日头，牵羊担酒，
过门走一遭。(末云)郑恒，你来怎么？(净云)苦也！

闻知状元回，特来贺喜。（将军云）你这厮，怎么要诳骗良人的妻子，行不仁之事，我跟前有甚么话说？我闻奏朝廷，诛此贼子。（末唱）

【落梅风】你硬撞入桃源路，不言个谁是主，被东君把你个蜜蜂儿拦住。不信呵去那绿杨影里听杜宇，一声声道"不如归去"⑨。

（将军云）那厮若不去呵，祗候拿下⑩。（净云）不必拿，小人自退亲事与张生罢。（夫人云）相公息怒，赶出去便罢。（净云）罢，罢！要这性命怎么，不如触树身死。妻子空争不到头，风流自古恋风流。三寸气在千般用，一日无常万事休⑪。（净倒科）（夫人云）俺不曾逼死他，我是他亲姑娘，他又无父母，我做主葬了者。著唤莺莺出来，今日做个庆喜的茶饭，著他两口儿成合者。（旦、红上，末、旦拜科）（末唱）

【沽美酒】门迎著驷马车⑫，户列著八椒图⑬，四德三从宰相女，平生愿足，托赖著众亲故。

【太平令】若不是大恩人拔刀相助，怎能勾好夫妻似水如鱼。得意也当时题柱，正酬了今生夫妇。自古、相女、配夫⑭，新状元花生满路⑮。（使臣上科）（末唱）

【锦上花】四海无虞，皆称臣庶⑯；诸国来朝，万岁山呼⑰；行迈羲轩⑱，德过舜禹；圣策神机，仁文义武⑲。

【幺篇】朝中宰相贤，天下庶民富；万里河清⑳，五谷成熟；户户安居，处处乐土㉑；凤凰来仪㉒，麒麟屡出<sup>㉓</sup>。

【清江引】谢当今盛明唐圣主<sup>㉔</sup>，敕赐为夫妇。永老无别离，万古常完聚，愿普天下有情的都成了眷属<sup>㉕</sup>。

【随尾】则因月底联诗句，成就了怨女旷夫。显得有志的状元能，无情的郑恒苦。（下）


题目　小琴童传捷报　崔莺莺寄汗衫
正名　郑伯常干舍命　张君瑞庆团圞


总目
张君瑞要做东床婿
法本师住持南赡地<sup>㉖</sup>
老夫人开宴北堂春<sup>㉗</sup>
崔莺莺待月西厢记


西厢记五剧第五本终


**【注释】**

①说话：此为处置之意。

②"他曾笑"二句：言杜确本领高强，武压孙膑、庞涓，讥笑孙、庞真是下愚之人；文欺贾谊、司马迁，较贾、马更加出类拔萃。

③"兼领"句：即前所谓提调河中府事。陕右，即陕西。

④护身符：佛、道、巫均用之，指以朱笔或墨笔所画

的佛菩萨鬼神像，或书有咒语符箓的纸牒，带在身边可获保佑，辟邪除灾。

⑤决：必定。

⑥不识亲疏：是说郑恒不顾中表不得为婚的禁忌。

⑦良人妇：旧以士农工商为良，倡优隶卒为贱，良人妇指有正当职业的清白人家的妇女。另，旧时妇女亦称丈夫为良人，《诗经·唐风·绸缪》："绸缪束薪，三星在天。今夕何夕，见此良人。子兮子兮，如此良人何！"此言莺已为张生之妇，郑恒不当图之。

⑧烈女不更二夫：即一女不嫁二夫。《史记·田单列传》："王蠋曰：'忠臣不事二君，贞女不更二夫。'"

⑨不如归去：《本草·杜鹃》："其鸣，若曰：'不如归去。'"这里是借杜鹃鸣声，促郑恒归去。

⑩祗（zhī）候：元代，指供奔走服劳的差役，大户人家的仆役领班亦称祗候，剧中指前者。

⑪"三寸气"二句：宋元成语，意谓只要活着就什么事都可以办，一旦死了，就什么事都完了。

⑫"门迎"句：赞扬张生才高志大，一举成名，终为显贵。驷（sì）马车，四匹马拉的车，达官贵人所乘。

⑬户列著八椒图：门上刻绘着各种花饰。八椒图，指门饰上各种螺形花饰。椒图，龙生九子之一，好闭口，用为门上装饰。只有官署门上才绘有椒图。

⑭自古、相女、配夫：从古以来就根据女儿的条件来择配相称的丈夫。

⑮花生满路：荣耀美满，心满意足。

⑯"四海"二句：天下太平，都称臣民。无虞，没有纷乱，没有二心。

⑰万岁山呼：臣民口呼万岁祝颂皇帝的行为。山呼，《汉书·武帝纪》："元封元年……(武帝)亲登崇嵩，御史乘属、在庙旁吏卒，咸闻呼'万岁'者三。"后来发展成一种仪式，《元史·礼乐志·元正受朝仪》："曰跪左膝、三叩头，曰山呼，曰山呼，曰再山呼。"

⑱行迈羲轩：德行超过了伏羲和轩辕。羲、轩均是传说中的古代圣王。

⑲仁文义武：文治武功都符合儒家仁义的标准。

⑳河清：河，黄河。黄河水浊，古人以河水澄清为祥瑞，是政治开明、太平富庶的象征。《后汉书·襄楷传》："京房《易传》曰：'河水清，天下平。'"王嘉《拾遗记·高辛》："黄河千年一清，至圣之君以为大瑞。"

㉑乐土：《诗经·魏风·硕鼠》："逝将去女，适彼乐土。乐土乐土，爰得我所。"乐土，有道之国，行仁政爱黎民的安乐之处。

㉒凤凰来仪：凤凰飞来而有容仪。《尚书·益稷》："《箫韶》九成，凤皇来仪。"凤凰来仪，是太平盛世的象征。

㉓麒麟屡出：麒麟，瑞兽。麒麟的出现，也被认为是一种祥瑞，是天下太平的象征。《春秋公羊传·哀公十四年》："麟者，仁兽也。有王者则至，无王者则

不至。"

㉔ "谢当今"句:当时颂圣例语。

㉕眷属:本指家眷亲属,剧中专指夫妻。

㉖南赡:即南赡部洲,佛教认为须弥山四方咸海中有四洲:东胜神洲、南赡部洲、西牛贺洲、北俱卢洲。南赡部洲产赡部树,又在须弥山之南,故名。中国即在此洲。

㉗北堂:主母所居之处。《诗经·卫风·伯兮》:"焉得谖草,言树之背。"毛亨曰:"谖草令人忘忧;背,北堂也。"赵翼《陔余丛考·卷四三》:"按古人寝室之制,前堂后室,其由室而之内寝有侧阶,即所谓北堂也……凡遇祭祀,主妇位于此。主妇则一家之主母也。北堂者,母之所在也,后人因以北堂为母。而北堂既可树萱,遂称萱堂耳。"

【点评】

直到最后一本的最后一折,剧情仍然笼罩在交错发展的两种矛盾之中。张生、红娘、杜确先后拨云以见日,郑恒奸计败露,老夫人方才顺水推舟,"著他两口儿成合"。郑振铎《文学大纲》以为:"《西厢》的大成功便在她的全部都是婉曲的细腻的在写张生和莺莺的恋爱心境的。似这等曲折的恋爱故事,除《西厢》外,中国无第二部。"《西厢记》结构夺天工之巧,情节有化工之妙,文辞得骚人之趣,洵为"千古第一神物"(陈继儒语)。

"永老无离别,万古常完聚,愿普天下有情的都成了眷属",是《西厢记》主题的点睛之笔。在王实甫看来,不仅是张君瑞与崔莺莺应当成为夫妇，也不限于《董西厢》里所说的"自今至古，自是佳人，合配才子"，而是愿"普天下"的有情人，不管他们是否"才子佳人"，都毫无意外地应当成为眷属。而且，这种眷属应当是白头偕老的美满夫妻。这个目标的提出，不是针对一人一事而发，而是从整个婚姻制度的高度发出的呐喊，是时代假王实甫之笔提出的婚姻理想，表达了广大青年男女的共同心声。这也是《西厢记》具有如此恒久魅力的主要原因。

# 窦娥冤

# 前　言

　　关汉卿是元代杂剧的奠基人，也是中国古代戏曲史、文学史上最广为人知的剧作家。其名不详，字汉卿，号已斋。关于他的籍贯，概有三说：大都人（钟嗣成《录鬼簿》、熊自得《析津志》等持此说）、解州人（朱右《元史补遗》等持此说）、祁州人（乾隆《祁州志》持此说），"大都说"相对可靠。关汉卿的生卒年不可确知。成书于元代至顺元年左右的《录鬼簿》将他列为"前辈已死才人"，朱经《青楼集序》记载说："我皇元初并海宇，而金之遗民若杜散人（杜仁杰）、白兰谷（白朴）、关已斋辈，皆不屑仕进。"据此则关汉卿在元代曲家中位列"前辈"，是由金入元的"遗民"，年辈与杜仁杰、白朴相当，属"元剧之始"（朱权《太和正音谱》）。

　　关汉卿是元代曲家中首屈一指的翘楚，与马致远、白朴、郑光祖（一说郑廷玉）并称"元曲四大家"。他一生创作量极大，见诸载记者有 66 种，存世者尚有 18 种。这些剧作题材广泛，思想深刻，结构紧凑，语言自然流畅、本色当行。贾仲明补《录鬼簿》吊词赞他："珠玑语唾自然流，金玉词源即便有，玲珑肺腑天生就。风月情，忒惯熟，姓名香，四大神州。驱梨园领袖，总编修帅首，捻杂剧班头。"明人孟称舜赞他："曲如繁弦促调，风雨骤集，读之音韵泠泠不离耳上，所以称为大家。"（《酹江集·眉批》）近人王国维在《宋元戏曲考》中亦评价说："关汉卿一空倚傍，自铸伟词，而其言曲尽人情，字字本色，故当为元人第一。"关汉卿多才多艺，不但是一位天才曲家，并曾亲自登台表演。在套数《南吕·一枝花·不伏老》中他自称："我是个普天下郎君领袖，盖世界浪子班头"，"我也会围棋、会蹴鞠、会打围、会插科、会歌舞、会吹弹、会咽作、会吟诗、会双陆。你便是落了我牙、歪了我嘴、瘸了我腿、折了我手，天赐与我这几般儿歹症候，尚兀自不肯休！则除是阎王亲自唤，神鬼自来勾。三魂归地府，七魄丧冥幽。天哪！那其间才不向烟花路儿上走！"这套曲子宣泄了关汉卿愤世嫉俗的情绪，表达了激烈的反传统精神，展现出坚持自我、至死不悔的刚直人格。在关汉卿的剧作中自始至终贯穿着的，也是这种对现实的关注、对世情的悲悯以及强烈的批判精神。

《窦娥冤》是关汉卿亦是元杂剧的重要代表作品，是反映现实的杰作，更是中国古代悲剧的典范。《窦娥冤》取材于社会现实，剧中虽提到了"邹衍下狱六月飞霜"和"东海孝妇"的典故并汲取了一些相关的情节，但其所反映的政治黑暗、吏治腐朽等均是史有所载的。《窦娥冤》的女主人公窦娥，三岁丧母，七岁被父亲抵债做了童养媳，十七岁成亲不久后丈夫便亡故，二十岁遭恶棍张驴儿诬陷、被贪官桃杌冤斩。命苦的窦娥善良柔弱又刚强不屈，面对张驴儿、桃杌等恶人的交相构陷她宁折不弯，而为保全婆婆她却主动牺牲了自己，承担了毒死公公的罪名。现实社会的黑暗粉碎了窦娥的一切幻想，进而促发了她的觉醒，让她在陨落前爆发出最耀眼的光辉。关汉卿在《窦娥冤》中全幅展现了一个善良的青年寡妇由认命到抗争再到觉醒的毁灭过程，广泛而深刻地揭橥、挞伐了元代政治、经济中存在的社会问题，将剧作的思想提升至一个新的高度。窦娥的身上虽不免带有果报、贞孝等时代价值观的痕迹，但善良人恪守纲常却被枉杀，也从另一个角度激发了观众的广泛共鸣。《窦娥冤》中敷演的悲剧，不仅仅是窦娥个人命运的悲剧，更是社会的悲剧、时代的悲剧，《窦娥冤》具有中国古代悲剧典范的价值与意义。《窦娥冤》结构谨饬，叙事张弛有度，自始至终贯穿着激烈的戏剧冲突，显示了关汉卿胸有成竹、操纵得法的编剧天赋。在语言上,《窦娥冤》也充分呈露了元曲"本色派"的面貌,宾白、曲辞浑成自然,"词调快爽,神情悲吊,尤关剧之铮铮者也"(孟称舜《酹江集·窦娥冤总评》)。王国维曾通论元代戏曲特色说:"元曲之佳处何在?一言以蔽之曰:自然而已矣。"《窦娥冤》摹写民众"胸中之感想与时代之情状,而真挚之理与秀杰之气,时流露于其间"(王国维《宋元戏曲考》),堪称元代戏曲的卓越代表,其垂之千古而不可泯灭者,良有以也。

　　本书所录之《窦娥冤》原文,以臧晋叔《元曲选》明万历吴兴臧氏刊本为底本,用赵琦美《脉望馆钞校本古今杂剧》明万历钞本、孟称舜《新镌古今名剧酹江集》明崇祯刊本参校,遇讹误径改不出校。注释及点评为此次新所增入,谬误之处在所不免,尚祈读者诸君海涵指正。

王春晓　张燕瑾

2016 年 1 月

# 楔 子

（卜儿蔡婆上①，诗云）花有重开日，人无再少年。不须长富贵，安乐是神仙。老身蔡婆婆是也②。楚州人氏③，嫡亲三口儿家属④。不幸夫主亡逝已过⑤，止有一个孩儿，年长八岁。俺娘儿两个，过其日月。家中颇有些钱财。这里一个窦秀才，从去年问我借了二十两银子，如今本利该银四十两⑥。我数次索取，那窦秀才只说贫难，没得还我。他有一个女儿，今年七岁，生得可喜，长得可爱。我有心看上他与我家做个媳妇，就准了这四十两银子⑦，岂不两得其便⑧！他说今日好日辰，亲送女儿到我家来。老身且不索钱去，专在家中等候。这早晚窦秀才敢待来也⑨。（冲末扮窦天章引正旦扮端云上⑩）（诗云）读尽缥缃万卷书⑪，可怜贫杀马相如⑫。汉庭一日承恩召⑬，不说当垆说《子虚》⑭。小生姓窦，名天章，祖贯长安京兆人也⑮。幼习儒业⑯，饱有文章；争奈时运不通⑰，功名未遂。不幸浑家亡化已过⑱，撇下这个女孩儿，小字端云。从三岁上亡了他母亲，如今孩儿七岁了也。小生一贫如洗，流落在这楚州居住。此间一个蔡婆婆，他家广有钱物，小生因无盘缠⑲，曾借了他二十两银子，到今本利该对还他四十两⑳。他数次问小生索取，教我把甚么还他㉑？谁想蔡婆婆常常着人来说，要小生女孩儿做他儿媳妇。况如今春榜动，选场开㉒，正待上朝取应㉓，又苦盘缠缺少。小生出于无奈，只得将女孩儿端云，送与蔡婆婆做儿媳妇去。

（做叹科<sup>㉔</sup>，云）嗨！这个那里是做媳妇，分明是卖与他一般！就准了他那先借的四十两银子，分外但得些少东西，勾小生应举之费<sup>㉕</sup>，便也过望了。说话之间，早来到他家门首。婆婆在家么？（卜儿上，云）秀才，请家里坐，老身等候多时也。（做相见科，窦天章云）小生今日一径的将女孩儿送来与婆婆<sup>㉖</sup>，怎敢说做媳妇，只与婆婆早晚使用。小生目下就要上朝进取功名去，留下女孩儿在此，只望婆婆看觑则个<sup>㉗</sup>！（卜儿云）这等，你是我亲家了。你本利少我四十两银子，兀的是借钱的文书<sup>㉘</sup>，还了你；再送你十两银子做盘缠。亲家，你休嫌轻少。（窦天章做谢科，云）多谢了婆婆。先少你许多银子，都不要我还了，今又送我盘缠，此恩异日必当重报。婆婆，女孩儿早晚呆痴，看小生薄面，看觑女孩儿咱<sup>㉙</sup>。（卜儿云）亲家，这不消你嘱付。令爱到我家<sup>㉚</sup>，就做亲女儿一般看承他，你只管放心的去。（窦天章云）婆婆，端云孩儿该打呵，看小生面则骂几句；当骂呵，则处分几句<sup>㉛</sup>。孩儿，你也不比在我跟前，我是你亲爷，将就的你。你如今在这里，早晚若顽劣呵，你只讨那打骂吃。儿哝<sup>㉜</sup>，我也是出于无奈。（做悲科）（唱）

**【仙吕】【赏花时】**我也只为无计营生四壁贫，因此上割舍得亲儿在两处分。从今日远践洛阳尘<sup>㉝</sup>，又不知归期定准，则落的无语阍消魂<sup>㉞</sup>。（下）

（卜儿云）窦秀才留下他这女孩儿与我做媳妇儿，他一径上朝应举去了。（正旦做悲科，云）爹爹，你直下的撒了我孩儿去也㉟。（卜儿云）媳妇儿，你在我家，我是亲婆，你是亲媳妇，只当自家骨肉一般。你不要啼哭，跟着老身前后执料去来㊱。（同下）

## 【注释】

①卜（bǔ）儿：元杂剧中扮演老年妇人的脚色。"卜"为"婆"之简字，卜儿即婆婆。

②老身：老年人之自称，不限男女。

③楚州：隋置楚州，治所初在寿张县，后移治山阳县，今属江苏淮安。

④嫡亲：关系最近的亲属。

⑤夫主：旧以丈夫为家主，故已婚女子称自己的丈夫为夫主。

⑥"如今"句：到现在连本带利共欠银子四十两。该，折合。

⑦准：抵充，抵偿。

⑧两得其便：双方都从中获得好处。

⑨"这早晚"句：这个时候窦秀才就要来了吧？早晚，有随时、时候、有时等多义，此谓时候；后文"早晚使用"谓随时使用；"早晚呆痴"谓有时不懂事。敢待，就要，表推测。

⑩冲末：元杂剧中的次要男性脚色，此指窦天章的扮演者。正旦：元杂剧中的女主脚。

⑪缥缃（piǎoxiāng）：书卷。缥，淡青色。缃，浅黄色。旧时常用淡青或浅黄色的丝帛作书套，因常以

缥缃代指书卷。萧统《〈文选〉序》："词人才子，则名溢于缥囊；飞文染翰，则卷盈乎缃帙。"

⑫马相如：司马相如的简称。传统诗歌或韵文中，常因格律、对仗之需将人名简化。李商隐《梓潼望长卿山》："梓潼不见马相如，更欲南行问酒垆。"司马相如，汉代著名辞赋家，曾家贫无以自业，后因狗监杨得意之荐，得汉武帝赏识，有《子虚赋》、《上林赋》等名篇。《史记·司马相如列传》："会梁孝王卒，相如归，而家贫，无以自业……文君夜亡奔相如，相如乃与驰归成都。家居徒四壁立。卓王孙大怒曰：'女至不材，我不忍杀，不分一钱也。'人或谓王孙，王孙终不听。文君久之不乐，曰：'长卿第俱如临邛，从昆弟假贷犹足为生，何至自苦如此！'相如与俱之临邛，尽卖其车骑，买一酒舍酤酒，而令文君当垆。相如身自着犊鼻裈，与保庸杂作，涤器于市中。"

⑬"汉庭"句：若有一日得承皇恩被朝廷召见。原指司马相如被汉武帝召见事，此处窦天章以司马相如自比，"汉庭"借指当时朝廷。

⑭"不说"句：谓窦天章期盼可像司马相如一样摆脱困境，成就功名。

⑮祖贯：祖籍。京兆：汉武帝时设京兆尹，与右扶风、左冯翊共治长安，故称京兆尹治所为京兆府。元初置京兆府于长安城中，下辖今陕西西安及其附近地区。

⑯儒业：读书应举之业。

⑰争奈：怎奈，无奈。王实甫《西厢记》："争奈玉人不见，将一座梵王宫疑是武陵源。"

⑱浑家：妻子。《恒言录》："称妻曰浑家，见郑文宝《南唐近事》。"

⑲盘缠：此谓日常费用。亦特指旅途费用，如后文窦天章云："正待上朝取应，又苦盘缠缺少。"

⑳对还：对本对利，加倍一并偿还。

㉑把甚么：拿什么。

㉒"况如今春榜动"二句：科举即将开始。自宋朝始，会试考试和发榜都在春季。春榜，会试考试后发榜。选场，科举考试的考场。

㉓上朝：相对于地方而言，称京城为上朝，犹上都、上京。取应：朝廷开科取士，士子应选。

㉔科：古代戏曲演出数语，提示剧中演员的表情、动作，亦可用指舞台效果。

㉕勾：通"够"。

㉖一径：一心一意。李潜夫《灰阑记》："我如今一径的去投托他，问他借些盘缠使用。"

㉗看觑：照顾。则个：语气助词，用表加重语气。

㉘兀的：指示代词，这，这个。

㉙咱（zā）：语气助词，无实义。

㉚令爱：敬辞，您的女儿。亦作"令媛"。

㉛处分：此谓数落、责备。

㉜哝（yo）：语气助词，同"啦"、"呀"。

㉝洛阳尘：喻功名利禄。贯休《洛阳尘》："昔时昔时

洛城人，今作茫茫洛城尘。我闻富有石季伦，楼台五色干星辰。乐如天乐日夜闻，锦姝绣妾何纷纷。真珠帘中，姑射神人。文金线玉，香成暮云。"

㉞阗（àn）消魂：因为分别而感到凄凉神伤。阗，通"黯"。江淹《别赋》："黯然销魂者，惟别而已矣。"

㉟直：竟然。下的：忍心，舍得。马致远《汉宫秋》："怎下的教他环佩影摇青冢月，琵琶声断黑江秋。"

㊱执料：操持。关汉卿《救风尘》："大姐，你在家执料，我去请那一辈儿老姊妹去来。"去来：去。

## 【点评】

中国古代诗词最重发端，戏曲亦是如此。元人杂剧惯以四折、一楔子演出一段故事，规模远亚乎后世传奇，笔墨更宜警炼，是以曲家起笔前尤须先得成竹在胸中。王骥德《曲律·论章法》曰："作曲，犹造宫室者然。工师之作室也，必先定规式，自前门而厅，而堂，而楼，或三进，或五进，或七进，又自两厢而及轩寮，以至廪庾、庖湢、藩垣、苑榭之类，前后、左右、高低、远近、尺寸无不了然胸中，而后可施斤斫。作曲者，亦必先分段数，以何意起，何意接，何意作中段敷衍，何意作后段收煞，整整在目，而后可施结撰。"也就是说，传统戏剧的创制必须先立定一部之格局，然后再择时、择地而出之，方是大家手眼。就《窦娥冤》一剧来讲，窦娥仿佛是人生苦难的化身——三岁丧母，七岁被父亲抵债做了童养媳，十七岁成亲不久后丈夫亡故，二十岁遭恶棍张驴儿诬陷、被贪官桃杌冤斩——其身世中可兴、可观、可群、可怨者多矣，何为而

"楔子"必由此处楔入？自其时序言之，有"窦娥"而后方能又"窦娥冤"，欲写"窦娥冤"者必先写"窦娥"之所自，幼年丧母悲则悲矣但与"冤"无涉，故而仅作一语之交代随即直指其毂；自其结构搭架言之，有窦天章成肃正廉访使而后窦娥之冤方得澡雪，故而欲写窦天章之归来则必先写他弃女而去，乃后全剧才能有始有终。"竹之始生，一寸之萌耳，而节叶具焉"（苏轼《文与可画筼筜谷偃竹记》），一部《窦娥冤》，楔子处恰似新生之竹枝，时时处处以"窦娥冤"三字为主脑，又与后续情节开阖相照。开场便演窦娥被卖，看似空中下拳，其实正见关汉卿"一空依傍，自铸伟辞"（王国维《宋元戏曲考》）的隽思雄才。

此楔子虽短，但笔无余墨，字字如金。曲家首叙蔡婆之家境——孤儿寡母而家中颇有钱财，以放贷贾利度其岁月；次讲窦天章之遭际——落拓士子借债难还，欲进京赶考叵耐没有盘缠；正是在这样的背景下，端云的去从被正面铺置在观众眼前……窦天章携女来至蔡家之后，两下里"一拍即合"，蔡婆得一可意儿媳，窦天章清了旧债又获赠上京取应的费用。在高利贷的压榨下，七岁的端云就这样被当做"两得其便"的准算，变身为童养媳窦娥，走向了悲苦人生的又一转折。本段过人处又在于其对窦天章的摹画传神入骨：送女前的忐忑，卖女时的决绝，离开时的不舍，"淡淡数语，非颊上三毫，则睛中一画"（张岱《石匮书自序》），人物登时跃然纸上。王国维赞关汉卿能"曲尽人情"（王国维《宋元戏曲考》），洵非虚誉。

# 第一折

（净扮赛卢医上①，诗云）行医有斟酌，下药依《本草》②。死的医不活，活的医死了。自家姓卢，人道我一手好医，都叫做赛卢医。在这山阳县南门开着生药局③。在城有个蔡婆婆，我问他借了十两银子，本利该还他二十两；数次来讨这银子，我又无的还他。若不来便罢，若来呵，我自有个主意。我且在这药铺中坐下，看有甚么人来。（卜儿上云）老身蔡婆婆。我一向搬在山阳县居住，尽也静办④。自十三年前窦天章秀才留下端云孩儿与我做儿媳妇，改了他小名，唤做窦娥。自成亲之后，不上二年，不想我这孩儿害弱症死了⑤。媳妇儿守寡，又早三个年头，服孝将除了也⑥。我和媳妇儿说知，我往城外赛卢医家索钱去也。（做行科，云）蓦过隅头⑦，转过屋角，早来到他家门首。赛卢医在家么？（卢医云）婆婆，家里来。（卜儿云）我这两个银子长远了⑧，你还了我罢。（卢医云）婆婆，我家里无银子，你跟我庄上去取银子还你⑨。（卜儿云）我跟你去。（做行科）（卢医云）来到此处，东也无人，西也无人，这里不下手等甚么？我随身带的有绳子。兀那婆婆⑩，谁唤你哩？（卜儿云）在那里？（做勒卜儿科。孛老同副净张驴儿冲上⑪，赛卢医慌走下，孛老救卜儿科。张驴儿云）爹，是个婆婆，争些勒杀了⑫。（孛老云）兀那婆婆，你是那里人氏？姓甚名谁？因甚着这个人将你勒死？（卜儿云）老身姓蔡，在城人氏⑬，止有个寡媳妇儿相守过日。因为赛卢医少我二十两银子，今日与他取讨，谁想他赚我到无人去处<sup>⑭</sup>，要勒死我，赖这银子。若不是遇着老的和哥哥呵，那得老身性命来！（张驴儿云）爹，你听的他说么？他家还有个媳妇哩！救了他性命，他少不得要谢我。不若你要这婆子，我要他媳妇儿，何等两便！你和他说去。（孛老云）兀那婆婆，你无丈夫，我无浑家，你肯与我做个老婆，意下如何？（卜儿云）是何言语？待我回家多备些钱钞相谢。（张驴儿云）你敢是不肯，故意将钱钞哄我？赛卢医的绳子还在，我仍旧勒死了你罢。（做拿绳科）（卜儿云）哥哥，待我慢慢地寻思咱！（张驴儿云）你寻思些甚？你随我老子，我便要你媳妇儿。（卜儿背云<sup>⑮</sup>）我不依他，他又勒杀我。罢、罢、罢！你爷儿两个随我到家中去来。（同下）

**【注释】**

①净：类似京剧的花脸，古代戏曲演出中扮演以性格刚猛为主的脚色，亦包括丑角的反派人物，一般由男脚扮演，也有由女脚扮演的。赛卢医：春秋时名医扁鹊家于卢国，因被别称为卢医。元杂剧中往往戏称庸医或卖药人为赛卢医，实为反语。

②《本草》：泛指《神农本草经》、《唐本草》、《本草拾遗》、《本草纲目》等记载中药的书籍。

③山阳县：西晋置丰阳县，宋置山阳县，元复设丰阳县，属奉元路，治所在今陕西商洛。生药局：中药店，也为人治病。

④尽也静办：倒也清净。静办，清净，安静。李潜夫《灰阑记》："左右我的女儿在家，也受不得这许多气，便等他嫁了人去，倒也静办。"

⑤弱症：肺痨的别称。

⑥服孝将除：服孝期限将满。

⑦蓦：通"迈"，跨越。隅头：墙角。王仲文《救孝子》："转过隅头，抹过屋角，此间便是杨家门首，我自入去。"

⑧两个银子：二十两银子。银子以十两为一个，两个即二十两。

⑨庄上：元代货币以纸币为主，较少铸钱。但由于纸币贬值、通货膨胀，民间交易、借贷多用白银。此处"庄上"疑为货币储蓄或兑换机构。

⑩兀那：犹"那"。兀，语助词。

⑪孛（bó）老：元杂剧中扮演老年男子的脚色。

⑫争些：差一点，险些。

⑬在城：本城。在，本，此，指示代词。郑光祖《㑇梅香》："小子姓黄名孔，是这在城人氏，做着个山人。"

⑭赚（zuàn）：哄骗。

⑮背云：又叫背工、背躬，演出时假定其他剧中人听不见，而向观众讲述自己的心里话。

（正旦上云）妾身姓窦，小字端云，祖居楚州人氏。我三岁上亡了母亲，七岁上离了父亲。俺父亲将我嫁与蔡婆婆为儿媳妇，改名窦娥。至十七岁与夫成亲，不幸丈夫亡化，可早三年光景①，我今二十岁也。这南门外有个赛卢医，他少俺婆婆银子，本利该二十两，数次索取不还。今日俺婆婆亲自索取去了。窦娥也，你这命好苦也呵！（唱）

【仙吕】【点绛唇】满腹闲愁②，数年禁受③，天知否？天若是知我情由，怕不待和天瘦④。

【混江龙】则问那黄昏白昼，两般儿忘餐废寝几时休？大都来昨宵梦里，和着这今日心头。催人泪的是锦烂熳花枝横绣闼⑤，断人肠的是剔团圞月色挂妆楼⑥。长则是急煎煎按不住意中焦⑦，闷沉沉展不彻眉尖皱，越觉的情怀冗冗⑧，心绪悠悠。

（云）似这等忧愁，不知几时是了也呵！（唱）

【油葫芦】莫不是八字儿该载着一世忧⑨？谁似我无尽头！须知道人心不似水长流。我从三岁母亲身亡后，到七岁与父分离久，嫁的个同住人⑩，他可又拔着短筹⑪；撇的俺婆妇每都把空房守⑫，端的个有谁问、有谁愀⑬？

【天下乐】莫不是前世里烧香不到头⑭，今也波生招祸尤⑮。劝今人早将来世修。我将这婆侍养，我将这服孝守，我言词须应口⑯。

（云）婆婆索钱去了，怎生这早晚不见回来⑰？（卜儿同孛老、张驴儿上）（卜儿云）你爷儿两个且在门首，等我先进去。（张驴儿云）妳妳⑱，你先进去，就说女婿在门首哩。（卜儿见正旦科）（正旦云）妳妳回来了，你吃饭么？（卜儿做哭科，云）孩儿也，你教我怎生说波⑲！

（正旦唱）

【一半儿】为甚么泪漫漫不住点儿流？莫不是为索债与人家惹争斗？我这里连忙迎接慌问候，他那里要说缘由。（卜儿云）羞人答答的，教我怎生说波！（正旦唱）则见他一半儿徘徊一半儿丑。

【注释】

①可早：已经，已是。郑廷玉《后庭花》："可早三更了，你听那墙上土扑簌簌的，房上瓦廝琅琅的，兀的不谎杀我也。"

②闲愁：无端无谓的忧愁。李清照《一剪梅》："花自飘零水自流，一种相思，两处闲愁。此情无计可消除，才下眉头，却上心头。"

③禁（jīn）受：经受，忍受。陈允平《六丑》："相思恨暗度流沙，更杜鹃院落黄昏近，谁禁受得？"

④"怕不待"句：岂不是连天都会变瘦。语本程垓《临江仙》："买酒浇愁愁不尽，江烟也共凄凉。和天瘦了也何妨。只愁今夜雨，更做泪千行。"

⑤绣闼（tà）：有华丽装饰的门。此谓闺阁之门。王勃《滕王阁序》："披绣闼，俯雕甍。"

⑥剔团圞（luán）：非常圆，滴溜儿圆。剔，程度副词，极，很。团圞，圆。

⑦长则是：总是，一直是。王实甫《丽春堂》："长则是琴一张，酒一壶，自饮自斟，自歌自舞。"急煎煎：心情烦躁的样子。

⑧情怀冗冗（rǒng）：情绪繁杂纷乱。

⑨"莫不是"句：莫不是命中注定一生愁苦。八字儿，用干支排列的生辰年月日时，由年干、年支、月干、月支、日干、日支、时干、时支组成，故称八字，此处代指命运。该载，详尽载明。无名氏《渔樵记》："我去那休书上朗然该载。"

⑩同住人：一起生活的人，此谓丈夫。

⑪拔着短筹：抽到短签，喻指命短。旧时常用竹签计数，签上刻数字，数字小者称"短筹"。元杂剧中常用"拔着短筹"比喻命短或半途而废。孔学诗《东窗事犯》："臣想统三军永远长春，不想半路里拔着短筹。"

⑫婆妇：婆媳。每：人称代词词尾，类似"们"。

⑬端的：真的。晏殊《凤衔杯》："端的自家心下、眼中人，到处里，觉尖新。"偢（chǒu）：理睬，过问。

⑭前世里烧香不到头：旧时迷信，谓今世神前烧香不到头，来世将受到神的惩罚。此处窦娥以为自己今世夫妻不能偕老可能是因为前世烧香不到头，因此立志为来世好好修行。

⑮也波：曲中衬字，无实义。"今也波生"即今生。

⑯应口：兑现许诺，犹言行一致。关汉卿《救风尘》："我当初作念你的言词，今日都应口。"

⑰怎生：怎么，为何。

⑱妳（nǎi）：同"奶"。妳妳，对女性的尊称，亦作祖母或乳母的代称。

⑲波：语气助词，用在句尾相当于"啊"、"吧"。

（云）婆婆，你为甚么烦恼啼哭那？（卜儿云）我问赛卢医讨银子去，他赚我到无人去处，行起凶来，要勒死我。亏了一个张老并他儿子张驴儿，救得我性命。那张老就要我招他做丈夫，因这等烦恼。（正旦云）婆婆，这个怕不中么①！你再寻思咱：俺家里又不是没有饭吃，没有衣穿，又不是少欠钱债，被人催逼不过；况你年纪高大，六十以外的人，怎生又招丈夫那？（卜儿云）孩儿也，你说的岂不是？但是我的性命全亏他这爷儿两个救的。我也曾说道：待我到家，多将些钱物酬谢你救命之恩。不知他怎生知道我家里有个媳妇儿，道我婆媳妇又没老公，他爷儿两个又没老婆，正是天缘天对。若不随顺他，依旧要勒死我。那时节我就慌张了，莫说自己许了他，连你也许了他。儿也，这也是出于无奈。（正旦云）婆婆，你听我说波。（唱）

【后庭花】避凶神要择好日头，拜家堂要将香火修②。梳着个霜雪般白鬏髻③，怎将这云霞般锦帕兜④？怪不的"女大不中留"⑤。你如今六旬左右，可不道到中年万事休！旧恩爱一笔勾，新夫妻两意投，枉教人笑破口！

（卜儿云）我的性命都是他爷儿两个救的，事到如今，也顾不得别人笑话了。（正旦唱）

【青哥儿】你虽然是得他、得他营救，须不是笋条、笋条年幼⑥，划的便巧画蛾眉成配偶⑦？想当初你夫主遗留，替你图谋，置下田畴[8]，蚤晚羹粥[9]，寒暑衣裘。满望你鳏寡孤独[10]，无捱无靠，母子每到白头。公公也，则落得干生受[11]。

（卜儿云）孩儿也，他如今只待过门。喜事匆匆的，教我怎生回得他去？（正旦唱）

【寄生草】你道他匆匆喜，我替你倒细细愁：愁则愁兴阑删咽不下交欢酒[12]，愁则愁眼昏腾扭不上同心扣[13]，愁则愁意朦胧睡不稳芙蓉褥。你待要笙歌引至画堂前[14]，我道这姻缘敢落在他人后。

（卜儿云）孩儿也，再不要说我了。他爷儿两个，都在门首等候。事已至此，不若连你也招了女婿罢！（正旦云）婆婆，你要招你自招，我并然不要女婿[15]。（卜儿云）那个是要女婿的？争奈他爷儿两个自家捱过门来，教我如何是好？（张驴儿云）我们今日招过门去也。“帽儿光光，今日做个新郎；袖儿窄窄，今日做个娇客[16]。”好女婿，好女婿，不枉了[17]，不枉了。（同孛老入拜科）（正旦做不礼科，云）兀那厮[18]，靠后！（唱）

【赚煞】我想这妇人每休信那男儿口。婆婆也，怕没的贞心儿自守，到今日招着个村老子[19]，领着个半死囚。（张驴儿做嘴脸科[20]，云）你看我爷儿两个这等身段，尽也选得女壻过，你不要错过了好时辰，我和你早些儿拜堂罢。（正旦不礼科[21]，唱）则被你坑杀人燕侣莺俦[22]。婆婆也，你岂不知羞！俺公公撞府冲州[23]，阘阓的铜斗儿家缘百事有[24]。想着俺公公置就，怎忍教张驴儿情受[25]。（张驴儿做扯正旦拜科，正旦推跌科，唱）兀的

不是俺没丈夫的妇女下场头㉖！（下）

（卜儿云）你老人家不要恼燥㉗。难道你有活命之恩，我岂不思量报你？只是我那媳妇儿气性最不好惹的㉘，既是他不肯招你儿子，教我怎好招你老人家。我如今拚的好酒好饭，养你爷儿两个在家，待我慢慢的劝化俺媳妇儿。待他有个回心转意，再作区处㉙。（张驴儿云）这歪剌骨㉚！便是黄花女儿㉛，刚刚扯的一把，也不消这等使性㉜，平空的推了我一交㉝，我肯干罢！就当面赌个誓与你：我今生今世不要他做老婆，我也不算好男子！（词云）美妇人我见过万千向外㉞，不似这小妮子生得十分怠赖㉟。我救了你老性命死里重生，怎割舍得不肯把肉身陪待？（同下）

【注释】

①不中：不行。

②"避凶神"二句：凶神，煞的俗称。旧时迷信认为，人死之后鬼魂会重返人间，活人遇之不吉，故称"归煞"。逢丧之家往往根据干支提前推算归煞时间，临期早避，"避凶神"即此意。家堂，祭拜祖先的堂屋，旧时年节或婚嫁时往往在家堂拜祭祖先。此处讲婆婆年事已高，过了谈婚论嫁的时候；与张驴儿之父前世未烧过香火，今生不当有姻缘之分。

③鬏（dí）髻：古代女性将头发盘成螺形，外罩网套，是一种较小的发髻。

④锦帕：旧时女性结婚时的装饰。

⑤女大不中留：女子到了结婚年龄，必须出嫁。宋元谚语有"三不留"之说，谓"蚕老不中留，人老不中留，女大不中留"。

⑥笋条：尚未展开枝叶的嫩竹，喻指年青。乔吉《扬州梦》："这一双郎才女貌天生下，笋条儿游冶子，花朵儿俊娇娃。"

⑦划（chǎn）的：怎的，怎么，表嗔怪、反诘。无名氏《抱妆盒》："打我的元来是陈琳。陈琳，你划的也来打我哪？"巧画蛾眉：汉人张敞曾为其妇画眉，后用喻指夫妻恩爱。《汉书·张敞传》："又为妇画眉，长安中传张京兆眉怃。有司以奏敞。上问之，对曰：'臣闻闺房之内，夫妇之私，有过于画眉者。'上爱其能，弗备责也。"

⑧田畴（chóu）：泛指田地。

⑨蚤：通"早"。

⑩鳏（guān）寡孤独：语本《孟子·梁惠王下》："老而无妻曰鳏，老而无夫曰寡，老而无子曰独，幼而无父曰孤，此四者，天下之穷民而无告者。"此处偏义指蔡婆孤儿寡母。

⑪干生受：白白辛苦。干，徒然，白白地。生受，辛苦，受苦。费唐臣《贬黄州》："前日如此快乐，今日这般生受，想造物好无定也。"

⑫阑删：衰减，消沉。交欢酒：旧时婚礼，夫妻交换酒杯饮酒，又称"交杯酒"、"合卺酒"。

⑬昏腾：头昏眼花，迷迷糊糊。同心扣：即同心结。旧时用锦带或彩缎编成的连环回文样式的结子，宋元婚礼往往用之。

⑭"笙歌引至画堂前"：旧时婚礼中，新人在乐声的导引下拜堂。笙歌，泛指音乐。画堂，泛指华丽的堂舍。

⑮并然：断然，决然。郑光祖《后庭花》："小人并然不敢，若有证见，小人便当罪。"

⑯"帽儿光光"四句：宋元谚语，对新郎的赞贺辞。娇客，此谓新郎。

⑰不枉：意谓没有白做。董解元《西厢记诸宫调》："消得一人，因君狂荡，不枉！不枉！"

⑱厮：旧时对男子的贱称。

⑲村老子：粗俗的老头。村，粗俗，无知。老子，泛指老年人。

⑳做嘴脸：做出种种怪样。

㉑不礼：不理。

㉒坑杀人：害死人。燕侣莺俦（chóu）：犹言美好伴侣，莺燕双栖，常用来比喻夫妇。王实甫《西厢记》："只为这燕侣莺俦，锁不住心猿意马。"

㉓撞府冲州：奔波各地，跑江湖。府、州，泛指各地。无名氏《独角牛》："我与你便画尊神轴，背着案拜岳朝山，撞府冲州。"

㉔諍諰（zhèngchuài）：用力获取，亦作"挣揣"。铜斗儿家缘：喻指稳当可靠的家产。铜斗，原为量器，后被用来比喻家道殷厚，童斐《〈元曲选〉

注》："元时俗语，盖谓美富且牢固也。"家缘，家
业，家产；亦指家务，如后第三折："念窦娥从前已
往干家缘，婆婆也，你只看窦娥少爷无娘面。"

㉕情受：继承。关汉卿《单刀会》："俺哥哥合情受汉家
基业，则你这东吴国的孙权和俺刘家却是甚枝叶？"

㉖下场头：结局，结果。钟嗣成《清江引·情》："直
恁铁心肠，不管人憔悴，下场头送了我都是你。"

㉗恼懆（cǎo）：懊恼，生气。

㉘气性：气质，性情，此处特指容易生气。

㉙区处：安排，处置。

㉚歪剌（lá）骨：元明时辱骂女性的詈词，有污秽、
不正经、泼辣之义。沈德符《万历野获编·词曲
俚语》："北人詈妇之下劣者曰歪辣骨，询其故，则
云：'牛身自毛骨皮肉以至通体无一弃物，惟两角内
有天顶肉少许，其秽逼人，最为贱恶，以此比之粗
婢。'"杨显之《酷寒亭》："我骂你这歪剌骨，我骂
你这泼东西。"

㉛黄花女儿：处女，未出嫁的年青女子。

㉜使性：任性，发脾气。

㉝交：通"跤"。

㉞向外：以上，以外。

㉟愆赖：泼辣，无赖。

**【点评】**

　　第一折大幕拉开，场上已是十三年后的山阳。蔡婆仍
以放贷为生，但与之相依者已非幼子，而是既嫁复寡的儿

媳窦娥;正在等待她的,则是难偿欠债、歹念已生的赛卢医。光天化日一下,场景迅速转换,前一刻还是悬壶济世的生药局,下一瞬已是勒杀人命的犯罪现场。蔡婆命悬一线之几,张驴儿父子将她救下。但恩人绝非善人,其心思之歹毒较赛卢医有过之而无不及。蔡婆怯懦不堪逼勒,引狼入室,载祸归家……本折第一节全以宾白行之,但情节如黄河堕地急转直下,语言自然畅达而不露熔裁痕迹。李笠翁有言曰"袖手于前,始能疾书于后"(《闲情偶寄·词曲部》),《窦娥冤》宾白处亦可见作者之惨淡经营与用心良苦。

在家中等候婆婆的窦娥对于迫近的危机毫不知情,犹在为自己的命运怨艾:"三岁上亡了母亲,七岁上离了父亲。俺父亲将我嫁与蔡婆婆为儿媳妇,改名窦娥。至十七岁与夫成亲,不幸丈夫亡化,可早三年光景,我今二十岁也。"对于接连而至的打击,窦娥将之归咎于"命苦"。【点绛唇】、【混江龙】二曲巧妙化用前人词句,是第一折乃至整部《窦娥冤》中词采最为典雅的两支曲子,隐映了窦娥儒生之女的出身,又真切地点染出寡居的青年女性内心的无聊与苦闷。"数年禁受"之下,窦娥对自己的命运未尝没有怀疑:"莫不是八字儿该载着一世忧"?"莫不是前世里烧香不到头"?但此时的她,仍然选择了忍耐,选择了相信"因果报应",为了修来世而守节尽孝。

蔡婆返家后,告知窦娥她已将婆媳二人许了张驴儿父子。窦娥平静的生活,一下子就被打破了。一并受到威胁的,还有她用今生之苦修来世之福的朴素愿望。面对婆婆,她严辞拒绝并加以讽劝:"六旬左右""不是笋条年幼","旧恩爱一笔勾,新夫妻两意投,枉教人笑破口";"想当初你夫主遗留","满望你鳏寡孤独,无捱无靠,母子每到白头","怎忍教张驴儿情受";"你道他匆匆喜,我替你倒细细愁";"你要招你自招,我并然不要女婿"。身世的不幸、命运的不公窦娥都可以忍耐着苟活下去,但人格不能受辱,名节不容玷污。不得不承认,窦娥的孝而不顺是从"贞心自守"的传统节烈观出发的——这是历史的局限,亦是历史的真实。但对所谓正统伦理的体认,毕竟赋予了这个青年寡妇以反抗的勇气,让她推倒了无赖张驴儿,直叱婆婆不知羞耻。

窦娥下场前说:"兀的不是俺没丈夫的妇女下场头",似杜鹃啼血,故字字锥心:老寡少寡、饶有家资、靠放贷为生、无男丁庇护,在不安定的社会环境里,这个脆弱的家庭有若俎上鱼肉,一直都居于危机环伺之中。即便今天未遇赛卢医、张驴儿,改日未必不会被他人觊觎。在窦娥的激烈反对之下,蔡婆只得劝说张家父子,暂罢招婿之议,改将二人养在家里,待窦娥转意再作区处。但满心满意要当新郎、做娇客的张驴儿又怎肯善罢虎狼之念?"就当面赌个誓与你:我今生今世不要他做老婆,我也不算好男子!"披着狼皮的"好"男子,其害更深过赤裸裸的恶棍。蔡婆的软弱,再一次埋下了后患的根苗,也为剧情的发展预做了铺设。

本折排场冷热交替,节奏张弛有法。作者对主角窦娥由忍受走向抗争的性格转变施以重彩,于赛卢医的诡诈狡猾、蔡婆的怯懦世故、张驴儿父子的无赖狠戾虽着墨不多，也都令人印象深刻——笔法浓淡得宜，刻画出了典型人物的典型性格。关汉卿天工巨匠，字字本色，乃为当行。

## 第二折

（赛卢医上，诗云）小子太医出身<sup>①</sup>，也不知道医死多人。何尝怕人告发，关了一日店门？在城有个蔡家婆子，刚少的他廿两花银，屡屡亲来索取，争些捺断脊筋<sup>②</sup>。也是我一时智短<sup>③</sup>，将他赚到荒村，撞见两个不识姓名男子，一声嚷道："浪荡乾坤<sup>④</sup>，怎敢行凶撒泼<sup>⑤</sup>，擅自勒死平民！"吓得我丢了绳索，放开脚步飞奔。虽然一夜无事，终觉失精落魂<sup>⑥</sup>；方知人命关天关地，如何看做壁上灰尘？从今改过行业<sup>⑦</sup>，要得灭罪修因<sup>⑧</sup>。将以前医死的性命，一个个都与他一卷超度的经文<sup>⑨</sup>。小子赛卢医的便是。只为要赖蔡婆婆二十两银子，赚他到荒僻去处，待勒死他，谁想遇见两个汉子，救了他去。若是再来讨债时节，教我怎生见他？常言道的好："三十六计，走为上计<sup>⑩</sup>。"喜得我是孤身，又无家小连累，不若收拾了细软行李<sup>⑪</sup>，打个包儿，悄悄的躲到别处，另做营生，岂不干净<sup>⑫</sup>？（张驴儿上，云）自家张驴儿。可奈那窦娥百般的不肯随顺我<sup>⑬</sup>，如今那老婆子害病，我讨服毒药与他吃了，药死那老婆子，这小妮子好歹做我的老婆。（做行科，云）且住，城里人耳目广，口舌多，倘见我讨毒药，可不嚷出事来？我前日看见南门外有个药铺，此处冷静，正好讨药。（做到科，叫云）太医哥哥，我来讨药的。（赛卢医云）你讨甚么药？（张驴儿云）我讨服毒药。（赛卢医云）谁敢合毒药与你<sup>⑭</sup>？这厮好大胆也！（张驴儿云）你真个不肯与我药么<sup>⑮</sup>？（赛卢医云）我不与你，你就怎地我⑯?（张驴儿做拖卢云）好呀，前日谋死蔡婆婆的，不是你来?你说我不认的你哩!我拖你见官去。(赛卢医做慌科，云)大哥，你放我，有药有药。(做与药科，张驴儿云)既然有了药，且饶你罢。正是:"得放手时须放手，得饶人处且饶人。"（下）(赛卢医云)可不悔气⑰!刚刚讨药的这人，就是救那婆子的。我今日与了他这服毒药去了，以后事发，越越要连累我⑱。趁早儿关上药铺，到涿州卖老鼠药去也⑲。(下)

## 【注释】

① 太医：原指旧时宫廷中掌管医药的官员，后用作对医生的敬称，此处为赛卢医自夸之辞。

② 捻（niǎn）断脊筋：脊骨被捏断，此处喻指被蔡婆逼债的窘境。脊筋，脊骨。吴弘道《上小楼·青楼妓怨》:"使见识，觅厮离，将咱抛弃，闪的人脊筋儿着地。"

③ 智短：见识短浅。

④ 浪荡：阔大平坦。李文蔚《燕青博鱼》:"清平世界，浪荡乾坤，你怎么当街里打人?"

⑤ 撒泼：此谓放肆横行。

⑥ 失精落魂：心烦意乱，精神恍惚。

⑦ 行（xíng）业：此处特指恪守佛教戒律的操行。颜之推《颜氏家训·归心》:"以僧尼行业多不精纯为奸慝也。"

⑧灭罪修因：佛教讲因果报应，认为今世种善因，来生得善果；为恶亦然。此谓消减今世罪业，修行来世幸福。

⑨超度：佛教或道教通过诵经等使亡魂脱离苦难。

⑩三十六计，走为上计：语出《南齐书·王敬则传》"檀公三十六策，走是上计"，檀公指南朝名将檀道济，相传有《檀公三十六计》。后用作俗谚，意谓陷入困境无计可施时一走了事。

⑪细软：轻便易携带的贵重物品。

⑫干净：清净，省得麻烦。石子章《竹坞听琴》："你着我如今嫁那个人去，不如出家倒也干净。"

⑬可奈：怎奈。

⑭合毒药：调配有毒的药物。合药，将各种药材配制在一起。皮日休《新秋言怀寄鲁望三十韵》："合药还慵服，为文亦懒抄。"

⑮真个：真的。

⑯怎地：怎么样。

⑰悔气：晦气，倒霉。李文蔚《燕青博鱼》："这也是你自家的悔气，着那厮打了，我好不心疼哩。"

⑱越越：此谓越发，愈加。高栻《集贤宾·怨别》："我这里展转的疑惑，越思量越越的难为。"

⑲涿（zhuō）州：春秋战国时期燕设涿邑，秦灭燕后于涿邑置涿县，元时置涿州路，今属河北涿州。

（卜儿上，做病伏几科①）（孛老同张驴儿上，云）老汉自到蔡婆婆家来，本望做个接脚②，却被他媳妇坚执不从。那婆婆一向收留俺爷儿两个在家同住，只说好事不在忙，等慢慢里劝转他媳妇。谁想他婆婆又害起病来。孩儿，你可曾算我两个的八字，红鸾天喜几时到命哩③？（张驴儿云）要看什么天喜到命！只赌本事，做得去，自去做。（孛老云）孩儿也，蔡婆婆害病好几日了，我与你去问病波。（做见卜儿问科，云）婆婆，你今日病体如何？（卜儿云）我身子十分不快哩。（孛老云）你可想些甚么吃？（卜儿云）我思量些羊肚儿汤吃④。（孛老云）孩儿，你对窦娥说，做些羊肚儿汤与婆婆吃。（张驴儿向古门云⑤）窦娥，婆婆想羊肚儿汤吃，快安排将来。（正旦持汤上，云）妾身窦娥是也。有俺婆婆不快，想羊肚汤吃，我亲自安排了与婆婆吃去。婆婆也，我这寡妇人家，凡事也要避些嫌疑，怎好收留那张驴儿父子两个？非亲非眷的，一家儿同住，岂不惹外人谈议？婆婆也，你莫要背地里许了他亲事，连我也累做不清不洁的。我想这妇人心好难保也呵！

（唱）

【南吕】【一枝花】他则待一生鸳帐眠，那里肯半夜空房睡；他本是张郎妇，又做了李郎妻。有一等妇女每相随，并不说家克计⑥，则打听些闲是非；说一会不明白打凤的机关⑦，使了些调虚嚣捞龙的见识⑧。

【梁州第七】这一个似卓氏般当垆涤器⑨，这一个似孟光般举案齐眉⑩，说的来藏头盖脚多伶俐⑪。道着难晓，做出才知。旧恩忘却，新爱偏宜；坟头上土脉犹湿，架儿上又换新衣⑫。那里有奔丧处哭倒长城⑬，那里有浣纱时甘投大水⑭，那里有上山来便化顽石⑮。可悲，可耻，妇人家直恁的无仁义⑯。多淫奔⑰，少志气，亏杀前人在那里，更休说本性难移。

（云）婆婆，羊肚儿汤做成了，你吃些儿波。（张驴儿云）等我拿去。（做接尝科，云）这里面少些盐醋，你去取来。（正旦下）（张驴儿放药科）（正旦上，云）这不是盐醋？（张驴儿云）你倾下些⑱。（正旦唱）

【隔尾】你说道少盐欠醋无滋味，加料添椒才脆美。但愿娘亲蚤痊济⑲，饮羹汤一杯，胜甘露灌体⑳。得一个身子平安倒大来喜㉑。

（孛老云）孩儿，羊肚汤有了不曾？（张驴儿云）汤有了，你拿过去。（孛老将汤，云）婆婆，你吃些汤儿。（卜儿云）有累你。（做呕科，云）我如今打呕㉒，不要这汤吃了，你老人家吃罢。（孛老云）这汤特做来与你吃的，便不要吃㉓，也吃一口儿。（卜儿云）我不吃了，你老人家请吃。（孛老吃科）（正旦唱）

【贺新郎】一个道"你请吃"，一个道"婆先吃"，这言语听也难听，我可是气也不气！想他家与咱家有甚的亲和戚㉔？怎不记旧日夫妻情意，也曾有百纵千随㉕？婆婆也，你莫不为"黄金浮世宝，白发故人稀"㉖。因此上把旧恩情，全不比新知契㉗？则待要百年同墓穴，那里肯千里送寒衣㉘。

【注释】

①伏几：趴伏在矮小的桌案上。

②接脚：宋元时称丈夫或妻子死后再婚的配偶为接脚。张齐贤《洛阳搢绅旧闻记·焦生见亡妻》："有同里民姓刘，家亦丰实。姓刘者忽暴亡，有二女一男，长者才十余岁。刘之妻以租税且重，全无所依。夫既葬，村人不知礼教，欲纳一人为夫，俚语谓之'接脚'。"

③红鸾：红鸾星。旧时星相认为红鸾星是吉星，主婚配等喜事。天喜：迷信说法，认为日支和月建相合，如寅月逢戌日，卯月逢亥日，是为吉日，谓之"天喜"。

④膪：通"肚"。羊膪儿，即羊胃。

⑤古门：舞台上的上场门与下场门，亦称"鬼门"、"鬼门道"。姚燮《今乐考证》引元柯九思《论曲》云："构肆中戏房出入之所，谓之'鬼门道'。言其所扮者皆已往昔人，出入于此，故云'鬼门'。愚俗无知，以置鼓于门，改为'鼓门道'，后又讹而为'古'，皆非也。苏东坡有诗云：'搬演古人事，出入鬼门道。'"

⑥说家克计：讨论持家之道。

⑦打凤：与下文"捞龙"并喻指安排圈套陷害对手，亦作"打凤牢龙"。关汉卿《单刀会》："安排下打凤牢龙，准备着天罗地网，也不是待客筵席，则是个杀人、杀人的战场。"机关：设下圈套。

⑧调（diào）虚嚣：弄虚作假骗人。

⑨卓氏：卓文君。此句谓一起闲谈的女性声称自己像卓文君当垆卖酒一样操持家务。

⑩似孟光般举案齐眉：像孟光一样爱敬夫婿。举案齐眉，后汉梁鸿之妻孟光把食案抬举到齐眉高度递给丈夫，极言夫妻相互敬爱。《后汉书·逸民传·梁鸿》："（鸿）每归，妻为具食，不敢于鸿前仰视，举案齐眉。"

⑪怜悧：干净，利落。无名氏《盆儿鬼》第一折："若是放了回去，可不倒着他道儿，不如只一刀哈喇了，可不怜悧。"此处用作反语。

⑫架儿：身体。此二句喻指丈夫死后不久，妻子就已改嫁他人。

⑬奔丧处哭倒长城：相传秦始皇时，有女孟姜，嫁范杞梁为妻。后杞梁被征修筑长城，孟姜女不远万里为丈夫送寒衣，及至，杞梁已死。孟姜哭于长城之下，城为之崩，丈夫尸骸现露。故事最早出现于唐代，《敦煌曲子词·捣练子》："孟姜女，杞梁妻，一去烟山更不归。"

⑭浣纱时甘投大水：春秋时伍子胥为逃避楚平王迫害投奔吴国，途中饥困，向一浣纱女乞食。少女给了伍子胥食物，却认为自己与不相识的男子往来乃是越礼，遂投江自尽。此用其事。

⑮上山来便化顽石：民间传说，旧时有妇，其夫久出不归，妇甚思之，因日日登山瞭望，久而竟化为

石。唐徐坚《初学记》引南朝刘义庆《幽明录》："武昌北山有望夫石，状若人立。古传云：'昔有贞妇，其夫从役，远赴国难，携弱子饯送北山，立望夫而化为立石。'"

⑯恁（nèn）的：如此，这般，亦作"恁地"。柳永《昼夜乐》："早知恁地难拚，悔不当初留住。"

⑰淫奔：旧时男女未经父母之命、媒妁之言，自行结合，谓之"淫奔"。《诗经·齐风·东方之日序》："男女淫奔，不能以礼化也。"孔颖达疏："谓男女不待以礼配合。"

⑱倾：倒。

⑲痊济：疾病痊愈，恢复健康。

⑳甘露：甘美的露水。旧时迷信认为，盛世明时则天降甘美露水，是为祥瑞，服之可强身益寿。《老子》："天地相合，以降甘露。"李时珍《本草纲目·甘露》引《瑞应图》以为："甘露，美露也。神灵之精，仁瑞之泽，其凝如脂，其甘如饴，故有甘、膏、酒、浆之名。"

㉑倒大来：绝大，非常。石君宝《曲江池》第三折："似这等扬风搅雪没休时，他倒大来冷，冷。"

㉒打呕：恶心，想吐。

㉓便：纵使，即使。

㉔甚的：什么。

㉕百纵千随：千依百顺。汤显祖《邯郸记》："和你朝欢暮乐，百纵千随，真人间得意之事也。"

㉖黄金浮世宝，白发故人稀：宋元谚语，意谓世人都认为黄金是珍宝，却不知道从小相交到白头的朋友才是真正难得的。此处窦娥借以反讽婆婆忘却旧情，急于嫁人。

㉗知契：知己。

㉘千里送寒衣：即孟姜女为丈夫范杞梁送寒衣的传说故事，参见前"奔丧处哭倒长城"注释。


（孛老云）我吃下这汤去，怎觉昏昏沉沉的起来？（做倒科）（卜儿慌科云）你老人家放精神着，你扎挣着些儿。（做哭科，云）兀的不是死了也。（正旦唱）

【斗虾蟆】空悲戚，没理会①，人生死，是轮回②。感着这般病疾，值着这般时势，可是风寒暑湿，或是饥饱劳役，各人证候自知③。人命关天关地，别人怎生替得？寿数非干今世④，相守三朝五夕，说甚一家一计⑤？又无羊酒段匹，又无花红财礼⑥；把手为活过日，撒手如同休弃⑦。不是窦娥忤逆⑧，生怕傍人论议。不如听咱劝你，认个自家悔气，割舍的一具棺材停置，几件布帛收拾，出了咱家门里，送入他家坟地。这不是你那从小儿年纪指脚的夫妻⑨。我其实不关亲⑩，无半点恓惶泪⑪。休得要心如醉，意似痴，便这等嗟嗟怨怨⑫，哭哭啼啼。

（张驴儿云）好也啰⑬！你把我老子药死了，更待干罢⑭！（卜儿云）孩儿，这事怎了也？（正旦云）我有什

么药在那里？都是他要盐醋时，自家倾在汤儿里的。（唱）

【隔尾】这厮搬调咱老母收留你⑮，自药死亲爷，待要诳吓谁⑯？（张驴儿云）我家的老子，倒说是我做儿子的药死了，人也不信！（做叫科，云）四邻八舍听着，窦娥药杀我家老子哩！（卜儿云）罢么，你不要大惊小怪的，吓杀我也！（张驴儿云）你可怕么？（卜儿云）可知怕哩。（张驴儿云）你要饶么？（卜儿云）可知要饶哩。（张驴儿云）你教窦娥随顺了我，叫我三声的的亲亲的丈夫⑰，我便饶了他。（卜儿云）孩儿也，你随顺了他罢。（正旦云）婆婆，你怎说这般言语？（唱）我一马难将两鞍鞴⑱。想男儿在日曾两年匹配，却教我改嫁别人，其实做不得。

（张驴儿云）窦娥，你药杀了俺老子，你要官休？要私休？（正旦云）怎生是官休？怎生是私休？（张驴儿云）你要官休呵，拖你到官司，把你三推六问⑲。你这等瘦弱身子，当不过拷打，怕你不招认药死我老子的罪犯！你要私休呵，你早些与我做了老婆，倒也便宜了你。（正旦云）我又不曾药死你老子，情愿和你见官去来。（张驴儿拖正旦、卜儿下）

【注释】

①没理会：此谓没办法。关汉卿《碧玉箫》："一搦腰围，宽褪素罗衣。知他是甚病疾？好教人没理会。"

②轮回：佛教认为众生各依善恶业因，在天道、人道、阿修罗道、地狱道、饿鬼道、畜生道等六道中生死

交替，有如车轮般旋转不停，故称。此谓生死皆是命定，人亦无可奈何。

③证候：症状。陶弘景《〈肘后百一方〉序》："撰《效验方》五卷，具论诸病证候，因药变通。"

④寿数非干今世：人的寿限与今世无关，乃是前世所修。干，关涉，有关系。李清照《凤凰台上忆吹箫》："新来瘦，非干病酒，不是悲秋。"

⑤一家一计：一夫一妻，夫妇。关汉卿《望江亭》："把似你守着一家一计，谁着你收拾下两妇三妻。"

⑥"又无羊酒"二句：谓蔡婆与张驴儿之父不是正式夫妻。羊酒段匹、花红财礼均为旧时缔结婚约时，男方赠送女家的礼物。段匹，丝绸之类的纺织品。

⑦"把手"二句：握起手来，共同生活；松开手来，就是休弃。意谓蔡婆和张驴儿之父之间没有正式婚约，在一起和分开都非常容易。

⑧忤逆：此处特指不孝顺。武汉臣《玉壶春》："嗨！俺那忤逆种不认我了。"

⑨指脚的夫妻：结发夫妻。

⑩其实：实在，确实。杨梓《豫让吞炭》："折末斩便斩、敲便敲、剐便剐，我其实不怕。"关亲：有亲属关系。纪君祥《赵氏孤儿》："这个穿紫的，姓赵，是赵盾丞相。他和你也关亲哩。"

⑪恓惶（xīhuáng）：悲伤貌。高文秀《黑旋风》第三折："阁不住两眼恓惶泪，俺哥哥含冤负屈有谁知？"

⑫嗟嗟（jiē）怨怨：嗟叹怨恨。

⑬也啰：语助词，无实义。

⑭干罢：甘休。康进之《李逵负荆》："若违了半个时
辰，上山来决无干罢。"

⑮搬调：怂恿，调唆。杨文奎《儿女团圆》："我教三
两句话搬调他，把李春梅或是赶了，或是休了。"

⑯谎（xià）吓：吓唬，恐吓。王仲文《救孝子》："嫂
嫂不肯，我拔出刀子来，止望谎吓成奸。"

⑰的的亲亲：即嫡嫡亲亲。

⑱一马难将两鞍鞴（bèi）：语本"好马不鞴双鞍，烈
女不嫁二夫"，喻指决不再嫁他人。鞴，将鞍辔等
套在马身上。

⑲三推六问：多次审讯、勘问。孙仲章《勘斗巾》：
"有他娘子将小人告到官中，三推六问，吊拷绷扒，
打得小人受不过，只得屈招了。"


（净扮孤引祗候上①，诗云）我做官人胜别人，告状来
的要金银。若是上司当刷卷②，在家推病不出门。下
官楚州太守桃杌是也③。今早升厅坐衙④，左右喝攛
厢⑤。（祗候幺喝科⑥）（张驴儿拖正旦、卜儿上，云）
告状，告状！（祗候云）拿过来。（做跪见，孤亦跪科，
云）请起。（祗候云）相公⑦，他是告状的，怎生跪着他？
（孤云）你不知道，但来告状的，就是我衣食父母⑧。（祗
候幺喝科，孤云）那个是原告？那个是被告？从实说
来！（张驴儿云）小人是原告张驴儿。告这媳妇儿唤做
窦娥，合毒药下在羊腈汤儿里，药死了俺的老子。这

个唤做蔡婆婆，就是俺的后母。望大人与小人做主咱！（孤云）是那一个下的毒药？（正旦云）不干小妇人事。（卜儿云）也不干老妇人事。（张驴儿云）也不干我事。（孤云）都不是，敢是我下的毒药来？（正旦云）我婆婆也不是他后母，他自姓张，我家姓蔡。我婆婆因为与赛卢医索钱，被他赚到郊外，勒死我婆婆；却得他爷儿两个救了性命，因此我婆婆收留他爷儿两个在家，养膳终身，报他的恩德。谁知他两个倒起不良之心，冒认婆婆做了接脚，要逼勒小妇人做他媳妇。小妇人元是有丈夫的⑨，服孝未满，坚执不从。适值我婆婆患病，着小妇人安排羊肚汤儿吃。不知张驴儿那里讨得毒药在身，接过汤来，只说少些盐醋，支转小妇人，暗地倾下毒药。也是天幸，我婆婆忽然呕吐，不要汤吃，让与他老子吃；才吃的几口便死了，与小妇人并无干涉⑩。只望大人高抬明镜⑪，替小妇人做主咱。（唱）

**【牧羊关】** 大人你明如镜，清似水，照妾身肝胆虚实。那羹本五味俱全，除了外百事不知。他推道尝滋味，吃下去便昏迷。不是妾讼庭上胡支对⑫，大人也，却教我平白地说甚的⑬？

（张驴儿云）大人详情⑭：他自姓蔡，我自姓张。他婆婆不招俺父亲接脚，他养我父子两个在家做甚？这媳妇年纪儿虽小，极是个赖骨顽皮⑮，不怕打的。（孤云）人是贱虫，不打不招。左右，与我选大棍子打着！（祗候打正旦，三次喷水科⑯）（正旦唱）

【骂玉郎】这无情棍棒教我捱不的。婆婆也，须是你自做下⑰，怨他谁？劝普天下前婚后嫁婆娘每，都看取我这般傍州例⑱。

【感皇恩】呀！是谁人唱叫扬疾⑲，不由我不魄散魂飞。恰消停⑳，才苏醒，又昏迷。捱千般打拷，万种凌逼㉑，一杖下，一道血，一层皮。

【采茶歌】打的我肉都飞，血淋漓，腹中冤枉有谁知！则我这小妇人毒药来从何处也？天那，怎么的覆盆不照太阳晖㉒！

（孤云）你招也不招？（正旦云）委的不是小妇人下毒药来㉓！（孤云）既然不是你，与我打那婆子。（正旦忙云）住、住、住，休打我婆婆。情愿我招了罢，是我药死公公来。（孤云）既然招了，着他画了伏状㉔，将枷来枷上，下在死囚牢里去，到来日判个"斩"字，押付市曹典刑㉕。（卜儿哭科，云）窦娥孩儿，这都是我送了你性命。兀的不痛杀我也！（正旦唱）

【黄钟尾】我做了个衔冤负屈没头鬼，怎肯便放了你好色荒淫漏面贼㉖！想人心不可欺，冤枉事天地知。争到头，竞到底，到如今待怎的？情愿认药杀公公，与了招罪。婆婆也，我若是不死呵，如何救得你？（随祇候押下）

（张驴儿做叩头科，云）谢青天老爷做主！明日杀了窦娥，才与小人的老子报的冤。（卜儿哭科，云）明日市曹中杀窦娥孩儿也，兀的不痛杀我也！（孤云）张驴儿、蔡婆婆，都取保状，着随衙听候。左右，打散堂

鼓<sup>㉗</sup>，将马来，回私宅去也。（同下）

**【注释】**

① 孤：元杂剧中称演员所扮的官吏为"孤"，此谓由净脚扮演楚州太守。祗候：本为宋时官名，后用指官府中职位较高的差役。

② 刷卷：元代由肃政廉访使赴所辖各衙门稽查、清理狱讼案件处理情况，发现、纠正错误，谓之"刷卷"。岳伯川《铁拐李》："老夫今日非是私来，奉圣人的命，与我势剑金牌为廉访使，审囚刷卷，先斩后奏，除奸去暴。"

③ 桃杌：即梼杌（táowù），古代传说中的"四凶"之一。《左传·文公十八年》："颛顼氏有不才子，不可教训，不知话言，告之则顽，舍之则嚚，傲很明德，以乱天常，天下之民谓之梼杌。"后被用来泛指恶人。此处"桃杌"谐音"梼杌"，暗示楚州太守是恶官。

④ 升厅坐衙：官员开衙审案。

⑤ 喝：吆喝。攛（cuān）厢：亦作"撺箱"。宋元时官衙设厢（箱）于衙门，告状者要将投状纸透入其中，谓之"攛厢"。据元杨瑀《山居新话》载："桑哥丞相当国擅权之时，同僚张左丞、董参政者，二公皆以书生自称，凡事有不便者多沮之。桑哥欲去之而未能。是时都省告状攛箱，乃暗令人作一状，投之箱中，至午收状，当日省掾须一一读而分拣之。"

⑥幺喝：即吆喝。

⑦相公：此为对官员的敬称。

⑧衣食父母：旧时仰赖他人生活的人，常称供给者为衣食父母。此处暗讽桃杌借审理官司敲诈诉讼人钱财。

⑨元：通"原"。

⑩干涉：关涉，牵连。苏轼《乞郡劄子》："臣与此两人有何干涉，而于意外巧构曲成，以积臣罪。"

⑪高抬明镜：喻官员审案明辨是非，公正无私。无名氏《合同文字》："幸遇清官，高抬明镜，费尽心机，赚出了合同的一张文契。"

⑫胡支对：胡乱应答。

⑬平白：凭空。

⑭详情：仔细审查真相。

⑮赖骨顽皮：詈词，顽劣。关汉卿《望江亭》："这桩事你只睁眼儿觑者，看怎生的发付他赖骨顽皮。"

⑯喷水：旧时官府审案往往在庭上用刑，若受刑者昏迷，则由衙役向其喷水以令苏醒。此言窦娥受刑不住昏迷过去，被喷水后又苏醒过来，如此反复三次。

⑰须：本来。

⑱傍（páng）州例：旧称官司审理中的已有的、可供参考的案例为"傍州例"或"傍州"，引申指例子，榜样。李直夫《虎头牌》："他是我的亲人，犯下这般正条款的罪过来，我尚然杀坏了。你每若有些儿差错呵，你可便先看取他这个傍州例。"

⑲唱叫扬疾：高声吵嚷。郑廷玉《后庭花》："则听的唱叫扬疾闹怎么？我与你观绝罢。"

⑳消停：停止，停歇。郑光祖《倩女离魂》："莫消停，疾进发。"

㉑凌逼：欺凌，威逼。

㉒覆盆不照太阳晖：阳光照不到覆盆之下，里面一团漆黑。覆盆，被翻过来放着的盆，语出葛洪《抱朴子·辨问》："是责三光不照覆盆之内也。"后常以"覆盆"比喻社会黑暗。李白《赠宣城赵太守悦》："愿借羲皇景，为人照覆盆。"被屈判刑的亦被称为"覆盆之冤"。

㉓委的：确实。

㉔伏状：认罪的书面供词。

㉕市曹：城市中商业集中的闹市。旧时多在闹市中处决犯人，以儆示百姓。典刑：处决，正法。无名氏《白兔记》："若把我哥哥典刑了，奴家父母在九泉之下也不瞑目。"

㉖漏面贼：詈词，恶棍，坏蛋。宋元时在罪犯面部刺字，谓之"漏面"，后遂以"漏面贼"骂公开为非作歹的恶人。

㉗打散堂鼓：旧时官吏办公完毕，打鼓宣告退堂。

【点评】

第二折首节与第一折开场非常相似，是叙事手法上的"犯中求变"。地点仍是生药店，大夫还是赛卢医，是与前折相"犯"处；上门来的换成了要讨毒药的张驴儿，情势便与蔡婆讨债截然相反，是其"变"处。赛卢医原来曾医死无数从不怕人告发，但白日杀人毕竟不同，更何况被人当场撞破？因担忧自己性命有虞而受到惊吓，这才省悟人命关天，打算"从今改过行业，要得灭罪修因"——看似讽刺，实正是写透人性的卑弱与复杂。赛卢医药铺位置偏僻之情实自张驴儿口中讲出，既解释了张驴儿来此的原因，又补叙了前面蔡婆被杀的可能，是"目注此处，手写彼处"（金圣叹《读第六才子书〈西厢记〉法》）；赛卢医被迫与了张驴儿毒药，担心被连累，趁早关了药铺逃往涿州卖鼠药，回扣了前文之醒悟，又与第四折窦天章重审窦娥一案遥遥相望，是"目注彼处，手写此处"（金圣叹《读第六才子书〈西厢记〉法》）。《窦娥冤》剧情前后回环呼应，彼此互补却无一字冗赘，尤见作者思力、笔力之卓荦俊伟。

窦娥仍精心侍奉婆婆，为生病的她做好羊腊汤，但对婆婆将张驴儿父子容留家中的做法却非常不满："我这寡妇人家，凡事也要避些嫌疑，怎好收留那张驴儿父子两个？非亲非眷的，一家儿同住，岂不惹外人谈议？"她更担心婆婆会"背地里许了他亲事，连我也累做不清不洁的"。街谈巷议如洪水猛兽，一旦接脚之事被舆论坐实，自己也会受到牵累。在她看来，改嫁是不仁义、少志气的行为，女子恪守贞洁才是当为之举。张驴儿借故引开窦娥，将毒药倾入羊腊汤中，欲害死蔡婆从而霸占彻底无依的窦娥。然而阴差阳错，这碗汤没能"药死那老婆子"，却成了勾取张父性命的黄泉使者。

张老儿暴毙，窦娥虽感意外却以为是疾病所致，坦然处之。【斗虾蟆】一曲，窦娥对婆婆的慰谏入情入理，曲辞"直是宾白，令人忘其为曲。元初所谓当行家，大率如此"（王国维《宋元戏曲考》）。张驴儿毫不伤心，一计不成又生一计，以父亲尸体要挟窦娥随顺，只要能达到目的，药死的是谁他并无所谓。恶人先告状，他将责任一举全推到窦娥身上："你把我老子药死了，更待干罢！"见窦娥不为所动，张驴儿又转从人情之常态入手恐吓婆媳二人："我家的老子，倒说是我做儿子的药死了，人也不信！""四邻八舍听着，窦娥药杀我家老子哩！"面对狠戾狡诈的凶徒，蔡婆第三次妥协，但窦娥坚持"一马不鞴两鞍"决不顺从。在张驴儿提出"官休"还是"私休"后，窦娥毫不犹豫地选择了前者："我又不曾药死你老子，情愿和你见官去来。"然而，窦娥的第二次抗争，却将她的命运引向了更深的泥淖——楚州府衙里坐的，并不是"明如镜、清似水"爱民如子的贤官良吏，而是声称"但来告状的，就是我衣食父母"的贪官污吏桃杌。

见官之初，窦娥对法律的公正与公平仍保有幻想，还希望"大人高抬明镜，替小妇人做主"。但张驴儿一句"这媳妇年纪儿虽小，极是个赖骨顽皮，不怕打的"，桃杌便附和"人是贱虫，不打不招"，并命左右"与我选大棍子打着"——偏听偏信、对窦娥严刑逼供，都侧面暗示着他与张驴儿之间可能的权钱交易。【感皇恩】曲辞看似浅近，却直接又真切地向观众传达了窦娥公堂受刑的惨痛感受："是谁人唱叫扬疾，不由我不魄散魂飞。恰消停，才苏醒，又昏迷。捱千般打拷，万种凌逼，一杖下，一道血，一层皮。"官虎吏狼，拷打凌逼，窦娥身罹酷刑，三次昏迷又三次死里还生。被打得"肉都飞、血淋漓"，让这个善良的青年寡妇对"覆盆不照太阳辉"的社会黑暗渐渐有了确实的体认，然而刚烈如她，始终不肯招认。桃杌见她不招，便要拷打蔡婆，窦娥见状急忙阻止："住、住、住，休打我婆婆。情愿我招了罢，是我药死公公来"。窦娥的贞直、孝亲，在本节中得到了淋漓彰显——为自己则打死不招，为婆婆则情愿招了。正因为如此，她后来的毁灭才会更增一层悲壮，令观者扼腕痛心。

桃杌判决的过程极其敷衍潦草："既然招了，着他画了伏状，将枷来枷上，下在死囚牢里去，到来日判个'斩'字，押付市曹典刑"，三言两语便了结了一起人命官司，间接地掀开了更深广统治腐败的冰山一角。然而，被屈判斩刑后窦娥还没有完全放弃希望。她对自己的际遇还没有清醒的认识，犹以为一切都是由婆婆草率应承了再嫁造成的："劝普天下前婚后嫁婆娘每，都看取我这般傍州例"；她仍寄望于"勘覆"，相信其他官府会纠正楚州太守的误判；她也仍相信天地无私："想人心不可欺，冤枉事天地知"。在这些信念的支撑下，窦娥矢志"争到头，竞到底"，但其认识的局限也决定了，此时的她抗争的对象仅是"好色荒淫"的张驴儿。窦娥的觉醒，不是一蹴而就的，而是有一个次第发展的过程。《窦娥冤》所反映的真实，是生活的真实。

## 第三折

（外扮监斩官上①，云）下官②监斩官是也。今日处决犯人③，着做公的把住巷口④，休放往来人闲走。（净扮公人，鼓三通、锣三下科⑤。刽子磨旗、提刀⑥，押正旦带枷上。刽子云）行动些⑦，行动些，监斩官去法场上多时了！（正旦唱）

【正宫】【端正好】没来由犯王法⑧，不堤防遭刑宪⑨，叫声屈动地惊天！顷刻间游魂先赴森罗殿⑩，怎不将天地也生埋怨⑪！

【滚绣球】有日月朝暮悬，有鬼神掌着生死权，天地也，只合把清浊分辨⑫，可怎生糊突了盗跖、颜渊⑬？为善的受贫穷更命短，造恶的享富贵又寿延⑭。天地也，做得个怕硬欺软⑮，却元来也这般顺水推船⑯。地也，你不分好歹何为地？天也，你错勘贤愚枉做天⑰！哎，只落得两泪涟涟⑱。

　　（刽子云）快行动些，误了时辰也！（正旦唱）

【倘秀才】则被这枷纽的我左侧右偏⑲，人拥的我前合后偃⑳，我窦娥向哥哥行有句言㉑。（刽子云）你有甚么话说？（正旦唱）前街里去心怀恨，后街里去死无冤，休推辞路远。

　　（刽子云）你如今到法场上面，有甚么亲眷要见的，可教他过来，见你一面也好。（正旦唱）

【叨叨令】可怜我孤身只影无亲眷㉒，则落的吞声忍气空嗟怨㉓。（刽子云）难道你爷娘家也没的？（正旦云）止有个爹爹，十三年前上朝取应去了，至今杳无音信。（唱）

蚤已是十年多不睹爹爹面。(刽子云)你适才要我往后街里去㉔,是甚么主意?(正旦唱)怕则怕前街里被我婆婆见。(刽子云)你的性命也顾不得,怕他见怎的?(正旦云)俺婆婆若见我披枷带锁赴法场餐刀去呵㉕,(唱)枉将他气杀也么哥㉖,枉将他气杀也么哥!告哥哥㉗,临危好与人行方便。

【注释】

①外:元人杂剧中的女主脚为正旦,男主脚为正末,在正脚之外再加上一个脚色,叫"外"。所扮不限男女、年龄,这里指扮演监斩官的外末。

②下官:旧时官员的自称,谦辞。

③处决:此处特指执行死刑。

④着:差使,打发。做公的:衙门的官差。张国宾《合汗衫》:"当被做公的拿我到官。本该偿命,多亏了那六案孔目救了我的性命,改做误伤人命,脊杖了六十,迭配沙门岛去。"

⑤公人:同"做公的"。鼓三通:敲三遍鼓。

⑥磨旗:挥旗,摇旗。孟元老《东京梦华录》:"先一人空手出马,谓之'引马';次一人磨旗出马,谓之'开道旗'。"

⑦行动些:犹走快些,表催促。高文秀《黑旋风》:"天色晚了也,行动些,行动些。"

⑧没来由:无缘无故。王实甫《西厢记》:"分明是你过犯,没来由把我摧残。"王法:旧指国家的法律、

法令。

⑨堤防：原指拦水的堤坝，后引申为防备之义。《汉书·董仲舒传》："夫万民之从利也，如水之走下，不以教化堤防之，不能止也。"遭刑宪：触犯刑律。

⑩游魂：旧时迷信谓游荡的鬼魂。森罗殿：迷信传说中阴间阎罗王所居的宫殿。

⑪生：甚、极，程度副词。

⑫清浊：清气、浊气，喻指善恶、是非等。《文选·魏都赋》李善注："清轻者上为天，浊重者下为地。"窦娥此言概本天地清浊之说而来。

⑬糊突：混淆。盗跖（zhí）：传说为春秋时反抗贵族统治的领袖，名"跖"，被当时统治者贬称为"盗"。《庄子·盗跖》："盗跖从卒九千人，横行天下，侵暴诸侯。"颜渊：春秋时孔子的弟子颜回，字子渊，贫而好学，古人以之为贤人的典范。《史记·仲尼弟子列传》："颜回年二十九，发尽白，蚤死。孔子哭之恸，曰：'自吾有回，门人益亲。'鲁哀公问：'弟子孰为好学？'孔子对曰：'有颜回者好学，不迁怒，不贰过。不幸短命死矣，今也则亡，未闻好学者也。'"此处窦娥责天地不辨善恶。

⑭"为善的"二句：此承上文颜渊、盗跖而来。颜渊有大贤却贫而早殇，盗跖作恶而得长寿，此处窦娥喻指自己行善却被冤处死，张驴儿作恶却得不到应有的惩罚。

⑮怕硬欺软：害怕强硬的恶人，欺负柔顺的善者。

⑯顺水推船：顺着水流的方向推船，比喻顺应情势行事，此谓趋炎附势。王实甫《破窑记》："挤眉弄眼，俐齿伶牙，攀高接贵，顺水推船。"

⑰勘：判断，核对。

⑱涟涟：泪流不止貌。《诗经·卫风·氓》："不见复关，泣涕涟涟。"

⑲纽：通"扭"，此谓戴枷后受刑具的影响而行动不便、东倒西歪。

⑳前合后偃（yǎn）：此谓被人群推搡得前仆后倒。合，覆面而倒。偃，仰面而倒。

㉑行（háng）：用于自称或人称之后，如我行、他行，相当于这里、那里。哥哥行，即哥哥跟前、哥哥这里。

㉒孤身只影：喻指孤独一人无父母可以依靠。

㉓吞声忍气：喻指遭受欺凌而不敢出声抗争。

㉔适才：方才，刚刚。

㉕餐刀：挨刀，被处决。无名氏《陈州粜米》："有一日受法，餐刀正典刑。"

㉖也么哥：表惊叹的语助词，无实义。用"也么哥"为【叨叨令】的定格。

㉗告：请求允许。《礼记》："夫为人子者，出必告，反必面。"


（卜儿哭上科云）天那，兀的不是我媳妇儿？（刽子云）婆子，靠后！（正旦云）既是俺婆婆来了，叫他来，待我嘱付他几句话咱。(刽子云)那婆子近前来，你媳妇要嘱付你话哩！(卜儿云)孩儿，痛杀我也！(正旦云)婆婆，那张驴儿把毒药放在羊肚儿汤里，实指望药死了你，要霸占我为妻。不想婆婆让与他老子吃，倒把他老子药死了。我怕连累婆婆，屈招了药死公公，今日赴法场典刑。婆婆，此后遇着冬时年节①，月一十五②，有瀽不了的浆水饭③，瀽半碗儿与我吃；烧不了的纸钱，与窦娥烧一陌儿④。则是看你死的孩儿面上！(唱)

【快活三】念窦娥葫芦提当罪愆⑤，念窦娥身首不完全⑥，念窦娥从前已往干家缘⑦。婆婆也，你只看窦娥少爷无娘面。

【鲍老儿】念窦娥伏侍婆婆这几年，遇时节将碗凉浆奠⑧；你去那受刑法尸骸上烈些纸钱⑨，只当把你亡化的孩儿荐⑩。(卜儿哭科，云)孩儿放心，这个老身都记得。天那，兀的不痛杀我也！(正旦唱)婆婆也，再也不要啼啼哭哭，烦烦恼恼，怨气冲天。这都是我做窦娥的没时没运，不明不暗⑪，负屈衔冤⑫。

(刽子做喝科，云)兀那婆子靠后，时辰到了也。(正旦跪科)(刽子开枷科)(正旦云)窦娥告监斩大人，有一事肯依窦娥，便死而无怨。(监斩官云)你有甚么事？你说。(正旦云)要一领净席⑬，等我窦娥站立；又要丈二白练⑭，挂在旗枪上⑮。若是我窦娥委实冤枉，刀过处头落，一腔热血休半点儿沾在地下，都飞在白练上者。(监斩官云)这个就依你，打甚么不紧⑯。

（刽子做取席站科，又取白练挂旗上科）（正旦唱）

【耍孩儿】不是我窦娥罚下这等无头愿⑰，委实的冤情不浅。若没些儿灵圣与世人传⑱，也不见得湛湛青天。我不要半星热血红尘洒，都只在八尺旗枪素练悬。等他四下里皆瞧见，这就是咱苌弘化碧⑲，望帝啼鹃⑳。

**【注释】**

①冬时：冬季。年节：春节。宋孟元老《东京梦华录·正月》："正月一日年节，开封府放关扑三日。"

②月一十五：每个月的初一日和十五日。

③瀽（jiǎn）：倾，倒，此谓浇奠。张国宾《玉镜台》："瀽到一两瓮香醪在地，浇到百十个公服朝衣。"浆水：水或其他食物汤汁。马致远《青衫泪》第二折："容我与侍郎瀽一碗浆水，烧一陌纸钱咱。"浆水饭，即祭奠鬼魂所用的汤汁与食物。

④一陌（mò）儿：旧时民俗祭奠时要烧纸钱，一陌儿即一百纸钱，此处泛指一叠纸钱。王子一《误入桃源》："今日当村众父老在我家赛牛王社，烧一陌纸，祈保各家平安。"

⑤葫芦提：亦作"葫芦蹄"、"葫芦题"，宋元俗语，犹今言糊涂，不明不白。王实甫《西厢记》："道场毕诸人散了，酩子里各归家，葫芦提闹到晓。"当：此谓承担。罪愆（qiān）：罪过，过失。

⑥身首不完全：此谓被杀头后身首异处，不得全尸。

⑦干家缘：操持家务。

⑧时节：泛指一年四季的节日。《吕氏春秋·尊师》："敬祭之术，时节为务。"高诱注："四时之节。"奠：旧时民俗，用酒食等祭祀死者、鬼神。

⑨烈：焚烧。《孟子·滕文公上》："舜使益掌火，益烈山泽而焚之，禽兽逃匿。"

⑩亡化：去世。王实甫《西厢记》："惟愿存在的人间寿高，亡化的天上逍遥。"荐：无酒肉作贡品的素祭，此泛指祭奠。

⑪不明不暗：犹糊里糊涂，不明不白。

⑫负屈衔冤：遭受冤屈。武汉臣《生金阁》："你有甚么负屈衔冤的事，你且回城隍庙中去，到晚间我与你作主。"

⑬一领：一张。

⑭白练：白色的熟绢。

⑮旗枪：旗杆顶端。

⑯打甚么不紧：宋元口语，即不打甚么紧，犹言没什么要紧。

⑰罚下这等无头愿：发下这样以人头作保证的誓愿。罚愿，犹发愿。

⑱灵圣：旧时迷信，神鬼制造出的灵异现象。马致远《汉宫秋》："高唐梦，苦难成，那里也爱卿、爱卿，却怎生无些灵圣？"

⑲苌弘化碧：苌弘，春秋时周之忠臣，无辜被冤而死，传说其血后化为碧玉。《庄子·外物》："人主莫不欲

其臣之忠，而忠未必信，故伍员流于江，苌弘死于蜀，藏其血三年而化为碧。"成玄英注："苌弘遭谮，被放归蜀，自恨忠而遭谮，遂刳肠而死。蜀人感之，以匮盛其血，三年而化为碧玉。乃精诚之至也。"

⑳望帝啼鹃：传说蜀王杜宇，禅位后魂化鹃鸟，日夜啼叫，蜀人怀之，遂呼此鸟为杜宇、望帝。《华阳国志·蜀志》："巴国称王，杜宇称帝。号曰望帝，更名蒲卑……帝遂委以政事，法尧舜禅授之义，禅位于开明。帝升西山隐焉。时适二月，子鹃鸟鸣。故蜀人悲子鹃鸟鸣也。"左思《蜀都赋》："碧出苌弘之血，鸟生杜宇之魂。"

（刽子云）你还有甚的说话？此时不对监斩大人说，几时说那？（正旦再跪科，云）大人，如今是三伏天道①，若窦娥委实冤枉，身死之后，天降三尺瑞雪，遮掩了窦娥尸首。（监斩官云）这等三伏天道，你便有冲天的怨气，也召不得一片雪来②，可不胡说！（正旦唱）

【二煞】你道是暑气暄③，不是那下雪天，岂不闻飞霜六月因邹衍④？若果有一腔怨气喷如火，定要感的六出冰花滚似绵⑤，免着我尸骸现；要什么素车白马⑥，断送出古陌荒阡⑦！

（正旦再跪科，云）大人，我窦娥死的委实冤枉，从今以后，着这楚州亢旱三年⑧。（监斩官云）打嘴！那有这等说话！（正旦唱）

【一煞】你道是天公不可期⑨，人心不可怜，不知皇天也肯从人愿⑩。做甚么三年不见甘霖降⑪，也只为东海曾经孝妇冤⑫。如今轮到你山阳县，这都是官吏每无心正法⑬，使百姓有口难言！

（刽子做磨旗科，云）怎么这一会儿天色阴了也？（内做风科⑭，刽子云）好冷风也！（正旦唱）

【煞尾】浮云为我阴，悲风为我旋，三桩儿誓愿明题遍⑮。（做哭科，云）婆婆也，直等待雪飞六月，亢旱三年呵，（唱）那其间才把你个屈死的冤魂这窦娥显！

（刽子做开刀⑯，正旦倒科）（监斩官惊云）呀，真个下雪了，有这等异事！（刽子云）我也道平日杀人，满地都是鲜血。这个窦娥的血都飞在那丈二白练上，并无半点落地，委实奇怪。（监斩官云）这死罪必有冤枉。早两桩儿应验了，不知亢旱三年的说话，准也不准？且看后来如何。左右，也不必等待雪晴，便与我抬他尸首，还了那蔡婆婆去罢。（众应科，抬尸下）

【注释】

①三伏：农历夏至后第三庚日起为初伏，第四庚日起为中伏，立秋后第一庚日起为末伏。三伏即初伏、中伏、末伏的统称，是一年中最热的时候。天道：天气，时节。

②召：感化，召唤。刘勰《文心雕龙》："物色相召，人谁获安？"

③暑气：盛夏的热气。《周礼·天官·凌人》郑玄注："暑气盛，王以冰颁赐，则主为之。"暄：炎热。

④飞霜六月因邹衍：传说战国时，邹衍忠事燕惠王，被谗下狱，仰天大哭，上苍感动，六月降霜。《文选·江淹〈诣建平王上书〉》：“昔者贱臣叩心，飞霜击于燕地。”李善注引《淮南子》：“邹衍尽忠于燕惠王，惠王信谮而系之。邹子仰天而哭，正夏而天为之降霜。”今本《淮南子》无此文。

⑤六出冰花：雪花。雪的结晶多为六角形，其形似花，故称“六出冰花”、“六出”。

⑥素车白马：旧时凶、丧之事时所用的白车白马。《史记·高祖本纪》：“秦王子婴素车白马，系颈以组，封皇帝玺符节，降轵道旁。”后以“素车白马”代指吊丧送葬。

⑦断送：发葬治丧。古陌荒阡：人迹罕至的荒野。阡陌，本指田界、田间小路，此处泛指田野。

⑧亢旱：极为严重的大旱。《后汉书·杨赐传》：“夫女谒行则谗夫昌，谗夫昌则苞苴通，故殷汤以之自戒，终济亢旱之灾。”

⑨天公：旧时以天拟人，故称天为天公。《尚书大传》：“烟氛郊社，不修山川，不祝风雨，不时霜雪，不降责于天公。”期：寄望。

⑩皇天：对天或天神的尊称。屈原《离骚》：“皇天无私阿兮，览民德焉错辅。”

⑪做什么：犹言为什么。甘霖：久旱后下的雨。《说文》：“霖，雨三日以往也。”

⑫东海曾经孝妇冤：传说汉东海有寡妇周青，为侍奉

婆婆而矢志不嫁，婆婆为免拖累媳妇，自缢而亡。青之小姑告官，诉嫂杀母之罪。官府不察，判处死刑。周青临刑，指身边竹竿而誓：若为枉死，血当逆流。后果应验，东海地方乃大旱三年。后任官员查问其故，有于公代为申之，其冤得雪，天方降雨。干宝《搜神记·东海孝妇》："汉时，东海孝妇养姑甚谨。姑曰：'妇养我勤苦。我已老，何惜余年？久累年少。'遂自缢死。其女告官云：'妇杀我母。'官收系之，拷掠毒治。孝妇不堪苦楚，自诬服之。时于公为狱吏，曰：'此妇养姑十余年，以孝闻彻，必不杀也。'太守不听。于公争不得理，抱其狱词，哭于府而去。自后郡中枯旱，三年不雨。后太守至，于公曰：'孝妇不当死，前太守枉杀之，咎当在此。'太守即时身祭孝妇冢，因表其墓。天立雨，岁大熟。长老传云：'孝妇名周青。青将死，车载十丈竹竿，以悬五幡。立誓于众曰："青若有罪，愿杀，血当顺下；青若枉死，血当逆流。"既行刑已，其血青黄，缘幡竹而上标，又缘幡而下云。'"

⑬正法：依法裁断案件。《周易·蒙卦》："利用刑人，以正法也。"

⑭内作风科：戏曲演出时在后台制造出刮风的音响效果。

⑮题遍：犹言全部讲完。

⑯开刀：执行斩刑。

## 【点评】

第三折又称"斩娥"，是《窦娥冤》全剧的高潮。现实彻底撕碎了窦娥的一切幻想，官府没有覆勘案情，天地也没有开眼为她洗雪冤屈。信誓旦旦要"争到头、竞到底"的窦娥，被押赴刑场，开刀问斩。

鼓三通、锣三下，在刽子手的催促声中，满腹冤屈愤懑的窦娥被押上她人生里最后的舞台。面对理想的破灭与一步步迫近的死亡，窦娥终于觉醒，对官府、天地的公正产生了怀疑和否定。【端正好】、【滚绣球】两支曲子，是窦娥"冤"和"怨"的迸发。窦娥一直安分守己，没想到坐在家中祸从天降，婆婆带回张驴儿父子，张驴儿为霸占窦娥药死自己老子，又将杀人罪名嫁祸给她，正是"没来由犯王法"；窦娥在"官休"、"私休"之间选择了前者，但一到公堂便遭刑讯，为了保全婆婆她牺牲自己认了罪名被屈判斩刑，确乎"不堤防遭刑宪"：天地若果然清明，怎能不察其冤？但天地竟然听而不闻、视而不见，一只脚已经踏上黄泉路的窦娥指天画地，满腔悲愤喷薄而出："天地也，只合把清浊分辨，可怎生糊突了盗跖、颜渊？为善的受贫穷更命短，造恶的享富贵又寿延。天地也，做得个怕硬欺软，却元来也这般顺水推船。地也，你不分好歹何为地？天也，你错勘贤愚枉做天！"窦娥的呐喊已然超出了对自身遭遇的喟叹，发展为对社会秩序贤劣、善恶颠倒混乱的怀疑、对裁断者怕硬欺软、顺水推船的质问。窦娥的咒怨虽天地亦不讳，是她性格刚烈的外化，也是她思想觉醒的体现。

在去往法场的路上，披枷带锁的窦娥被观刑的人群推搡得步履艰难。即便如此，她还是恳求刽子带她走路远的后街："前街里去心怀恨，后街里去死无冤，休推辞路远"，"怕则怕前街里被我婆婆见"，"枉将她气杀"。婆婆是窦娥唯一的亲人，人之将死，她对婆婆的不满早已雪释。"我怕连累婆婆，屈招了药死公公"，见到前来送行的婆婆，被连累的窦娥反过来安慰连累了人的蔡婆，使人感窦娥之纯孝，"自然进泪"（孟称舜《酹江集·窦娥冤评语》）。【快活三】、【鲍老儿】两支与前后曲辞之慷慨决然不同，曲家将窦娥对身后事的殷切叮咛与她悲惨的身世相扭合："念窦娥葫芦提当罪愆，念窦娥身首不完全，念窦娥从前已往干家缘。婆婆也，你只看窦娥少爷无娘面"，"念窦娥伏侍婆婆这几年，遇时节将碗凉浆奠；你去那受刑法尸骸上烈些纸钱，只当把你亡化的孩儿荐"，其愿微、其辞苦、其情真，尤令观者哀哀欲绝。

行刑的时刻终于到来，觉醒了的窦娥不再任命由天，而是坚信正义在我、公理在我，直面不公的世道、天地，发下三桩誓愿。第一愿血不溅地飞上悬练："我不要半星热血红尘洒，都只在八尺旗枪素练悬。等他四下里皆瞧见，这就是咱苌弘化碧，望帝啼鹃。"化用苌弘、望帝典故，昭示自己冤屈之真。第二愿六月飞雪掩盖尸骸："你道是暑气暄，不是那下雪天，岂不闻飞霜六月因邹衍？若果有一腔怨气喷如火，定要感的六出冰花滚似绵，免着我尸骸现；要什么素车白马，断送出古陌荒阡。"借邹衍典故，显示自己冤屈之大。第三愿着楚州亢旱三年："你道是天公不可期，人心不可怜，不知皇天也肯从人愿。做甚么三年不见甘霖降，也只为东海曾经孝妇冤。"用东海孝妇典故，表达自己对"官吏每无心正法，使百姓有口难言"的统治秩序的控诉。窦娥不再幻想公正，也不像孱弱者般呻吟号哭，而是一腔怨气喷如火，爆发出无辜百姓对罪恶社会的怒吼。窦娥仿佛一颗流星，在陨落毁灭之前燃烧了自己，熠耀出夺人心魄的光彩。

窦娥以贞孝自任，善良刚烈，但为守贞她蒙受不白之冤，为尽孝她葬送了自己年轻的生命。"悲剧将人生的有价值的东西毁灭给人看"（鲁迅《再论雷峰塔的倒掉》），她的人生的有价值的东西被毁灭给其他千百万同处境、同信念的人看，她的悲剧是人生的悲剧、社会的悲剧、时代的悲剧，是元代乃至整个皇权统治时期善良民众的歌哭。窦娥临刑的三桩誓愿明显具有超现实性，在真实的世界里是不可能实现的，因此窦娥之死具有美学意义上的悲剧价值，而不仅仅是人生的悲剧。

## 第四折

（窦天章冠带引丑张千、祗从上①，诗云）独立空堂思
黯然，高峰月出满林烟。非关有事人难睡，自是惊魂
夜不眠。老夫窦天章是也。自离了我那端云孩儿，可
早十六年光景②。老夫自到京师，一举及第③，官拜
参知政事④。只因老夫廉能清正，节操坚刚，谢圣恩
可怜⑤，加老夫两淮提刑肃政廉访使之职⑥，随处审
囚刷卷，体察滥官污吏，容老夫先斩后奏。老夫一喜
一悲：喜呵，老夫身居台省⑦，职掌刑名⑧，势剑金
牌⑨，威权万里；悲呵，有端云孩儿，七岁上与了蔡
婆婆为儿媳妇，老夫自得官之后，使人往楚州问蔡婆
婆家，他邻里街坊道：自当年蔡婆婆不知搬在那里去
了，至今音信皆无。老夫为端云孩儿，啼哭的眼目昏
花，忧愁的须发斑白。今日来到这淮南地面，不知这
楚州为何三年不雨？老夫今在这州厅安歇。张千，说
与那州中大小属官：今日免参⑩，明日早见。（张千向
古门云）一应大小属官，今日免参，明日早见。（窦天
章云）张千，说与那六房吏典⑪：但有合刷照文卷，都
将来，待老夫灯下看几宗波。（张千送文卷科，窦天
章云）张千，你与我掌上灯。你每都辛苦了，自去歇
息罢。我唤你便来，不唤你休来。（张千点灯，同祗从
下）（窦天章云）我将这文卷看几宗咱。一起犯人窦
娥，将毒药致死公公……我才看头一宗文卷，就与老
夫同姓；这药死公公的罪名，犯在十恶不赦⑫。俺同
姓之人，也有不畏法度的。这是问结了的文书⑬，不

看他罢。我将这文卷压在底下，别看一宗咱。（做打呵欠科，云）不觉的一阵昏沉上来，皆因老夫年纪高大，鞍马劳困之故⑭。待我搭伏定书案⑮，歇息些儿咱。（做睡科。魂旦上⑯，唱）

【双调】【新水令】我每日哭啼啼守住望乡台⑰，急煎煎把仇人等待，慢腾腾昏地里走，足律律旋风中来⑱。则被这雾锁云埋，撺掇的鬼魂快⑲。

（魂旦望科云）门神户尉不放我进去⑳。我是廉访使窦天章女孩儿，因我屈死，父亲不知，特来托一梦与他咱。（唱）

【沉醉东风】我是那提刑的女孩㉑，须不比现世的妖怪。怎不容我到灯影前，却拦截在门楷外㉒？（做叫科云）我那爷爷呵，（唱）枉自有势剑金牌，把俺这屈死三年的腐骨骸，怎脱离无边苦海？

（做入见哭科。窦天章亦哭科，云）端云孩儿，你在那里来？（魂旦虚下）（窦天章做醒科，云）好是奇怪也！老夫才合眼去，梦见端云孩儿，恰便似来我跟前一般。如今在那里？我且再看这文卷咱。（魂旦上，做弄灯科）（窦天章云）奇怪，我正要看文卷，怎生这灯忽明忽灭的？张千也睡着了，我自己剔灯咱。（做剔灯，魂旦翻文卷科）（窦天章云）我剔的这灯明了也，再看几宗文卷。"一起犯人窦娥药死公公……"（做疑怪科，云）这一宗文卷我为头看过㉓，压在文卷底下，怎生又在这上头？这几时问结了的㉔，还压在底下，我别看一宗文卷波。（魂旦再弄灯科）（窦天章云）怎么这灯又是半明半暗的？我再剔这灯咱。（做剔灯，魂旦再翻文卷科）（窦天章云）我剔的这灯明了，我另拿一宗文卷看咱。"一起犯人窦娥药死公公……"呸！好是奇怪！我才将这文书分明压在底下，刚剔了这灯，怎生又翻在面上？莫不是楚州后厅里有鬼么？便无鬼呵，这桩事必有冤枉。将这文卷再压在底下，待我另看一宗如何？（魂旦又弄灯科）（窦天章云）怎生这灯又不明了？敢有鬼弄这灯？我再剔一剔去。（做剔灯科。魂旦上，做撞见科。窦天章举剑击桌科，云）呸！我说有鬼！兀那鬼魂，老夫是朝廷钦差，带牌走马肃政廉访使㉕。你向前来，一剑挥之两段。张千，亏你也睡的着！快起来，有鬼，有鬼。兀的不吓杀老夫也！（魂旦唱）

【乔牌儿】则见他疑心儿胡乱猜，听了我这哭声儿转惊骇。哎，你个窦天章直恁的威风大㉖，且受我窦娥这一拜。

【注释】

① 丑：戏曲中扮演反面人物或小人物的脚色。冠带：戴帽子束腰带，此谓着官服。沈鲸《双珠记》："今日解了冠带，扮做常人。轻囊健步，有何不可？"祗从：犹侍从。

② 可早：已经，已是。李潜夫《灰阑记》："我马均卿自从娶了张海棠，添了这个孩儿叫做寿郎，可早五岁也。"

③及第：科举考试中选。宋高承《事物纪原·学校贡举·及第》：“汉之取士，其射策中者，谓之高第，隋唐以来，进士诸科，遂有及第之目。”

④参知政事：元制参知政事为从二品，隶属中书省，位在右丞与左丞之下，相当于丞相的副职。

⑤圣恩：皇帝的恩典。可怜：怜爱，看重。

⑥加：委任。老夫：年老男子的自称。两淮：江北淮东道和淮西江北道。提刑肃政廉访使：元初于各道设提刑按察司，其职官有提刑按察使，负责所辖该道提调刑狱、纠察不法官吏诸事。元世祖至元二十八年（1291），提刑按察司改肃正廉访司，每道设官八员，“民事、钱谷、官吏奸弊，一切委之”。肃正廉访使为各道肃正廉访司长官，正三品。

⑦台省：“台”指御史台，廉访使属御史台。“省”指中书省，参知政事属中书省。窦天章身兼二职，故称。

⑧职掌：职权范围。刑名：刑事案件的审判、裁决。

⑨势剑：亦称“誓剑”、“尚方剑”，皇帝所赐的宝剑，执之可代皇帝行权，先斩后奏。金牌：元制，武官中万户佩金虎符、千户金符、百户银符，所佩通称金牌，以表地位、职权。

⑩参：旧时下级官吏谒见上级。

⑪六房：宋代门下省设孔目房、吏房、户房、兵房、礼房、刑房等六房，由给事中分治。元代在中书省之下设吏、户、礼、兵、刑、工六部，地方衙门参照六部性质设立部门分管政务，谓之六房。孟汉卿

《魔合罗》:"自家姓张名鼎,字平叔,在这个河南府做着个六案都孔目,掌管六房事务。"此处"六房吏典"为地方衙门中吏役的泛称。

⑫十恶不赦:所犯罪行属于"十恶"者不得赦免。"十恶",隋朝确立,并一直延续到清的罪名体系。据《元史·刑法志》,"十恶"者:谋反、谋大逆、谋叛、恶逆、不道、大不敬、不孝、不睦、不义、内乱。窦娥被诬"药死公公",罪属"恶逆",故窦天章谓之"犯在十恶不赦"。

⑬问结:已经过审问并结案的。

⑭鞍马劳困:此谓长途跋涉后身体疲劳困乏。鞍马,本指马鞍与马,代指骑马出行。

⑮搭伏定:伏在……上。王实甫《西厢记》:"红娘呵,我则索搭伏定鲛绡枕头儿上盹。"

⑯魂旦:戏曲演出中饰演鬼魂的女性脚色。

⑰望乡台:旧时迷信,谓阴间有座望乡台,人死后鬼魂登上此台可眺望阳世家中的情况。无名氏《争报恩》:"昏惨惨云雾埋,疎剌剌的风雨筛,我一灵儿直到望乡台。"

⑱足律律:快速旋转貌,多用于形容鬼魂行走时伴随的螺旋状阴风。张寿卿《红梨花》:"足律律起阵旋风,刮起那黄登登几缕尘。"

⑲揎掇:催逼。董解元《西厢记诸宫调》:"遂唤几个小偻罗,传令教揎掇,隔着山门厉声叫。"

⑳门神户尉:旧时迷信,谓贴神像于门上,可祛除妖

邪、保家宅平安。门神即守门之神。道教又称门神
左者为门丞，右者为户尉。此处以"门神户尉"泛
指门神。

㉑提刑：提刑肃正廉访使的省称。

㉒门桯（tīng）：门槛，门限。关汉卿《绯衣梦》："那
厮可便舒着腿脡，扠着门桯。"

㉓为头：先前，起初。

㉔几时：此泛指以前某时。

㉕带牌：佩带金牌。走马：谓肃政廉访使有使用一定
数量铺马（驿马）的特权。

㉖直恁：竟然如此，竟然这样。金仁杰《追韩信》：
"一回家怨天公直恁困英豪，叹良金美玉何人晓！"


（窦天章云）兀那鬼魂，你道窦天章是你父亲，"受你
孩儿窦娥拜"。你敢错认了也？我的女儿叫做端云，
七岁上与了蔡婆婆为儿媳妇。你是窦娥，名字差了，
怎生是我女孩儿？（魂旦云）父亲，你将我与了蔡婆婆
家，改名做窦娥了也。（窦天章云）你便是端云孩儿？
我不问你别的，这药死公公，是你不是？（魂旦云）是
你孩儿来。（窦天章云）嗤声①！你这小妮子，老夫为
你啼哭的眼也花了，忧愁的头也白了，你划地犯了十
恶大罪，受了典刑！我今日官居台省，职掌刑名，来
此两淮审囚刷卷，体察滥官污吏。你是我亲生之女，
老夫将你治不的，怎治他人？我当初将你嫁与他家呵，
要你三从四德。三从：在家从父，出嫁从夫，夫死

从子；四德者：事公姑，敬夫主，和妯娌，睦街坊。今三从四德全无，划地犯了十恶大罪。我窦家三辈无犯法之男，五世无再婚之女；到今日被你辱没祖宗世德，又连累我的清名。你快与我细吐真情，不要虚言支对。若说的有半厘差错，牒发你城隍祠内②，着你永世不得人身；罚在阴山③，永为饿鬼④。（魂旦云）父亲停嗔息怒⑤，暂罢狼虎之威⑥，听你孩儿慢慢的说一遍咱。我三岁上亡了母亲，七岁上离了父亲。你将我送与蔡婆婆做儿媳妇，至十七岁与夫配合。才得两年，不幸儿夫亡化，和俺婆婆守寡。这山阳县南门外有个赛卢医，他少俺婆婆二十两银子，俺婆婆去取讨，被他赚到郊外，要将婆婆勒死。不想撞见张驴儿父子两个，救了俺婆婆性命。那张驴儿知道我家有个守寡的媳妇，便道："你婆儿媳妇既无丈夫，不若招我父子两个。"俺婆婆初也不肯。那张驴儿道："你若不肯，我依旧勒死你。"俺婆婆惧怕，不得已含糊许了，只得将他父子两个领到家中，养他过世。有张驴儿数次调戏你女孩儿，我坚执不从。那一日俺婆婆身子不快，想羊肚儿汤吃。你孩儿安排了汤，适值张驴儿父子两个问病，道："将汤来我尝一尝。"说："汤便好，只少些盐醋。"赚的我去取盐醋，他就暗地里下了毒药。实指望药杀俺婆婆，要强逼我成亲。不想俺婆婆偶然发呕，不要汤吃，却让与老张吃，随即七窍流血药死了。张驴儿便道："窦娥药死了俺老子，你要官休要私休？"我便道："怎生是官休？怎生是私休？"他道：

"要官休，告到官司，你与俺老子偿命；若私休，你便与我做老婆。"你孩儿便道："'好马不鞴双鞍，烈女不更二夫。'我至死不与你做媳妇，我情愿和你见官去！"他将你孩儿拖到官中，受尽三推六问，吊拷绷扒⑦，便打死孩儿也不肯认。怎当州官见你孩儿不认，便要拷打俺婆婆。我怕婆婆年老，受刑不起，只得屈认了。因此押赴法场，将我典刑。你孩儿对天发下三桩誓愿：第一桩，要丈二白练挂在旗枪上，若系冤枉，刀过头落，一腔热血休滴在地下，都飞在白练上；第二桩，现今三伏天道，下三尺瑞雪，遮掩你孩儿尸首；第三桩，着他楚州大旱三年。果然血飞上白练，六月下雪，三年不雨，都是为你孩儿来。（诗云）不告官司只告天，心中怨气口难言。防他老母遭刑宪，情愿无辞认罪愆。三尺琼花骸骨掩⑧，一腔鲜血练旗悬。岂独霜飞邹衍屈，今朝方表窦娥冤。（唱）

【雁儿落】你看这文卷曾道来不道来，则我这冤枉要忍耐如何耐？我不肯顺他人，倒着我赴法场；我不肯辱祖上，倒把我残生坏。

【得胜令】呀，今日个搭伏定摄魂台⑨，一灵儿怨哀哀⑩。父亲也，你现掌着刑名事，亲蒙圣主差。端详这文册⑪，那厮乱纲常⑫，当合败⑬。便万剐了乔才⑭，还道报冤仇不畅怀！

（窦天章做泣科，云）哎，我屈死的儿也，则被你痛杀我也！我且问你，这楚州三年不雨，可真个是为你来？（魂旦云）是为你孩儿来。（窦天章云）有这等事！

到来朝，我与你做主。(诗云)白头亲苦痛哀哉，屈杀了你个青春女孩。只恐怕天明了你且回去，到来日我将文卷改正明白。(魂旦暂下)(窦天章云)呀，天色明了也。张千，我昨日看几宗文卷，中间有一鬼魂来诉冤枉。我唤你好几次，你再也不应，直恁的好睡那？(张千云)我小人两个鼻子孔一夜不曾闭，并不听见女鬼诉什么冤状，也不曾听见相公呼唤。(窦天章做叱科，云)嗔⑮！今早升厅坐衙，张千，喝撺厢者。(张千做幺喝科，云)在衙人马平安！抬书案⑯！(禀云)州官见。(外扮州官入参科)(张千云)该房吏典见。(丑扮吏入参见科)(窦天章问云)你这楚州一郡，三年不雨，是为着何来？(州官云)这个是天道亢旱，楚州百姓之灾，小官等不知其罪。(窦天章做怒云)你等不知罪么？那山阳县，有用毒药谋死公公犯妇窦娥，他问斩之时，曾发愿道："若是果有冤枉，着你楚州三年不雨，寸草不生。"可有这件事来？(州官云)这罪是前升任桃州守问成的，现有文卷。(窦天章云)这等糊突的官，也着他升去！你是继他任的，三年之中，可曾祭这冤妇么？(州官云)此犯系十恶大罪，元不曾有祠，所以不曾祭得。(窦天章云)昔日汉朝有一孝妇守寡，其姑自缢身死，其姑女告孝妇杀姑，东海太守将孝妇斩了。只为一妇含冤，致令三年不雨。后于公治狱，仿佛见孝妇抱卷哭于厅前。于公将文卷改正，亲祭孝妇之墓，天乃大雨。今日你楚州大旱，岂不正与此事相类？张千，分付该房金牌下山阳县⑰，着拘张驴儿、赛卢医、蔡婆婆一起人犯<sup>⑱</sup>，火速解审<sup>⑲</sup>，毋得违误片刻者。(张千云)理会的<sup>⑳</sup>。(下)

【注释】

①噤(jìn)声：犹住口，不要说了。王实甫《西厢记》："他倒不如你？噤声！"

②牒发：官府移文押送。城隍：旧时迷信，称守护城池或地方的神为城隍，亦被认为是阴间的地方行政长官。《北齐书·慕容俨传》："城中先有神祠一所，俗号城隍神，公私每有祈祷。"此处窦天章为阳世官员，故云将牒发窦娥鬼魂至阴间主管城隍所在的祠中。

③阴山：旧时迷信，谓阴间有大石山，其间极寒极苦，犯重罪的鬼魂会被拘押其间以为惩处。

④饿鬼：佛教六道之一。佛教以为，人生前做了坏事，死后要堕入饿鬼道受苦。《大目乾连冥间救母变文》："当时不用我儿言，受此阿鼻大地狱。阿娘昔日极芬荣，出入罗帏锦障行。那堪受此泥梨苦，变作千年饿鬼行。口里千回拔出舌，凶前百过铁犁耕。骨筋筋皮随处断，不劳刀剑自凋零。"

⑤停嗔(chēn)息怒：犹停止嗔怒，不要生气。

⑥狼虎之威：喻指盛怒、震怒。

⑦吊拷绷扒(bēngbā)：强行剥去衣服，用绳子捆绑，吊起来拷打。泛指官司审讯过程中用以逼供的各种体罚。孙仲章《勘头巾》："不知谁人杀了员外，有

他娘子将小人告到官中，三推六问，吊拷绷扒，打的小人受不过，只得屈招了。"

⑧琼花：喻指雪花。

⑨摄魂台：旧时迷信，谓泰山有摄魂台，为东岳大帝拘押鬼魂之处。冯梦龙《警世通言·陈可常端阳仙化》："府主升堂，冬冬牙鼓响，公吏两边排；阎王生死案，东岳摄魂台。"

⑩一灵儿：犹人死后的魂灵，亦作"一灵"。无名氏《刘弘嫁婢》："尸骨未入棺函内，一灵先到洛阳游。"

⑪端详：此谓仔细察看、阅读。高明《琵琶记》："细端详，这是谁笔仗，觑着他教我心儿好感伤。"

⑫纲常："三纲五常"的简称。旧时儒家以君为臣纲，父为子纲、夫为妻纲为"三纲"，仁、义、礼、智、信为"五常"。此处泛指礼教道德准则。

⑬当合：合当，应该。王实甫《西厢记》："救了咱全家祸，殷勤呵正礼，钦敬呵当合。"

⑭剐（guǎ）：旧时一种极为残酷的死刑，亦称"凌迟"，始于五代，直至清末才被废除。《宋史·刑法志一》："凌迟者，先断其支体，乃抉其吭（咽喉），当时之极法也。"处死前要先将犯人身上的肉一片片切下，民间又称"千刀万剐"。乔才：詈词。犹坏蛋，恶棍。

⑮啀（tuì）：宋元口语，表斥责。无名氏《三报恩》："（刽子做打科云）啀！快行动些！"

⑯“在衙”两句：元杂剧中，官员升厅理事时，衙署
　陈设仪仗，僚属依次参谒时往往吆喝此二句，为当
　时排衙的一种仪式。无名氏《三报恩》：“（张千上
　排衙科云）在衙人马平安！抬书案！（外扮孤上，诗
　云）农事已随春雨办，科差犹比去年稀。矮窗睡足
　迟迟日，花落闲庭燕子飞。小官姓郑，双名公弼。
　自中甲第以来，屡蒙迁用，现为济州知府之职。今
　日升厅坐早衙。张千，喝撺箱抬放告牌出去。”

⑰佥（qiān）牌：签发公文。牌，古代的一种下行公
　文名称。

⑱一起：宋元方言，犹一伙，一群。无名氏《合同文
　字》：“张千，将安柱一起都与我拿上厅来者。”

⑲解审：解送审讯。

⑳理会的：犹言遵命。


（丑扮解子，押张驴儿、蔡婆婆同张千上。禀云）
山阳县解到审犯听点①。（窦天章云）张驴儿。（张
驴儿云）有。（窦天章云）蔡婆婆。（蔡婆婆云）有。
（窦天章云）怎么赛卢医是紧要人犯不到？（解子
云）赛卢医三年前在逃，一面着广捕批缉拿去
了②，待获日解审。（窦天章云）张驴儿，那蔡婆婆是
你的后母么？（张驴儿云）母亲好冒认的？委实是。（窦
天章云）这药死你父亲的毒药，卷上不见有合药的人，
是那个的毒药？（张驴儿云）是窦娥自合就的毒药。（窦
天章云）这毒药必有一个卖药的医铺。想窦娥是个少

年寡妇，那里讨这药来？张驴儿，敢是你合的毒药么？（张驴儿云）若是小人合的毒药，不药别人，倒药死自家老子？（窦天章云）我那屈死的儿喉！这一节是紧要公案③，你不自来折辩④，怎得一个明白？你如今冤魂，却在那里？（魂旦上，云）张驴儿，这药不是你合的是那个合的？（张驴儿做怕科，云）有鬼，有鬼，撮盐入水⑤。太上老君急急如律令，敕⑥！（魂旦云）张驴儿，你当日下毒药在羊膔儿汤里，本意药死俺婆婆，要逼勒我做浑家。不想俺婆婆不吃，让与你父亲吃，被药死了。你今日还敢赖哩！（唱）

【川拨棹】猛见了你这吃敲材⑦，我只问你这毒药从何处来？你本意待暗里栽排⑧，要逼勒我和谐⑨，倒把你亲爷毒害，怎教咱替你耽罪责⑩！

（魂旦做打张驴儿科）（张驴儿做避科，云）太上老君急急如律令，敕！大人说这毒药必有个卖药的医铺，若寻得这卖药的人来和小人折对，死也无词。（丑扮解子解赛卢医上，云）山阳县续解到犯人一名赛卢医。（张千喝云）当面⑪。（窦天章云）你三年前要勒死蔡婆婆，赖他银子，这事怎么说？（赛卢医叩头科，云）小的要赖蔡婆婆银子的情是有的。当被两个汉子救了，那婆婆并不曾死。（窦天章云）这两个汉子，你认的他叫做什么名姓？（赛卢医云）小的认便认的，慌忙之际可不曾问的他名姓。（窦天章云）现有一个在阶下，你去认来。（赛卢医做下认科，云）这个是蔡婆婆。（指张驴儿云）想必这毒药事发了。（上云）是这一个。容小的诉禀：当日要勒死蔡婆婆时，正遇见他爷儿两个，救了那婆婆去。过得几日，他到小的铺中讨服毒药。小的是念佛吃斋人，不敢做昧心的事。说道："铺中只有官料药⑫，并无什么毒药。"他就睁着眼道："你昨日在郊外要勒死蔡婆婆，我拖你见官去！"小的一生最怕的是见官，只得将一服毒药与了他去。小的见他生相是个恶的⑬，一定拿这药去药死了人，久后败露，必然连累。小的一向逃在涿州地方，卖些老鼠药。刚刚是老鼠被药杀了好几个，药死人的药其实再也不曾合。（魂旦唱）

【七弟兄】你只为赖财，放乖⑭，要当灾⑮。（带云⑯）这毒药呵，（唱）原来是你赛卢医出卖，张驴儿买。没来由填做我犯由牌⑰，到今日官去衙门在。

（窦天章云）带那蔡婆婆上来！我看你也六十外人了，家中又是有钱钞的，如何又嫁了老张，做出这等事来？（蔡婆婆云）老妇人因为他爷儿两个救了我的性命，收留他在家养膳过世。那张驴儿常说，要将他老子接脚进来，老妇人并不曾许他。（窦天章云）这等说，你那媳妇就不该认做药死公公了。（魂旦云）当日问官要打俺婆婆，我怕他年老受刑不起，因此甘认做药死公公。委实是屈招的！（唱）

【梅花酒】你道是咱不该，这招状供写的明白。本一点孝顺的心怀，倒做了惹祸的胚胎⑱。我只道官吏每还覆勘⑲，怎将咱屈斩首在长街！第一要素旗枪鲜血洒，第二要三尺雪将死尸埋，第三要三年旱示天灾：咱誓愿委实大。

【收江南】呀，这的是"衙门从古向南开⑳，就中无个不冤哉"㉑！痛杀我娇姿弱体闭泉台㉒，早三年以外，则落的悠悠流恨似长淮㉓。

（窦天章云）端云儿也，你这冤枉，我已尽知。你且回去，待我将这一起人犯，并原问官吏，另行定罪。改日做个水陆道场㉔，超度你生天便了㉕。（魂旦拜科，唱）

【鸳鸯煞尾】从今后把金牌势剑从头摆，将滥官污吏都杀坏，与天子分忧，万民除害。（云）我可忘了一件：爹爹，俺婆婆年纪高大，无人侍养，你可收恤家中，替你孩儿尽养生送死之礼，我便九泉之下，可也瞑目。（窦天章云）好孝顺的儿也。（魂旦唱）嘱付你爹爹，收养我奶奶。可怜他无妇无儿，谁管顾年衰迈。再将那文卷舒开㉖，（带云）爹爹，也把我窦娥名下，（唱）屈死的招伏罪名儿改㉗。（下）

（窦天章云）唤那蔡婆婆上来。你可认得我么？（蔡婆婆云）老妇人眼花了，不认的。（窦天章云）我便是窦天章。适才的鬼魂，便是我屈死的女孩儿端云。你这一行人，听我下断㉘：张驴儿毒杀亲爷，谋占寡妇，合拟凌迟㉙，押付市曹中，钉上木驴㉚，剐一百二十刀处死。升任州守桃杌并该房吏典，刑名违错㉛，各杖一百，永不叙用㉜。赛卢医不合赖钱，勒死平民；又不合修合毒药㉝，致伤人命，发烟障地面㉞，永远充军㉟。蔡婆婆我家收养。窦娥罪改正明白。（词云）莫道我念亡女与他灭罪消愆，也只可怜见楚州郡大旱三年<sup>㊱</sup>。昔于公曾表白东海孝妇<sup>㊲</sup>，果然是感召得灵雨如泉。岂可便推诿道天灾代有，竟不想人之意感应通天。今日个将文卷重行改正，方显的王家法不使民冤。

题目<sup>㊳</sup>　秉鉴持衡廉访法<sup>㊴</sup>
正名　　感天动地窦娥冤

## 【注释】

①听点：犹听候安排、处置。

②着广捕批缉拿：发文书下令大范围通缉搜捕。

③公案：有纠纷的疑难案件。

④折辩：分辩，辩白。

⑤撮盐入水：食盐入水，迅速消融。此喻即刻消灭。

⑥太上老君急急如律令，敕：旧时道教符箓末尾的咒语，意思是请求太上老君即刻按照符咒的要求去办理相关事宜。太上老君，道教奉老子为祖，尊之为"太上老君"。如律令，督促按照法令行事，汉朝诏书或檄文末尾往往用之，后为道教所模仿。此处张驴儿模仿道教驱鬼仪式，试图以此祛除窦娥鬼魂。

⑦吃敲材：詈词，犹言该打死的家伙，亦作"吃敲才"。敲，杖杀。康进之《李逵负荆》："我打你这吃敲材，直着你皮残骨断肉都开。"

⑧栽排：安排，布置。马致远《任风子》："每日在园内修持，栽排下久长活计。"此处"暗里栽排"犹谓阴谋害人。

⑨逼勒（lè）：逼迫，强迫。和谐：夫妇关系和睦协
调。《诗经·周南·关雎》"关关雎鸠"汉郑玄笺：
"后妃说乐君子之德，无不和谐。"此谓匹配夫妇。

⑩耽：承受，承担。

⑪当面：元明习语，谓涉案人员上堂见官。孟汉卿
《魔合罗》："（张千云）犯妇当面。（旦跪科）"

⑫官料药：宋代以后，政府往往设有官药局，所售之
药称为"官料药"或"官药"。张志聪《侣山堂类
辩》："所谓官料药者，乃解京纳局之高品。"此谓
官药局准许公开售卖的药物。

⑬生相：容貌，相貌。

⑭放乖：耍猾，使坏。乖，邪恶，奸猾。

⑮要当灾：此谓赛卢医担心会被张驴儿拖去见官。

⑯带云：元杂剧一支曲子的演唱中插有宾白，曲辞与
宾白相连演之，谓之"带云"。

⑰犯由牌：旧时处决犯人时，公示犯人身份、罪状等
情况的牌子。元关汉卿《蝴蝶梦》："不能勾金榜上
分明题姓字，则落得犯由牌书写名儿。"亦称"犯
由"。《水浒传》第二十七回："东平府尹判了一个
'剐'字，拥出长街。两声破鼓响，一棒碎锣鸣；犯
由前引，混棍后催。"

⑱胚胎：喻指起源，根苗。

⑲覆勘：再次审查核定。

⑳的是：真是，确实是。

㉑就中：其中。杜甫《丽人行》："就中云幕椒房亲，

赐名大国'虢'与'秦'。"

㉒泉台：坟墓，亦指阴间。骆宾王《乐大夫挽辞》："忽见泉台路，犹疑水镜悬。"

㉓长淮：淮河。王维《送方城韦明府》诗："高鸟长淮水，平芜故郢城。"楚州毗邻古淮河，故窦娥此处以之作喻。

㉔水陆道场：亦称水陆斋，简称水陆或道场。道场，梵文之意译，所指有多种，如佛成道之所、修行所据之佛法、供佛祭祀之所、修行学道之处、寺院等，此谓佛教法会。以超度水陆一切亡灵，普济六道四生为目的的法会，被称作水陆道场。

㉕生天：佛教谓转生天道为生天。《法苑珠林》卷三一引《杂宝藏经》："我闻石室比丘尼，若能信心出家，一日必得生天。"

㉖舒开：展开，张开。

㉗招伏：招认，承认罪行。孟汉卿《魔合罗》："已招伏，怎改易？要承抵。"

㉘下断：宣判，判决。马致远《荐福碑》："元来有这等事，你一行人听我下断。"

㉙凌迟：即"剐"刑。参见前"剐"注释。

㉚木驴：古代刑具，一种带铁刺的木架，处剐刑的犯人先绑在木驴上示众，然后行刑。陆游《南唐书·胡则传》："即舁置木驴上，将磔之，俄死，腰斩其尸以徇。"

㉛刑名违错：在刑事案件的审判中违律、错判。

㉜叙用：分等级进用官吏。

㉝修合：配制，调配。

㉞烟障：即烟瘴。深山丛林间蒸发出来的湿热雾气，人触之辄病疟。欧阳修《论台谏官唐介等宜早牵复劄子》："唐介前因言文彦博，远窜广西烟瘴之地，赖陛下仁恕哀怜，移置湖南，得存性命。"旧时常以烟障地面特指发配重犯的西南边远地区。《明史·刑法志一》："充军者，明初唯边方屯种。后定制，分极边、烟瘴、边远、边卫、沿海、附近。"

㉟充军：旧时刑罚，遣送犯罪者到边远地区服苦役。

㊱可怜见：怜悯，可叹。见，词尾，无义。无名氏《桃花女》："我可怜见你皓首年高，你省可里添烦恼。"

㊲表白：为……辩白，昭雪冤屈。

㊳题目正名：元杂剧有二或四句对文，用来概括该本戏的内容，叫题目正名。一般取其末句作剧的全名，如本剧全名为《感天动地窦娥冤》；取末句中能代表戏之内容的几个字作剧的简名，如本剧简名为《窦娥冤》。题目与正名只是同一事物的不同叫法，所以有的只标"正名"，有的则标"题目正名"。题目正名的位置，有的放在剧的开头，有的放在剧的末尾，多则四句，少则二句。演出开场时用以向观众介绍剧情，如今之报幕。

㊴秉鉴：持镜，喻明察。持衡：持秤称物，喻公正。

## 【点评】

"吾国人之精神，世间的也，乐天的也，故代表其精神之戏曲小说，无往而不着此乐天之色彩：始于悲者终于欢，始于离者终于合，始于困者终于亨。非是而欲餍阅者之心，难矣。"（王国维《红楼梦评论》）无论过程中经历怎样的不幸，结局都要"大团圆"，是几千年来形成的民族传统审美心态。现实中的窦娥或已枉死，但舞台上的窦娥却须有沉冤得雪的一天，这既是多数曲家的创作程式，也是万千观众的共同愿望。元杂剧"至第四折往往强弩之末"（臧晋叔《元曲选序》），但《窦娥冤》直至最后一折的最后一节，始终贯穿着激烈的戏剧冲突。结尾亦不同凡响，《窦娥冤》的是关剧之"铮铮者也"（孟称舜《酹江集·窦娥冤·总评》）。

三年后，窦娥的三桩誓愿都已应验，已是两淮提刑肃正廉访使的窦天章终于来到楚州，她的冤案将被平反，但是事情的进展显然并不是那么顺利。最初，窦娥的案卷并未引起窦天章的重视："我才看头一宗文卷，就与老夫同姓；这药死公公的罪名，犯在十恶不赦。俺同姓之人，也有不畏法度的。这是问结了的文书，不看他罢。"窦娥鬼魂几次三番弄灯翻卷，方才得到父亲的关注。认女、重审的经过也莫不是一波三折。讽刺的是，前任太守桃杌居然已经升任，窦天章面对张驴儿的胡搅蛮缠竟也无计可施，还须窦娥冤魂出来对质："我那屈死的儿我那屈死的儿哟！这一节是紧要公案，你不自来折辩，怎得一个明白？你如今冤魂，却在那里？"善良人枉送了性命，贪官却能步步高升；后来翻案如此之难，当初定案却那般之易——鲜明的对比更进一步地揭露了社会问题的深重与复杂。

第四折里，纲常再次据处思想主流："三从四德"的宣讲、圣主明君的颂扬，随处可见；冤案产生的原因也被归咎于滥官污吏的贪赃枉法。然而，即便存在种种局限，关汉卿还是表达了对普遍性制度黑暗的担忧，呼吁"从今后把金牌势剑从头摆，将滥官污吏都杀坏，与天子分忧，万民除害"。但改造吏治只能治标不能治本，恰如窦娥所讲，"衙门自古向南开，就中无个不冤哉"，窦娥式的冤枉不是个案，无官不贪、无案不冤，元朝的统治已经鱼烂。《窦娥冤》虽以窦娥被冤斩的前后因果为其主干，却是世情戏，不是公案戏。作者的视角不是仅置于窦娥一人、窦娥冤一案之上，而是更深、更广地揭橥出广大善良百姓生存环境之恶劣，挞伐了社会经济的混乱、法制的崩解与吏治的腐败。这也是《窦娥冤》感人至深、经久不衰的主要原因。

王国维《宋元戏曲考》曰："明以后传奇，无非喜剧，而元则有悲剧在其中……其最有悲剧之性质者，则如关汉卿之《窦娥冤》、纪君祥之《赵氏孤儿》，剧中虽有恶人交构其间，而其蹈汤赴火者，仍出于其主人翁之意志，即列之于世界大悲剧中，亦无愧色也。"《窦娥冤》一剧的主人翁窦娥，不惧"极恶之人极其所有之能力以交构之"（王国维《红楼梦评论》），为了救护年迈的婆婆牺牲了自己的生存，矢志为"自我"而抗争到底——《窦娥冤》确实是当之无愧的"世界大悲剧"。